高金刚 著

大辛形福

陕西新华出版传媒集团
太白文艺出版社

图书在版编目（CIP）数据

幸福无形 / 高金刚著. — 西安：太白文艺出版社，2020.11（2021.5重印）

ISBN 978-7-5513-1830-3

Ⅰ. ①幸… Ⅱ. ①高… Ⅲ. ①长篇小说 – 中国 – 当代 Ⅳ. ①I247.5

中国版本图书馆CIP数据核字（2020）第215720号

幸福无形
XINGFU WUXING

作　　者	高金刚
责任编辑	马凤霞　陈桦楠
整体设计	懿⁺张洪海
出版发行	陕西新华出版传媒集团 太白文艺出版社
经　　销	新华书店
印　　刷	西安日报社印务中心
开　　本	787mm×1092mm　1/16
字　　数	203千字
印　　张	18.25
版　　次	2020年11月第1版
印　　次	2021年5月第2次印刷
书　　号	ISBN 978-7-5513-1830-3
定　　价	48.00元

版权所有 翻印必究
如有印装质量问题，可寄出版社印制部调换
联系电话：029-81206800
出版社地址：西安市曲江新区登高路1388号（邮编：710061）
营销中心电话：029-87277748　029-87217872

第一章

据班固所著《汉书·地理志》记载，早在1900多年前的东汉时期，陕北延长附近的延河（古称洧水）中，有一种可燃的东西。这种可燃的东西，实际就是我们现在的石油，虽经过历朝历代勘探、开采，但都没有取得实质性进展。中华人民共和国成立以后，地方政府及新一代石油人为了开采该地区的石油，做了大量工作。直到20世纪末，这里的油田勘探开发才取得了重大突破，原油产量连年攀升，在振兴当地经济、改善百姓生活的过程中，起到了决定性作用。尤其是进入新世纪，随着科学技术的进步，勘探开发有了新的突破，原油产量逐步突破千万吨、两千万吨、三千万吨，在2013年美国《财富》杂志发布的世界500强企业排行榜上，该地区成立的大漠油田公司榜上有名。

这样一个大型资源型企业，无论是国家，还是地方政府，都非常重视，对于企业领导人的选任，可谓慎之又慎。然而，随着经济全球化、社会信息化的深入发展，对外开放政策持续推进，我国的经济体制、社会结构、利益格局、思想观念发生了深刻的变化。在这种思想大活跃、观念大碰撞、文化大交融的时代背景下，党员领导干部的价值取向日趋多元化，有的甚至出现扭曲的倾向。他们经受不住权力、金钱、美色的诱惑，头脑被拜金主义、享乐主义、实用主义等思想占据，唯利是图，腐化堕落，不顾国家和企业利益，违法乱纪，大肆敛财。大漠油田公司的极少数领导干部也不例外，党的十八大之前和之后的两任总经理，误入歧途，先后锒铛入狱，受到了党纪国法的惩处。他们给这个企业政治生态造成的破坏、产生的流毒，在后续几年工作中，亟待肃清。杨明轩是在大漠油田公司前面两任总经理落马后接任公司总经理职位的，他的上任，能不能扭转乾坤，虽然是个未知数，但在有过石油开发工作经验的现任厅级干部中，杨明轩是高层领导最看重的。

　　杨明轩，个子不高，中等身材，微微发胖，浓眉大眼，鼻高且直，面如满月，看起来是个有福之人。20世纪60年代初，他出生在一个农家小院，父母是地地道道的农民。70年代末，刚刚恢复高考，他就顺利地考上西京石油大学，学的是油气储运专业，大学毕业后被分配到大漠油田公司参加了工作。他学的专业虽然跟油田开发关系不大，但自小养成的吃苦耐劳精神，使他干什么专什么，干什么成什么。在炼油厂干了几年，他被评为模范职工，还当上了车间主任。80年代末，大漠油田公司在延一井获得高产油流，公司就此进入大规模开采时期。由于油田缺乏专业技术人才，凡是石油院校的毕业生，不管学什么专业，不管愿不愿意，一律被调往生产一线，参加油田开发会战。杨明轩虽然没有地质、采油方面的专业知识，但他对石油开发有一种特殊的执着。在他看来，只要努力学习，就没有克服不了的困难。他一边学习一边实践，没过几年，就成为油田开发的技术专家，对勘探开发、油田管理样样精通。在延北油田某采油队当技术员期间，他提出的关于注水开发油田的理论，引起很多老专家的关注，但由于当时地层能量较充足，且油田还处于开发评价阶段，他的这一理论没有引起足够重视。随着油田进入开发、管理并行阶段，地层能量不断下降，他的这一理论再度引起重视，于是在延北油田采油大队开始实施，延缓了延北油田的递减速度。

　　杨明轩在仕途上可以说一帆风顺，在大漠油田公司干了不到二十年，通过自己的努力，成长为一名正处级领导干部，后调任延吉省发改委副主任。

经过几年的历练，已被提拔为正厅级副主任。在石油企业、地方政府部门任职的经历，使杨明轩政治、业务能力大幅提升。在危难之时，他出任大漠油田公司总经理一职，是延吉省委对他工作的进一步认可。

陕甘宁盆地，在地质学上被称为鄂尔多斯盆地，北起阴山、大青山，南抵陇山、黄龙山、桥山，西至贺兰山、六盘山，东达吕梁山、太行山，总面积近四十万平方公里，是我国第二大沉积盆地。盆地包括宁夏大部，甘肃庆阳、平凉地区，陕西延安、榆林地区，关中北山山系以北区域以及内蒙古黄河以南鄂尔多斯高原的鄂尔多斯地区。这一地区的许多地方，自古就是兵家必争之地，有"塞上咽喉、军事重镇"之称。然而在大规模开发石油之前，这里是中国最贫困的地区之一。

大漠油田公司在延一井获得高产油流以后，不仅给公司本身带来了发展机遇，也给这一地区，尤其是陕甘宁地区的老百姓，创造了前所未有的致富良机。20世纪90年代初期，由于土地、资源管理比较混乱，加之当地政府发展经济心切，为了招商引资，只要你有钱，愿意投资，就可以获得钻探和开发石油的土地。在短短的几年里，鄂尔多斯盆地群雄逐鹿，参与油田开采、钻井、试油的石油井架，像雨后春笋，密密麻麻地林立于黄土高原的山坳里，最多时有一百多个单位、集体、私人参与。油田区域内的县级政府，在看到了油田开采的巨大利润后，也纷纷成立钻采公司，参与油田的勘探开发。在这一过程中，确实有许多人一夜暴富，成为让人羡慕的万元户、百万元户，甚至千万元户。各路人马参与石油开发，导致乱象丛生，除了给部分单位、集体、个人带来巨大经济利益之外，在一定程度上对石油资源造成了严重的破坏，也诱发了各种犯罪活动。有的单位和集体为了争地盘，打得头破血流；有的出资人由于利益分配不均，明争暗斗，成为仇人。延吉省政府意识到，如果再这样下去，会引发更大的社会问题。于是政府强力干预，将已经开采的油井，按照产量的多少、开采时间的长短，让各钻采公司予以回购，最后由大漠油田公司统一管理。这为大漠油田公司的飞速发展，奠定了坚实的基础。

杨明轩上任不到一个月，大漠油田公司党委书记刘春华就对他说："大漠油田公司前任总经理出事以后，为了队伍的稳定，将近两年没有调整过干部。基层单位死气沉沉，没有活力，已经影响到正常工作了。"杨明轩听了以后，认为刘春华的话有道理。他想，虽然大漠油田公司自己并不陌生，但毕竟自己离开大漠油田公司已经十多年了，现在调整干部，他基本没有发言权，只能听之任之。他笑着对刘春华说："我刚来，对情况不了解，这件事就请你多操心吧。"

刘春华笑着说："谢谢总经理对我的信任，我先让组织部门拿一个调整方案，等你过目以后，再征求其他领导的意见。"

杨明轩笑着说："好吧，现在从中央到地方，都在加强党的领导，你是党委书记，在干部的任用上，我想你一定能把好关的。"

刘春华说："我一定会尽力的，但最终的人选还需要你来定夺。"

杨明轩与刘春华在十几年前就认识，但打交道不多。杨明轩在生产部门工作，刘春华在党群部门任职。刘春华给杨明轩的印象是比较沉稳，办事扎实认真。尤其在省委组织部，有较好的人缘，不然他也不可能在前任总经理出事以后，从党委副书记的岗位上，直接被提拔任命为党委书记。

过了十几天，刘春华给杨明轩拿来一份大漠油田公司中层领导干部提拔和调整的名单，仅被提拔为正副处级的人员就有五十多人，岗位调整变动的正副处级也有五十多人。杨明轩仔细看了半天，能够认识或熟悉的人没几个，就笑着对刘春华说："需要提拔这么多人吗？"

刘春华笑着说："你觉得多吗？就这还有许多岗位空缺，考虑到你初来乍到，等过上一年半载，我们再调整吧。"

杨明轩听了以后，笑着对刘春华说："这些人员中，我没有几个认识的，你觉得合适，再征求一下其他班子成员的意见，按照正常程序，该怎么调整就怎么调整吧。"

是啊，从客观上来说，大漠油田公司将近两年没有提拔和调整中层领导干部，确实也影响到了正常的生产建设，是应该对一些干部进行提拔和调整了。但就实际情况来看，总经理刚刚上任，提拔调整上百名处级领导干部，杨明轩心里多少有些不悦。不悦归不悦，但就工作而言，他不能阻止或者反对这次干部调整。

让杨明轩不能理解的是，半年以后刘春华又一次提出要提拔中层领导干部，并说一些岗位的长期空缺，对工作有一定的影响。杨明轩笑着说："我倒不这么认为，我觉得一些岗位的空缺，在一定程度上可以激发那些有志者不断奋进。"

刘春华不好意思地笑着说："你说得也有道理，但就目前而言，我们必须大量补充年轻干部。我们大漠油田公司的处级领导干部，由于各种因素制约，平均年龄已经超过五十岁了，明显老化，应该尽快补充一些年富力强的同志进来，不然我们在干部队伍接替上会出问题的。"

杨明轩心想，自己连现有的处级领导干部都没认全，刘春华又要提拔一批新的处级领导干部，不知道他是真的从工作出发，还是另有所图。但自己作为一名正厅级领导干部，不想因为干部的提拔调整，让党委书记刘春华不高兴，更不想让别人说他刚到大漠油田公司，就和党委书记闹不团结。杨明轩笑着说："看来我们的处级领导干部确实有些老化，但只要是为了工作，想调整就调整吧。"

刘春华或多或少听出了杨明轩的话外之音，但他为了把自己想提拔或必须提拔的人员提拔到应有的岗位上，即使总经理杨明轩心里对自己有意见，他也在所不惜。

在杨明轩出任大漠油田公司总经理不到一年的时间里，大漠油田公司对中层干部进行了两次提拔和调整，基本上都是刘春华说了算。这样一来，部分心里有"小九九"的干部认为，现在已经是书记说了算的时代了，因此总经理杨明轩给一些处级干部安排工作时，出现了推诿扯皮的现象。这让杨明轩感到非常恼火，在几次领导干部会上，他对一些处级领导干部提出了严厉的批评。更让杨明轩恼火的不仅仅是领导干部的提拔调整，让自己这个总经理失去了应有的威严，一些基层单位在中央高压反腐的形势下，仍不收手，依然我行我素。延东油田采油八厂厂长被提拔以后，离任审计时发现，这个采油厂在短短的五年时间里，项目建设成本超支近十六个亿。杨明轩把这一情况报告给延吉省主管副省长。主管副省长对他说："你现在是大漠油田公司的总经理，总不能新官不买旧账吧。你自己要想办法解决，既要把问题解决了，还要保持队伍的稳定。"杨明轩经过仔细琢磨，知道现在的情况很复杂，汇报归汇报，但问题的解决还得靠自己想办法。

回到油田，杨明轩把规划计划处的处长赵文彬叫到办公室，严厉地说："你作为规划计划处处长，延东油田采油八厂项目建设成本超支近十六个亿，你是怎么管理的？"

赵文彬看到杨明轩表情比较严肃，他想了想说："那是前几年的事，我到规划计划处才一年多，也不是很清楚。"

杨明轩有些不悦地说："我来公司还不到一年呢！按照你的逻辑，看来我过问这个事情是不是也有些多余！"

赵文彬看到总经理杨明轩不高兴，再没敢吭声。

杨明轩说："你是规划计划处处长，由你牵头，组织企管法规处、资产财务处、生产运行处等相关人员，在一个月之内，把延东油田采油八厂项目建设成本超支的问题调查清楚。"

赵文彬觉得这不仅仅是一项复杂的工作，而且也是一项调查不清楚的工作。再说了，成本超支主要是前几年的事情，自己也没什么责任，你总经理凭什么对我发火。他想了想说："我觉得这件事情最好让纪检委牵头，我们参与比较合适。"

赵文彬说得有一定道理，但在杨明轩看来，赵文彬就是不服从自己的安排，于是对赵文彬严厉地说："你们作为计划的下达部门，计划下达以后就不管了，年底也不检查计划的执行情况,现在出现这么大的亏空,你们规划计划处难道就没责任吗?"

赵文彬站在杨明轩办公桌前,没有正面回答杨明轩的质问,沉默了一会儿说:"杨总,我觉得这不仅仅是个超成本的问题。您可能也听说了,主管项目建设的副厂长在被提拔为正处级以后,干了没几个月就辞职不干了。我觉得这件事情非同小可,不是我们几个处室调查就能够解决的问题。"

杨明轩严肃地说:"那你说怎么解决?"

赵文彬心里想,这里边一定存在严重的腐败问题,要解决,必须通过法律手段,如果让检察院上手,问题一定能够查个水落石出。但他始终没有回答杨明轩的问题,他像个犯了错误的小学生,站在杨明轩的面前,任凭杨明轩批评。

杨明轩冷静了一会儿,对赵文彬说:"就由你们牵头吧,调查完再说。"

赵文彬也不好再说什么,就说:"行吧,我们尽力而为。"

时间过得真快,转眼间已经到了春节。再过一个月,杨明轩到大漠油田公司任总经理就整整一年了。利用春节放假休息的时间,杨明轩不断反思自己到大漠油田公司任总经理以来的工作。在别人看来,自己这个总经理不知道有多么威风!因为大漠油田公司作为延吉省最大的能源企业,年生产原油三千多万吨,年销售收入接近一千三百亿。可有谁知道,自己任总经理以来的日子,并不像他们想象的那么美好,除了顺利完成生产经营指标,没有干出什么像样的事情来。尤其是党委书记刘春华的强势,让自己在企业中的形象大打折扣,加之油价低迷,职工收入下降,企业政治生态没有根本好转。在新的一年里,要让企业焕发生机,并非易事。

作为一个有着近十万名职工、两千五百多名科级干部和八百多名处级领导干部的大型企业的领导人,加上省内认识的上千名同事朋友,杨明轩春节期间收到的祝福短信早就"爆屏"。除了给厅级以上的领导、大漠油田公司班子成员和一些必须回复的人回短信外,其他人他没办法一一回复。在他看来,发一条不加任何称呼、没有针对某个人的大众化短信,没有任何意义。正月初二上午,他拿起手机,随意翻看短信,突然发现一个叫苗文哲的人给他发来的一条短信,短信的内容不同于一般的祝福,而是一首怀旧的短诗:"绿茵赛场好身手,石油战线再奋斗。佳节之时念旧友,发条短信送祝福。"

杨明轩看到这条短信,有一种说不出的滋味。苗文哲是自己大学的同年级同学,由于他俩共同的爱好是足球,所以在大学期间是最好的朋友。工作以后,由于分配到不同的岗位,平时虽然也有联系,但联系较少。尤其是结婚成家之后,联系得就更少了,最近这十几年几乎就没有联系过。在他重回大漠油田公司任职以后,在处级领导花名册里,他看到了苗文哲。苗文哲是延西油田采油一厂的副厂长,他有些意外。在他的印象里,苗文哲非常聪明,按照现在的说法,苗文哲是智商和情商极高的那种人,怎么还是个副厂长!之后,由于工作头绪多,也没有想起自己还有这么一个当副厂长的同学。即使他到延西油田采油一厂调研工作的时候,也没有想起过苗文哲。现在回想,为什么自己在延西油田采油一厂没有见到苗文哲?自己到大漠油田公司当总经理已经快一年了,其他同学或因工作关系,或因个人关系,基本上都到自己的办公室来看望过自己,苗文哲作为自己的老同学却从未来过,这让他觉得有些不可思议。

苗文哲比杨明轩小一岁,他学的是矿机专业,除了爱好足球,对文学、历史也特别喜欢。上大学的时候,他在一些文学刊物上发表过诗歌、散文,是西京石油大学的才子。由于他出生在大漠油田公司周边的延塞县,所以对大漠油田公司比较了解,毕业后也被分配到大漠油田公司工作。苗文哲在基层工作了不到一年,由于文笔好,就给领导当了秘书,没过几年,被提拔为办公室副主任,后来又到采油大队当了正科级党总支书记。工作的前十多年,苗文哲在仕途上可以说一帆风顺,在被分配到大漠油田公司的同学中,他是佼佼者。这些情况杨明轩都知道,但到后来,也许是杨明轩离开了大漠油田公司，对苗文哲的情况就不太清楚了。

苗文哲和杨明轩一样，这些出生在20世纪60年代初期的农村青年，他们都有过吃不饱、穿不暖、没钱花的经历。在那种缺吃少穿的岁月里，他们能够在恢复高考制度以后的第一次高考中金榜题名，除了有着较高的智商，更主要的是因为他们勤奋。为了能够考上大学，在高考前夕，除了正常上课、上自习，他们每天晚上都会借着昏暗的煤油灯光，学习到凌晨一两点。即使工作以后，他们仍然没有放弃学习，除了钻研业务，将更多的时间用来读书看报。

苗文哲在采油大队当了三年党总支书记，又转任采油大队大队长，虽然都是正科级，但工作性质发生了极大的变化。他干一行钻一行，不管干什么都是勇争第一。在他当党总支书记期间，获得大漠油田公司"优秀党务工作者"称号；在当采油大队大队长期间，获得大漠油田公司"劳动模范"称号；世纪之交，由于他工作成绩突出，又被提拔为延西油田采油一厂副厂长，在这个岗位上，一干就是十几年，直到现在还是个副厂长。

苗文哲有时也会反思，他对自己几十年来的工作总体比较满意，一个农村孩子，只身一人来到油田，在没有给人送一条烟、送一块钱的情况下，通过自己的努力，干到副处级这个岗位上，他已经心满意足了。但就在杨明轩来大漠油田公司的几个月前，苗文哲给组织部门递交了一份离岗申请，油田领导还没有上会研究，他就离开了岗位。

苗文哲被提拔为处级干部时还不满四十岁，提拔后的前几年，一直协助主管生产的副厂长管理日常生产和安全环保等工作。过了几年，论资排辈，他开始全面主管生产、安全环保、计划外协等重点工作，级别虽然还是副处级，但位置已经上升为第一副厂长了。由于有多年的管理经验，他在全面主管生产工作以后，在总结前人经验的基础上，开拓进取，勇于创新，在自己力所能及的范围内，关注基层，帮助职工解决工作、生活中的困难，有效调动了职工的工作积极性。在他主管生产的五年中，原油产量净增长一百一十万吨，延西油田采油一厂从一个不到一百万吨的采油厂，发展为二百万吨的采油大厂。他分管的其他工作有条不紊，安全环保工作也始终保持平稳运行。就在这个时候，大漠油田公司抽调他到巡视组办公室工作，按照以往惯例，后备干部抽调到巡视组工作一年后，大多数在第二年就会被提拔重用。然而，对于苗文哲就不是么回事了。巡视完以后的第二年春天，大漠油田公司在大规模提拔调整干部时，仍然没有苗文哲。就在苗文哲苦闷不堪之际，大漠油田公司党委组织部部长路星宇给苗文哲打电话说："党委书记刘春华给我说，让我给你打个电话，给你解释一下，今年没有提拔你，主要是你们厂产量欠得太多，把你提拔了导向性不好，希望你能理解。"

苗文哲听了心里非常憋屈，他问路星宇："去年我出来巡视，欠产跟我有多少关系？"

路星宇说："不管有多少关系，你现在还是延西油田采油一厂的领导。前面不是跟你说了嘛，把你们采油厂的领导提拔了，对原油生产会有负面影响，只能等下一次吧。"

苗文哲尽管很气愤，但他不能跟组织部部长做过多的解释。解释在一定程度上就是表示不满，不但解决不了问题，还会给组织部部长留下不好的印象。

气愤之余，苗文哲为了宽慰自己，心想，既然刘春华书记让组织部部长给自己打电话，说明领导心里还有自己。只要领导心里有自己，也许下一次好运就会降临到自己头上。

是啊，一个人不管在社会生活中，还是在某个集体中，所起的作用是有限的。有没有你，在一定程度上讲，并不重要。但往往有些事情，不一样的人去处理，就会产生不一样的效果。苗文哲在延西油田采油一厂全面负责生产的时候，也许土地爷对他比较眷顾，每年都在增产；苗文哲离开不到一年，产量不但不增，反而下降了十几万吨。这就是干同样的事，不同的人会有不同的结果。

巡视结束后，苗文哲本想回到延西油田采油一厂继续主管生产、安全环保等重点工作，但新到任的厂长莫景杰说："你干了这么多年，该好好歇一歇了，这些工作还是让舒宏才干吧。"苗文哲一听，心里很不是滋味。他心想，让自己去巡视，在一定程度上讲就是一个阴谋。巡视是借口，给舒宏才腾岗位是真。但这只是一种猜想，既不能明说，也不能硬把自己原来的岗位要回来。他想了很长时间，觉得自己继续在延西油田采油一厂工作，不知道怎么去面对职工，也不知道怎么和大家配合。他只好去组织部找路星宇部长咨询。他来到组织部把他的情况给路星宇一说，路星宇说："基层领导班子的分工不是组织部管的事情，你如果还想继续干你原来的工作，得找你们厂长、书记去协商啊。"

苗文哲说："我出来巡视是你们组织部通知的，巡视了一年，我不能因为巡视连工作岗位都丢了吧。"

路星宇笑着说："看你说的，怎么能说工作岗位都没了？我就不信你们厂里没给你分配工作任务。"

苗文哲苦笑着说："你让我怎么跟你说呢，我在重要岗位干了十几年，如今有点卸磨杀驴的感觉。"

路星宇笑了笑说："我知道你什么意思，你的意思就是离开了生产岗位，以后就没有提拔的机会了，是不是？"

苗文哲没有回答。

路星宇笑着说："你不要想太多，提拔不提拔，一定程度上讲，与岗位并没有联系。"

苗文哲说："怎么能没联系呢？我在这么重要的岗位上干了这么多年，如果离开这个岗位，还有谁能记得我呢？"

路星宇笑着说："那是你自己那么认为，我觉得你还是回去好好工作，等以后再说吧。"

苗文哲说："那好吧，我去找找春华书记。"

路星宇说:"春华书记那么忙,就这个事情你就不用找了。我给你个建议,你如果觉得在延西油田采油一厂不好开展工作,你今年继续参加巡视,等巡视完了再说吧。"

苗文哲想了想,认为路星宇的这个建议还行,一方面能够摆脱自己回厂不被重用的尴尬局面,另一方面等着有机会还可以得到提拔。

新一年的巡视工作随即启动,按照组织部部长路星宇的建议,苗文哲又一次参加了大漠油田公司组织的巡视工作。半年后,大漠油田公司又一次提拔调整干部,并且给了延西油田采油一厂一个常务副厂长的职位,级别是正处级。一直忙于巡视工作的苗文哲并不知情,在大漠油田公司到延西油田采油一厂进行民主测评时,延西油田采油一厂组织科通知苗文哲回去参加会议,他才知道有这么一回事儿。

回到单位,延西油田采油一厂的新任厂长莫景杰不好意思对苗文哲讲这件事,就让和苗文哲关系较好的副厂长岳和正给苗文哲做工作,意思是让苗文哲想开点,不要因为这件事,弄得大家都没面子。苗文哲听了,非常生气,觉得莫景杰这个人,是真正的两面人,平时把你说得天花乱坠,关键时候连给你打声招呼的想法都没有。

此时,苗文哲心里有一种说不出的滋味。他觉得大漠油田公司在用人上已经没有什么原则了,是一种赤裸裸的权钱交易;他觉得这个社会也没什么人情味儿了,一个他自认为关系还不错的莫景杰,在关键时刻,已经完全把他放在了一边。

苗文哲从自己的办公室出来,一个人在延西油田采油一厂的院子里漫无目的地走着。他心想,党的十八大以后,在加强党风廉政建设方面已经做了很多工作,特别是在反腐败方面,可以说力度很大了。可是在大漠油田公司并没有引起有关领导的真正重视,有些领导干部仍然我行我素,腐败堕落,买官卖官。他真想就这件事情进行实名举报,看有没有人过问。但他又想,一个人不能因为一时的冲动,把自己几十年形成的人格魅力丢了,特别是因为自己的提拔问题去告状，这不是他的风格。这个时候，他突然想到肤施城清凉山万佛洞里弥勒佛两边"大肚能容天下难容之事,开口便笑天下可笑之人"的对联，如果自己不能容纳天下难容之事，就会落得个天下可笑之人的下场。想到这里，他做了几次深呼吸，努力使自己平静下来。但他又觉得总是有一股气，憋在心里难受，他想找个人去发泄发泄，也许就会好受一些。于是，他想起了搞民主测评的组织部部长路星宇。虽然他知道找路星宇已经起不到任何作用，但他也只有找路星宇才能发泄，才能让自己心里好受一些。

苗文哲来到路星宇住的房间，还没等他说话，路星宇就笑着说："苗厂长好！苗厂长辛苦了。"

苗文哲本来想找路星宇发发牢骚，但看到路星宇如此客气，而且笑脸相迎，只能笑着对路星宇说："我有什么辛苦的，还是路部长辛苦。"

路星宇笑着说："我知道你会来找我的，我也知道这次干部的提拔对你是不公平的，我希望你能够以大局为重，这样对你对大家都好。"路星宇这种先入为主的做法，让苗文哲感到有些为难，但他还是按照自己的思路，开始和路星宇闲谈。他说："路部长，我一定会以大局为重的，但有些话我还是想对你说，不然憋在心里我很难受。"

路星宇仍然笑着说："你说吧，有什么想法你都可以说。"

苗文哲说："如有不妥的地方，还请路部长谅解。"

路星宇说："但说无妨，你说吧。"

苗文哲说："路部长，你还记得你三月份给我打电话说，我不能提拔主要是去年的产量对我有影响，那你也知道我去年大部分时间在巡视，既然产量对我有影响，难道就不影响真正管产量的舒宏才吗？"

路星宇笑着说："苗厂长，我不是说了嘛，我知道对你有些不公平，但我又能说什么呢？我还是那句话，希望你想开一些，希望你能以大局为重。"

苗文哲说："我知道，我知道有些事情并不怪你，但我又能和谁说呢？我只有跟你说，才有意义，也有必要。"

路星宇说："那好吧，你继续说，我听着。"

面对路星宇这种善解人意的态度，苗文哲有点说不出口了，但他还是说："路部长，我对你们在干部提拔任用上是有意见的。就说舒宏才吧，去年管了一年生产，不仅产量掉了十几万，而且在协调能力方面，他与几个协管生产的领导、分管的科室长也弄不到一起。往前说，他当项目长期间，由于疏于管理，造成了产建物资丢失近千万元的严重后果，只当了两年项目长就被迫离职；再说最近吧，厂里发生了重大火灾事故，造成四人死亡。对外说的是偷盗原油引起的火灾事故，我想事故的真正原因，你们应该也清楚吧。这样一个人，你们还要提拔，会让职工寒心的，有损组织部门，甚至油田公司主要领导的形象。"

路星宇低着头，有些无可奈何地说："你说得都对，你也知道，我们只是履行义务而已，组织部门并没有对领导干部提拔任用的权力。我还是那句话，希望你能以大局为重。"

苗文哲说："我知道。不管舒宏才有多少问题，要是你们组织部门愿意用他，那就用，我个人只是说说而已。我是一名老党员，一定会服从组织的安排。过去几年都没有提拔一个处级领导，这一次就给了我们五个名额，对于这次干部选拔任用，作为延西油田采油一厂的老领导，我应该感谢组织部和大漠油田公司党委。我相信全厂职工的心情和我是一样的。"

路星宇苦笑了一下，心想，像苗文哲这样素质好的领导干部并不多，在主管生产、安全环保等重要的工作岗位上一干就是十几年，而且干得也比较好，之所以得不到提拔重用，不就是因为为人耿直，不会溜须拍马、不愿花钱嘛！他有些难为情地说："苗厂长，真的谢谢你，谢谢你能这样开诚布公，谢谢你能够以大局为重。作为组织部部长，我会尽我最大的努力，把你们这些有素质、有能力、敢担当的好同志用在重要岗位上。但你也知道，多年形成的这种局面，一下子要改变，也是很难啊！"

苗文哲长长地叹了口气说："我知道，谢谢路部长的理解。如有不当，还请路部长谅解。"

路星宇笑着说:"没事,你说说也好,我能理解。"

苗文哲走后,路星宇也在反思。自己作为一个组织部部长,在干部任用上,不能把真正有能力的干部用在重要岗位上,是失职。但他又有什么办法呢?现在所有的干部提拔,都是党委书记刘春华说了算,只要是他想提拔的干部,即使问题再大,也得按照他的意见提拔,否则,自己这个组织部部长也没什么好日子过。就拿延西油田采油一厂这次干部提拔来说,大都按照他的意愿提名候选人。苗文哲去巡视组工作,让舒宏才主管原油生产、安全环保。没想到舒宏才才疏学浅,能力不足,导致延西油田采油一厂出现了前所未有的混乱。大漠油田公司也有领导说,延西油田采油一厂之所以产量直线下滑,是因为领导班子不团结。只因过去产量主动,一俊遮百丑,这个问题才没有完全暴露。这一年因苗文哲被抽调参加巡视工作,让舒宏才主管生产。舒宏才不能很好地团结其他协管生产的领导,导致产量下滑,而又相互推卸责任,副职之间矛盾激化。其实党政主要领导在配备的时候,就埋下了隐患。产量不景气,留下了全面否定这届班子的口实。

自己作为组织部部长,对延西油田采油一厂领导班子正职和正职不团结,正职和副职不团结,副职和副职不团结的说法,早有耳闻,他心里也不是滋味。他想,延西油田采油一厂是大漠油田公司最大的采油厂之一,出了问题,大漠油田公司应该认真分析研究,采取积极有效的应对措施。然而,大漠油田公司以党委书记刘春华为首的领导班子,并没有认真分析原因,仅仅以班子不团结为由进行了简单,甚至是粗暴的处理,将原来的党政主要领导调离延西油田采油一厂,从其他单位调整了两名领导,分别任厂长和党委书记。他作为组织部部长虽然有看法,但他没有发言权,甚至连建议权都没有。他知道,这样的班子配备,并不能扭转延西油田采油一厂的被动局面,而且会出现更大的问题。近半年的运行,路星宇的判断已经得到了印证。

人常说，对症下药。什么是对症下药？就是针对问题所在，采取有效的措施。这样一个最简单的道理，难道大漠油田公司主要领导不知道？关键是企业是国家的，决策正确还是错误无所谓，或许企业损失再大，也不会有人受到追究。

企业的主要领导，尤其是一把手，是企业的灵魂。但主管生产、安全环保、计划外协的副职，也非常重要。一个好的副职，能够按照主要领导的意图和要求，创造性地开展工作，任何工作目标和任务都能完成。有了这样的副职，主要领导就省心省力。在国有企业，主要领导与副职，既是领导与被领导的关系，也是配合与支持的关系，有一个好的副职，对完成企业生产经营目标，至关重要。苗文哲离开后，延西油田采油一厂在大漠油田公司党委书记刘春华的授意下，让一个能力较弱的副厂长舒宏才全面主管生产和安全环保工作，就是为了占据主要岗位，以便随后提拔重用。

路星宇想，舒宏才明摆着是那种扶不起的阿斗，刘春华却非要提拔他，为什么要这样做？一定是利益关系。舒宏才虽然只当了两年的项目长，但该给刘春华办的事可能都办了，刘春华不提拔他，怕心里不踏实。

大漠油田公司的产能建设项目长，是个非常重要的岗位，手中有着很大的权力。这些年，大漠油田公司一直处于大规模开发建设阶段，每个采油厂的项目长一年掌握少则几十亿、多则上百亿的建设资金。大漠油田公司为了防止项目长经济上出问题，规定项目长任期为三年，舒宏才干了两年就被免职。免职后，在厂里负责技术工作，但他并不甘心，打算东山再起。他在当项目长期间，不仅得到大漠油田公司党委书记刘春华的赏识，还认识了延吉省的一些领导，所以才能东山再起，全面主管厂里的生产、安全环保工作。可没想到的是，一个采油厂的生产、安全环保工作，并不像他想象的那么简单。自从他主管生产、安全工作以后，不仅产量下滑，还发生了一次四人死亡的重大安全生产事故。就在这样一种情形下，舒宏才仍然被提拔为正处级领导干部。

苗文哲从路星宇房子出来，心里舒服了很多，但仍然空落落的，一个人在院子里慢慢地走着。他看着这个他工作了十几年的地方，突然感到很陌生，过去那种主人的感觉一点都没了。看到墙角即将凋零的紫薇花，一种前所未有的落寞感顿时袭上心头。此时此刻，他不知道人生的意义是什么，也许就像墙角的紫薇花，但他突然又觉得或许还不如紫薇花，花儿今年谢了，明年还会再开。人生却只有一次，过一天就会老一天，过一年就离死亡近了一年。但是，人毕竟不是植物和动物，人是有思想、有喜怒哀乐、有七情六欲的唯一物种；人是有理想、有追求的高级动物，绝不能因为一次打击就意志消沉、闷闷不乐，应该想开些、看远点，还要有"此处不留爷，自有留爷处"的豪迈。想到这儿，他长长地叹了口气，顿感心情豁达了许多。就在这个时候，厂党委书记谷志俊打来电话，让他去宿舍聊天。

苗文哲没有立即去找谷志俊，他想，谷志俊过去跟自己就认识，现在已经成为党委书记，让他去的目的，无非就是给他做工作，让他想开一些，让他以大局为重。他没必要再听他们那些浪费时间，甚至是浪费生命的没有任何意义的说教。但他又觉得，不去也不好，会给别人留下心眼小、不大气的印象。过了好一会儿，他才漫不经心地来到谷志俊的宿舍。

一番客套之后，谷志俊果然笑着对苗文哲说："老苗，你想开点，以后还有机会。"

苗文哲冷笑了两声，有些失望，悲哀地说："好我的书记哩，你不要哄我了，我也五十多岁的人了，我什么都懂，过了这个村可能就没这个店了。"

谷志俊仍然笑着说："不要那么消极嘛，也许你今年巡视完，明年组织就会给你一个满意的安排。"

就在这个时候，厂长莫景杰也进来了。他笑着对苗文哲说："你什么时候到的？"

苗文哲笑了一下说："下午四五点吧。"

其实在苗文哲没到厂里之前，厂长和书记已经商量过了，他俩就怕苗文哲在这次干部提拔中闹意见，虽然他俩也认为对苗文哲有些不公平，也不好给苗文哲做工作，但作为一个单位的主要领导，即使有再大的困难也要想办法处理和解决。现在面对苗文哲面无表情的样子，他俩也不知道怎么跟苗文哲说了。谷志俊把话题一转，笑着说："晚上也没见你来吃饭，我们要知道你那么早就回来，应该给你整上几杯。"

莫景杰也笑着说："就是啊，你回来也不给我们说一声。"

苗文哲叹了口气，说："我知道你们忙，还是尽量不给你们添麻烦为好。"

谷志俊笑着说："看你说的，我们都是老朋友了。再说，你离开延西油田采油一厂也一年多了，把你招呼一下，也是应该的。"

人在心情起伏不定的时候，思维有时候就会出现错乱。这个时候的苗文哲虽然心情平静了许多，但一看到莫景杰，心里就极度不满，恨不能马上离开。他对谷志俊说："叫我来有什么事你就直说吧，我也不是不懂事的毛头小子。"

谷志俊还是笑着说："其实也没什么，随便跟你聊聊，好长时间也没见了。"

苗文哲说："时间不早了，我知道你们最近也比较辛苦，聊天什么时候都可以聊，今天就不聊了。你俩有事先忙，我回去休息。"

莫景杰看苗文哲要走，就对苗文哲说："老苗，别忙着走嘛，我还有话跟你说呢。"

苗文哲看了看莫景杰，笑着说："说吧，我真的有些累，你说完了我回去休息。"

莫景杰说："老苗，我知道这次提拔对你有些不公平，有些事情我也没法给你说，你的事情我和谷书记会给你再想办法的。"

苗文哲笑了笑，有些不高兴地说："以后的事现在最好不要说，人心莫测，谁知道以后是什么样子！"

莫景杰觉得苗文哲说话有些过分，就说："你看你说的，我们认识十几年了，什么人心莫测，但有些事情能给你说，有些事情不好给你说呀。"

苗文哲看着莫景杰说："老莫，我们俩关系还不错吧，去年我俩在巡视组的时候，你还常给同志们说我过去给你帮了不少忙，不会因为你今天当了厂长就忘记我们是朋友了吧？厂里要提拔常务副厂长，你应该给我说一声吧。把朋友之间那种关系放到一边不说，从工作的角度你也应该给我说一声吧！我现在虽然在大漠油田公司巡视组工作，但我还是厂里的党委委员，还是厂里的副厂长，提拔干部应该是'三重一大'事项吧，为什么事先不让我参与酝酿？"

苗文哲把莫景杰戗得无话可说。

谷志俊急忙说："老苗你冷静点，有话好好说，不要发火嘛。"

苗文哲也觉得自己有些失态，冷笑了一下说："对不起，我这人容易激动，还是不说为好。"

莫景杰觉得苗文哲说得有道理，笑了笑，不好意思地说："由于当时事情多，也没顾得上跟你说，这都是我考虑不周。"

苗文哲笑着说："算了，不说了，事已至此，说什么也没意义了。至于你们确定的那些候选人，你们就不要给我做工作了，我都同意，我明天按照你们的意愿，我给每个人都投赞成票。"

莫景杰说："这些候选人，都是前任领导走的时候安顿的，他们没说你呀。"

苗文哲听了以后气不打一处来，心想，还没遇到你们这样的卑劣小人，既想当婊子还想立牌坊。他一脸怒气地说："你们俩才来几个月，我这几年是不是后备干部，难道我自己不清楚吗？"

莫景杰说："我又不骗你，前任厂长、书记走的时候没有给我们交代你的事啊！"

苗文哲说："交代没交代我不清楚，有些话我本来不想说，但如果你们想说，我们就好好说说。"

过了一会儿，莫景杰说："我知道这次提拔对你来说有点不公平，但你现在又不在岗。"

苗文哲无可奈何地说："老莫啊，你说这是理由吗？我不在岗怎么了？我不在岗是大漠油田公司抽调我去巡视，我不是去做买卖，更不是去违法乱纪啊！"

书记谷志俊发现气氛不对，就笑着说："老苗，你不要急嘛，你还有机会，这次调整完了我和厂长再去找公司刘书记，把你的事给他好好汇报一下，也许下次调整的时候，你的事就解决了。"

苗文哲长长地出了口气，尽量让自己的情绪能够平静下来。过了几分钟，他语气平缓地对莫景杰说："老莫，你不用我就算了，我们延西油田采油一厂多少年来第一次有这么个机会，你不能把机会浪费了。我今年年初没有得到提拔，是路部长亲自给我打的电话，说是产量影响的。产量的事影响我，难道就不影响舒宏才吗？舒宏才当项目长期间发生的产建物资丢失事件现在还没有得到彻底处理。"

还没等苗文哲把话说完，莫景杰就急着说："产建物资丢失事件是十八大以前的事情。"

苗文哲看着莫景杰，无奈地说："十八大是哪一年开的？产建物资丢失事件是2013年发生的，你不清楚难道我还不清楚？"

莫景杰没有再说。苗文哲接着说："今天咱关着门说话，'6·14'闪爆事故，造成四人死亡，是综合治理事件还是工业安全事故，你我都清楚，这些事情让人举报了，舒宏才能过得了关吗？你们不用我就算了，我年龄大了，也无可厚非，但你们可以推荐岳和正、耿明敬呀，我们应该珍惜这个来之不易的名额啊。"

莫景杰知道在这次后备人选的推荐上，存在严重的缺陷，但他不知道苗文哲会如此步步紧逼，他有点不耐烦，就对苗文哲说："老苗，我又不是在这儿干几个月就不干了，你的事以后我再给你想办法。"

苗文哲说："那就不说了，时间也不早了，休息吧。"

临走之前，苗文哲又对莫景杰说："老莫，如果让我管生产，也许'6·14'事故就不会发生。你可以问问前两任厂长，他们知道安监局的门在哪？环保局的门在哪？你才当了几个月的厂长，今天安监局找你约谈，明天环保局找你问责，你也确实够辛苦的了！"

莫景杰知道苗文哲对自己不满，但苗文哲说的都是事实，他也不好说什么。

第二章

经历了这场风波，苗文哲觉得自己没必要再继续为大漠油田公司工作了。巡视结束之后，他就给大漠油田公司党委组织部写了一份提前离岗申请。

大漠油田公司党委及各位领导：

我是延西油田采油一厂副厂长苗文哲，在大漠油田公司工作了三十多年，从一名普通的技术员开始，一步一步干到处级领导岗位。这是大漠油田公司党组织和领导培养的结果。在领导岗位上，我荣获过"优秀党务工作者"称号，当过劳动模范，特别是最近几年，领导和组织让我全面负责延西油田采油一厂的生产、安全环保工作，给了我施展才华的平台。短短几年，原油产量从年产九十万吨增长到二百万吨，我感到非常荣幸和自豪。如今我选择提前离岗，主要原因是在管安全生产的这十几年里，积劳成疾，无法继续履行岗位职责，特申请提前离岗，恳请领导及党组织能够批准！

此致

敬礼

申请人：苗文哲

2015 年 12 月 10 日

公司党委组织部收到苗文哲的离岗申请，部长路星宇心里清楚苗文哲对公司干部提拔任用有意见，就去找党委书记刘春华汇报。刘春华听了以后，给路星宇说："你把这个情况给延西油田采油一厂通报一下，就说苗文哲身体不好，需要在家休养，让一厂不要催他上班。完了之后，你再找苗文哲好好谈谈，让他好好想想，如果他真要是看病，就让他去看病吧。至于提前离岗的事情，等以后再说吧。"

按照刘春华的意见，路星宇把苗文哲找来，几乎是原原本本地传达了刘春华的指示，并再次向苗文哲解释，处级领导干部的提拔，尤其是正处级领导的提拔，不是他组织部部长说了算的，希望苗文哲能够理解。苗文哲笑着说："我知道，你跟我一样，只是个打工的而已！我以前说话有冒犯的地方，还请路部长多多包涵。"

路星宇说："没什么，我喜欢你这种性格。以后有事，就给我打电话。我给你办不了事，但也不会坏你的事，你放心。"

苗文哲笑着说："谢谢路部长！"

苗文哲从路星宇办公室出来，失落的情绪慢慢涌上心头。他感觉自己像掉队的孤雁，失魂落魄，无精打采，满是苦涩的酸楚、无奈的凄凉。他看到街上被寒风吹落的树叶，不免触景生情，那种淡淡的忧伤，已经变成了深沉的悲伤。他来到停车场，坐到车上，不知道要去哪里，去干什么！过了许久，他想，自己一定要坚强，人不能只为自己活着，不能让自己的妻子和孩子看到他失魂落魄的样子，要跟往常一样，高高兴兴回家，快快乐乐生活。

本想约几个朋友喝酒，痛痛快快来个一醉方休。但他知道，喝醉后自己会更加悲伤，会号啕大哭。这样不仅不能缓解自己的心情，反而会让朋友们也为此而不开心。

他开着车，在大街上转了几圈，看着来来往往的车流、熙熙攘攘的人群，心里更加烦躁，不由自主地将车开到渭河边上的未名湖畔。他看到天空布满沉沉的阴霾，看着湖里并不清澈的水。微风吹过，有些许温柔，湖里柔柔的浪花拍打着岸边的巨石，仿佛在诉说着无奈和忧伤。湖里的野鸭和水鸟，好像听懂了浪花的倾诉，开始低声的哀鸣……

苗文哲找到一块干净的巨石，坐在上面，痴痴地望着广袤的湖面，心里不停地翻涌奔腾，酸甜苦辣，涌上心头。他尽力劝自己，从此以后，远离官场，事不关己，既不关注，也不感慨。他看到湖边泛黄的树叶随风飞舞、翩然而下。其实翩然而下的不仅仅是那黄黄的叶片，更是一颗颗泪珠、一份份眷恋，它们用生命来渲染冬天来临的萧瑟。而自己将用什么样的心态来面对人生的寒冬……

好奇心让杨明轩主动给苗文哲打了电话。

苗文哲看到是曾经的老同学、现在的总经理杨明轩打来的电话，又惊又喜。他没想到杨明轩会主动给自己打电话，但杨明轩的名字此时清楚地显示在手机上。尽管如此，过了十几秒钟，他才接通电话说："总经理好！总经理新年好！"

杨明轩也向苗文哲祝贺新年，亲切地对苗文哲说："文哲，我来大漠油田公司已经快一年了，也没见到你，你还好吧？"

苗文哲说："好着呢，谢谢你。"

杨明轩笑着说："我们一届的同学我都见了，唯独没有见到你。"

苗文哲心想，我又不是那种溜须拍马的人，你来以后我就没上班，你当然见不着我了。他笑着说："你当然看不到我了，我已经申请提前离岗了，再说你忙，尽量不打搅你为好。"

苗文哲还是那样倔强，离退休还有好几年，怎么就申请提前离岗了呢？杨明轩说："我没听说你离岗呀！听我的秘书说你身体不好，一直在家看病呢。你身体怎么了，看好了没有？"

苗文哲不知道怎么跟自己的老同学说，是实话实说，还是随便搪塞几句，他下意识地说："也就那样，关键是没地方上班啊。"

杨明轩说:"你不是在延西油田采油一厂当副厂长吗?怎么能说没地方上班呢?"

苗文哲苦笑了一下说:"一时半会儿说不清楚,等以后有机会了再给你详细汇报。"

杨明轩说:"你家在什么地方住?今天忙不忙?如果不忙,刚好我们俩出去散散心。"

苗文哲听了顿感亲切,这个当总经理的老同学以后提拔不提拔自己无所谓,就凭今天能给自己打电话,并主动邀请自己出去散心,已经足够了。他说:"在大漠油田公司职工家属区住着,你在哪儿住,我开车去接你吧。"

杨明轩说:"半个小时后,你到大漠油田公司办公楼对面等我。"

苗文哲和杨明轩通完话,心情格外好,有一种说不出的舒畅。这是他近几年来从未有过的感觉。他对妻子夏春雪说:"我出去见个人。"

夏春雪看苗文哲喜上眉梢,开玩笑说:"你要去见谁呀,看把你高兴的,不会是去见小情人吧!"

苗文哲笑着说:"我现在还有什么小情人!去见一下我老同学。"

夏春雪说:"大过年的,有什么重要事情还非要今天见不可!"

苗文哲笑着说:"你知道刚才谁打的电话?是总经理杨明轩打来的。你不是一直让我去找人家嘛,今天人家主动找我,让我陪他去散心。"

夏春雪高兴地说:"真的呀!那你赶快去,多带点钱。"

苗文哲说:"我知道。"

夏春雪说:"把头发收拾一下,把西装穿上,不要让你老同学看到你落魄的样子。"

苗文哲笑着说:"你觉得我是一副落魄的样子吗?"

夏春雪说:"有点。"

苗文哲笑着说:"我在你心里就是落魄的形象?我觉得我还精神着呢。"

夏春雪笑着说:"你觉得精神就好,快把衣服穿好,去吧。"

长安的冬天并不冷，职场上的人们一年四季总是西装革履，显得精神抖擞。苗文哲长时间没上班了，穿着比较随便。但今天与平时不一样，与其说见自己的同学，还不如说要见自己的领导更恰当。他按照老婆夏春雪的要求，不仅穿了西装，而且还扎了领带，对着镜子又将自己的头发梳理了一下，自我感觉也精神了许多。他笑着对夏春雪说："看来穿西装就是不一样啊。"

夏春雪笑着说："那当然了，人靠衣服马靠鞍，穿着西装就是精神。你赶快去吧，不要让人家等你。"

苗文哲来到停车场，打开车门坐在车上热车。他想，杨明轩要早来两年，他在仕途上还有点希望，但现在自己年过五十的人了，即使杨明轩想用自己，由于年龄的问题，也没法再用。想到这儿，他心里隐隐有些凄凉，但又觉得，为什么自己非要弄个正处级才善罢甘休？人不在于当多大的官，关键看自己生活得舒服不舒服、愉快不愉快。这几年，他看到那些比自己提拔得晚的、工作能力不如自己的人，一个个都被提拔为正处级，心里实在不是滋味。人常说，男儿有泪不轻弹，他虽然没有为此掉过眼泪，但心却在滴血，尤其是那次提拔常务副厂长的时候，他觉得太不公平了，但又能怎么样，自己连一点办法都没有，真是欲哭无泪！一年来，他的心情糟透了，本来不抽烟的他，竟然染上了烟瘾，老婆夏春雪看在眼里，急在心里。后来，夏春雪知道新上任的总经理杨明轩是苗文哲的同学，多次让他去找杨明轩，但他就是不去。在他看来，自己都不是从前的自己了，杨明轩现在的官比自己大了几级，还会认自己吗！再说了，已经过了提拔的年龄，找他在一定程度上讲就是为难他呀，何必要为难人家呢？

今天杨明轩主动给自己打电话，他高兴的是自己这位老同学看到短信后，主动打电话约自己，说明杨明轩还是没忘过去那份情谊。至于自己的工作，将来还有没有仕途前程，并不重要，重要的是自己还有这么一个能够念旧情的同学，在他面前能够将自己多年的积郁一吐为快，从此放下包袱，好好生活。

苗文哲把车开到大漠油田公司办公大楼对面的马路上，打开窗户，面对办公大楼等着杨明轩。

　　大漠油矿是大漠油田公司的前身，是中国最老的石油企业，具有百年的开发历史，是中华人民共和国成立前革命根据地唯一的油田，为抗日战争、解放战争的胜利作出过贡献，被誉为"功臣油矿"。改革开放以来，大漠油田公司凭借各项优惠政策和勘探开发新技术，取得了飞速发展。特别是进入新世纪，原油产量连年攀升，在不断发展壮大自己的同时，也为地方经济建设作出了重要贡献。在企业发展的同时，职工的生产生活条件也得到了极大的改善。鄂尔多斯盆地内的县区，哪个地方的楼房最多最高最好，一定是大漠油田公司的办公场所或大漠油田公司的住宅生活区。大漠油田公司作为西部最大的石油企业，早在二十年前，就在长安城里建起了办公大楼，在办公大楼不远处，建起成片成片的职工家属住宅区。大漠油田公司处级以上的领导、科研人员、机关的老同志，大部分住在与办公大楼只有一街之隔的石油小区内。杨明轩来大漠油田公司任总经理虽然不到一年，但他以前在这里工作的时候已经在小区内分配了一套一百五十多平方米的住房。他调走后，房子并没有出售，回到油田任总经理后，仍然住在他原来的房子里。

　　杨明轩和苗文哲已经有十几年没有见面了。杨明轩来油田之后，苗文哲虽然没有正面与他接触，但在油田电视新闻里经常看到他。

　　看到杨明轩从石油职工家属住宅区出来，苗文哲立即从车上下来，并向前走了几步，迎接这个已经是正厅级的老同学。

　　杨明轩虽然十几年没见苗文哲，但苗文哲的音容笑貌他依然熟悉。他走到苗文哲跟前，笑着说："你大样子还没变啊，只是比原来胖了一些。"

　　苗文哲笑着说："样子是没变，但已经老了。"

　　杨明轩笑着说："我们都老了，上车吧。"

　　杨明轩上车以后，苗文哲说："我俩去哪？"

　　杨明轩说："我们去公园吧，看哪个公园人少，我们就去散散步。"

　　苗文哲说："那我们就去未央湖湿地公园，那个地方离城市相对远一些，我想那个地方今天人不会太多。"

杨明轩说："行，就去湿地公园。"

未央湖湿地公园离大漠油田公司办公大楼最多也就十公里的路程。大年初二，公路上车辆较少，大约半小时，他俩就来到了目的地。

两人沿着公园的人行道一边走一边聊。

刚开始，苗文哲还有些拘束，毕竟这个曾经什么话都可以说的老同学，现在已经是自己的顶头上司了，另一个原因是自从大学毕业以后，他们还是第一次在这样的环境中聊天。尤其是这几年，他受了很多委屈，很容易带着感情色彩把一些问题说出来。而这些问题，到底该不该说，该怎么说，他心里没底。于是，他几乎不主动说话，杨明轩问什么他回答什么，没有老同学见面什么都可以放开聊的轻松氛围。

杨明轩笑着说："不知道是你变了，还是其他什么原因，你已经不是原来的苗文哲了，说话吞吞吐吐，甚至有些敷衍。"

苗文哲笑着说："我们每个人都在变，只不过是变的程度、变的内容不一样。我们已经工作了三十多年，感慨非常多，说话做事都得小心谨慎。我这一辈子，细细想来，工作没少干，也干出了一些成绩，但总不顺利，尤其是这几年。我本是无神论者，有时候还真想到寺院里抽一签，算一卦，问问这几年为什么会如此不顺。"

杨明轩笑着说："你也不用拘束，我们是同学，你随便说，想说什么就说什么。今天是来散心的，又不是让你来汇报工作的。有啥说啥，不用遮遮掩掩。"

苗文哲笑着说："我俩毕竟不是三十年前那种关系了，你现在是我们的总经理，我怎么能放得开呢！"

杨明轩笑着说："今天就让我们回到三十年前，随便说，随便聊。你还记不记得我俩，还有耿明敬请班上的女生王文华吃饭的事了？"

苗文哲看了看杨明轩，笑着问："那么多年前的事你还记着？"

杨明轩笑着说:"怎么能不记着呢!那个时候,男生和女生基本不说话,没想到我们喝完酒开了一个玩笑,你就当真了,还真把人家给约出来了。"

杨明轩就是想通过叙旧让苗文哲放松一下,苗文哲听了杨明轩讲年轻时候的陈年趣事,心里轻松了许多,仿佛又回到了那个年代。

苗文哲笑着说:"那个时候我们多单纯,真是天不怕地不怕。"

杨明轩笑着问:"仅仅叫出来一次,还是以后又偷偷地约了好多次?"

苗文哲笑着说:"就一次都差点泡汤了。"

杨明轩说:"我不信,后来我看你俩经常在一块,当时同学们都羡慕你,以为你俩在谈恋爱,再后来就没有下文了。"

高考刚恢复那几年,即便是大学,老师也比较紧缺,有些公共课只好上大课,只要是一个年级的,就有可能凑在一起听课,同年级的同学彼此都熟悉。那个时候,文化生活比较单调,只要搞活动,同学们都会直接或间接参与。每年"五一""国庆"期间,学校为了活跃校园生活,年级与年级之间、系与系之间就会开展篮球、排球和足球比赛。有这方面特长的同学直接参加比赛,没特长的同学也会到场当啦啦队,为自己的班级或喜欢的同学呐喊助威。

杨明轩和苗文哲都喜欢体育活动,但他俩没有身高的优势,就只参加了系里的足球队。时间长了,先是球友,后就成了朋友。朋友和朋友之间,就有说不完的话题。大三那年,年级与年级比赛,杨明轩和苗文哲代表三年级参加,球队获得了冠军。获得多少奖金他们不知道,比赛结束后的一个周末,体育老师兼教练请他们在校园门口附近的一个饭馆大吃了一顿。那个时候学校管得严,不让喝酒,但为了庆祝一下,他们的教练破例让他们喝了一次啤酒。他们这些来自农村的男生,有的人还不知道啤酒是什么味道。没喝多少,有的同学就喝醉了。杨明轩、苗文哲、耿明敬在球队中,关系相处甚好。杨明轩和耿明敬是一个班的,苗文哲是同年级另一个系的。

由于喝酒了，朋友之间有说不完的话题。耿明敬给杨明轩和苗文哲讲他谈恋爱的浪漫史，并鼓励他们俩也谈谈恋爱。还说班里有一个叫王文华的女同学，长得特别漂亮，他厚着脸皮找了人家很多次，人家就不理他，如果谁有能耐，把她请出来一起吃顿饭，饭钱由他来付。杨明轩知道，王文华和苗文哲都是文学爱好者，而且是校刊《西京文学》的编辑，苗文哲肯定能把王文华约出来，就说："我是没这个能耐，就看苗文哲的了。"苗文哲心想，约出来吃饭是好事情，就对耿明敬说："说话要算数，到时候我们三个一起参加。"耿明敬拍着胸脯说："男子汉大丈夫，一言九鼎，决不食言。"过了几天，又到周末，苗文哲约王文华星期天加班，故意将一大堆稿子交给王文华审阅。直到下午六点，王文华手里的稿子还没审完，她准备回去吃饭。苗文哲说："审完了再去吃。"王文华说："审完了食堂就关门了。"苗文哲说："关门了我请你到外面去吃。"就这样，杨明轩和苗文哲跟着一个女生混了一顿大餐。

苗文哲说："那个时候真是单纯，咱农村来的孩子总是有一种自卑感，想都没想过跟人家城里来的同学谈恋爱。"

杨明轩笑着说："后悔了？"

苗文哲说："后悔什么呀！我想你也知道，王文华可不是我们想象的那么单纯，只要有时间，她就会去城里玩。她结交的那些朋友，穿着打扮很时髦，一看就是社会上的那些混混，我还多次提醒过她。但女孩子嘛，只要你有钱，今天给她买个小礼品，明天请她吃顿饭，久而久之，就离不开了。"

杨明轩说："这些事情我还真不知道。毕业后你们没联系过？"

苗文哲说："你们班的同学，我怎么联系？我想你们肯定有联系。"

杨明轩说："我们也没联系。前几年，不是很流行同学聚会嘛，我们班二十年聚会的时候，有五个人没有联系上，其中就有王文华，听说定居到美国了。"

苗文哲感慨地说:"多想回到从前,那个时候,我们无忧无虑,四周尽是笑脸,身边都是甜语。我们单纯得如一张白纸,开心得像天空的小鸟,困了倒头就睡,饿了坐下就吃;那个时候,不知道什么叫压力,不明白什么叫责任,不用假装坚强,不用死撑硬扛,不会去看别人的脸色,不会去听别人的闲言;那个时候,人和人简单相处,心和心坦诚交流,不会因名而钩心斗角,不会因利而相互算计,有什么伤心事,有什么尴尬事,全都一股脑儿说出来。而不像现在,什么事都藏着掖着,生怕别人看出来笑话。"

杨明轩在仔细地听苗文哲的感慨,他终于听出来了,这应该是当年流传很广的一首诗吧。他笑着说:"你真厉害,你的记性真好,能把一些富有哲理的诗活学活用啊。"

苗文哲感慨地说:"现在真是老了,记性也大不如从前了。"

杨明轩说:"我记得这首诗很长,当时读起来并没有那种味道,但是现在,我觉得这首诗写得特别好,你能不能把后半部分也背出来?"

苗文哲说:"不一定记得那么准确,但大部分我还记得,主要是这些诗句,跟我现在的处境很相似,所以我就能够记下来。后半部分是这样的:那个自由自在的年龄,没有烦恼,只有欢笑,可是回忆终会破碎,再美的梦,醒来之后,也只剩一丝留念。尔虞我诈,在这世上我能相信谁?居心叵测,在这个世界上,谁值得我信任?我们只剩下猜忌,我们只剩下怀疑。在这个世界上,活着,似乎就是折磨。人,生来就是接受苦难的。人到中年,时光流转,越来越怀念,从前那段美好的时光……"

杨明轩默默地听着苗文哲很有情感地诵读,并不由得鼓起掌说:"你真厉害啊,竟然能够把这么长的诗记得这么清楚。以后我也要好好向你学习,有时间了应该多读读书。"

苗文哲笑着说:"你可不能向我学习,我现在基本上是一个没用的人了。你得好好地为我们大漠油田公司的十万名职工着想,我们以后生活质量的好坏,就全靠你了。不过,有时间了,多看看书我倒是挺赞成的。"

杨明轩这个时候，觉得这个老同学还是那么可亲可敬，在他看来，苗文哲身体根本就没病，有的只是心里的病。他故意刺激苗文哲说："我还指望老同学你好好干呢，你倒好，我来快一年了，你待在家里不仅不上班，也不主动来看我，像你这样的同学真是少有！"

苗文哲苦笑着说："不是我不上班，我是不好意思再回延西油田采油一厂工作了。至于我不去看你，是我不想为难你。"

杨明轩说："没什么为难的，你究竟是怎么回事儿？"

苗文哲说："还是不说的好，我真的不想为难你。"

杨明轩说："我们是老同学啊，有什么可为难的。这哪是你苗文哲呀！我们之间还有什么不可以说的。我们是有主见的人，对与错我是能区分清楚的，我绝不会因为你是我老同学，就会无原则地照顾你，这一点你放心。"

在杨明轩的再三追问下，苗文哲终于说出了自己不想上班的理由。

苗文哲说他在延西油田采油一厂副职当了十几年，尤其是从2009年开始，在领导班子排名上，除了厂长、书记，他排第一，全面负责生产、安全环保等重点工作，一干就是五年，五年中原油产量净增加了一百一十万吨，安全环保也没出过任何事故。2014年春天，大漠油田公司党委组织部通知他参加巡视工作，并要求他把目前的工作交给其他领导。他参加巡视后，延西油田采油一厂产量出现大滑坡，领导班子团结协作也出了问题。这些本来和他没有多少关系，却在第二年提拔干部的时候，以产量滑坡为由，将他拒之门外，并且对党政主要领导进行了调整。他本想回去继续主管生产、安全环保等重点工作，可新上任的领导说他的岗位已经安排给了副厂长舒宏才，就让舒宏才继续干吧。他作为副职，能说什么，只好找到组织部，组织部部长建议他继续参加巡视。还不到半年，延西油田采油一厂准备提拔一名正处级领导，大漠油田公司确定的候选人竟然是舒宏才，而且舒宏才有很多硬伤。他这才意识到，让他参加巡视，不是为了提拔他，是为了让他给舒宏才让位子。

杨明轩听完以后，沉默了一会儿说："我知道你是受了委屈，你才提出不干的。咱们都是从农村出来的,今天能干到处级这个职务也不容易,你怎么能说不干就不干了呢?我的意思是你收假以后,先回单位上班,工作的事我尽快给你考虑,我们这个年龄,要我说正是年富力强,正是干事的时候,我在你跟前不能说大话,但我们总要做点有意义的事情吧。"

苗文哲说:"你就让我提前离岗吧,我真的不想干了。"

杨明轩见苗文哲还坚持离岗,就明白大漠油田公司对他的伤害之深,让他很难回到从前,但杨明轩还是很严肃地看了一眼苗文哲,说:"我觉得你真的变了,你过去的那种硬汉气质哪去了?"

苗文哲没有回答杨明轩的质问,默默地向前走着。杨明轩心里想,看来前两任总经理的流毒在大漠油田公司并没有完全肃清。在他对大漠油田公司大部分干部不熟悉的情况下,党委书记刘春华一而再再而三地要求提拔干部,而且每提拔一次,职工意见都很大,不断向省上相关部门举报。这充分说明,大漠油田公司还需要下硬碴儿进行治理整顿,不然大漠油田公司将会深陷泥潭,谈何发展?

两个人默默向前走了几十米,杨明轩问苗文哲:"你不是巡视了两年,你觉得我们大漠油田公司存在的主要问题是什么?"

苗文哲看了看杨明轩,说:"我也不一定说得对,我觉得主要是公平问题,这与社会风气有关。"

杨明轩笑着问:"什么公平?"

苗文哲说:"比如干部的提拔问题、职工的待遇问题、职工的后顾之忧问题等。"

杨明轩对苗文哲说:"你说具体点。"

苗文哲说:"不一定对,只是我个人观点。"

杨明轩说:"你说吧。"

苗文哲说:"比如在处级干部的提拔任用上,凡是当过项目长的人,基本上都提拔了。就连舒宏才那样在工作上有重大失误的人都准备提拔,你想想,我们在干部的任用上已经腐败到什么程度了。"

杨明轩说："你是不是跟舒宏才有意见,你怎么总拿他来说事?"

苗文哲不好意思地笑了笑,说："绝对不是,主要是我对他更了解。还比如,延东油田采油八厂的宁永瑞,从2010年开始,当了三年项目长,项目成本超支了近十个亿,随后就被提拔为常务副厂长,级别正处级。十八大之后,反腐力度持续加大,延东油田采油八厂项目组管理还十分混乱,在2013年和2014年又超了近六个亿,延东油田采油八厂的厂长关明伟是有责任的,但不仅没有受到追究,还被提拔为总经理助理了,这个你应该知道。"

杨明轩说："你怎么这么清楚?"

苗文哲笑着说："我当然清楚了,在你来大漠油田公司的前一年,我就在延东油田采油八厂巡视。"

杨明轩说："那你继续说。"

苗文哲说："我还是那句话,只是我个人的看法,不一定准确,你就当听故事吧,说过撂过。"

杨明轩说："你说吧。"

苗文哲说："我给你说两组数字。2010年至2014年,延东油田采油八厂项目超投资近十六个亿,可在2015年却能节约两个多亿;2015年对关明伟离任审计时发现,仅给个体老板就多结算了六千多万。从这两组数字,我们就可以断定,这里边存在严重的腐败问题,是不是相关人员应该受到追责?"

杨明轩看了看苗文哲,说："你继续说吧,你在巡视中还发现了什么?"

苗文哲说："我只是感觉,这个单位的管理混乱到让人吃惊。管理的每个环节都有问题。我们巡视组也讨论过,从岗位人员、主管科室长、再到主管领导,层层不负责,才导致这样严重的后果。"

杨明轩问："你觉得有没有利益输送?"

苗文哲说："这是肯定的。如果让检察院上手,从宁永瑞身上突破,所有的问题就会大白于天下。"

杨明轩回想起自己来大漠油田公司近一年的工作，觉得很累，有许多棘手的问题需要解决，超投资的这十几个亿的问题，就是其中之一。这十几个亿的亏空，在他上任之前就已经发生，他上任后，这个问题就需要他去解决。十八大以前，对于年收入超过千亿的大型企业来说，想解决十几个亿的亏空，也不是什么难题；十八大以后，方方面面都在规范管理，想解决这十几个亿的亏空，就比较难了。

杨明轩看了看表说："我们不说了，出来快两个小时了，我们回去吧。"

苗文哲说："好的，我们走吧。"

坐到车上，苗文哲笑着说："你要是不忙，我请你吃饭，算是我没去看你的补偿。"

杨明轩说："大过年的，到哪去吃，我们还是回去吧，我们以后有的是机会。"

苗文哲说："好的，只要你有时间，我随时奉陪。"

在公园里，杨明轩和苗文哲交谈了许多，现在他俩好像都有点累，谁也不想再说什么。苗文哲在专心致志开车，杨明轩在有意无意欣赏着窗外的景色。

古都长安，从地理位置划分，属于北方。北方的冬天，应该是白雪皑皑，寒气袭人。然而长安的冬天不仅下雪少，而且天气也比较暖和，尤其是过了春节，有许多树已经开始发芽，田野里的麦苗，已经返青，绿油油的，铺满田地。

杨明轩看到田野里的新绿，突然想起唐代韦应物《观田家》中"田家几日闲，耕种从此起"的诗句，他觉得石油工人比农民要辛苦，农民虽然也辛苦，但一年四季都能跟亲人团聚。而石油工人大年三十都在上班，尤其是上有老、下有小的那些女同志，想来就让人感慨。他想，现在自己是大漠油田公司的总经理，自己也许就在这个岗位上干到退休了，在自己任职的这几年里，一定要为大漠油田公司的职工办一些实事好事。

杨明轩回到家里，没过多久，女儿杨博雅也回来了。

杨明轩问女儿："你不是找同学玩去了，今天怎么这么早就回来了？"

杨博雅笑着说："再好的同学，长时间不联系，也会变得生疏。小时候那种童言无忌的感觉好像没有了。"

杨明轩觉得很有意思，不由自主地笑了笑，也没再说什么。

杨明轩和杨博雅父女之间，必然会有代沟，在方方面面都存在着不同的看法。杨明轩这一代人，从小接受的是马列主义、毛泽东思想的教育。那个年代，虽然物质匮乏，大人和孩子都面临着饥饿的问题，但不同职业、不同年龄段的人，都有自己学习的榜样，大人都知道焦裕禄，孩子都知道雷锋、王杰等。那个年代出生的人自幼便在身上打上了雷锋精神的深深烙印，可以说雷锋精神影响了他们一辈子的世界观、价值观和人生观。他们都在这种精神的感召下绵延滋远，形成了良好的人生追求。他们对同学、朋友之间那份感情十分珍重。现在的年轻人就不同了，他们从懂事开始，电视、网络、报刊等媒体就已经很发达了，传播的内容形形色色，他们崇拜有钱人、崇拜明星，这让他们的思想在一定程度上变形、扭曲，甚至就没有理想追求，两辈人思想意识、思维模式形成了明显的反差。

杨明轩的女儿杨博雅是名牌大学毕业生，高考那年，考了六百二十分，上了北京财经学院，毕业以后被分配到古城某银行资产管理部上班。刚上班的时候，基本上保持了学生时代特有的俭朴、单纯，下班以后，按时回家。过了一年多，她开始变了，化妆由原来的淡妆变成了浓妆，穿衣也由过去的一般牌子变成了名牌，买个包包少则大几千，多则一两万，下班以后也不按时回家，要么是加班，要么是应酬，好像比他这个当官的老爸都忙。为此，杨明轩还批评过几次，女儿开始还不反抗，后来直接说有代沟，没法交流。杨明轩觉得女大不中留，给自己的老婆于慧月说，让她多关心关心孩子，不要让孩子误入歧途。于慧月虽然比较关心女儿，对女儿的一言一行、一举一动都十分清楚，但毕竟女儿大了，靠管是管不住的，只能是说说而已。

杨博雅今年已经二十八了，还没有找到对象。但她的生活很快乐，除了上班、偶尔应酬外，逛街购物、美容美发、同学聚会是她主要的生活内容。家里就像招待所一样，是她梳洗打扮、睡觉的地方，她很少在家里待着。久而久之，杨明轩和于慧月也就习惯了，尽量不与杨博雅发生言语上的冲突，尽量维持和睦气氛。

大年三十、正月初一这两天，杨博雅没有出去，除了帮母亲做饭洗碗，不是玩手机，就是玩电脑。到了初二这一天，她就不想在家里待了，要出去见她的发小。

杨明轩知道，如果是发小，有可能是油田职工子女，更有可能在油田上工作。他问："你同学在哪儿上班？"

杨博雅说："在你们大漠油田公司啊。"

杨明轩想了想，不知道怎么跟女儿交流。由于女儿年龄也不小了，就不能问是男生还是女生，他只能问："你同学还好吗？"

杨博雅说："不好，她再过两天就要到延西油田采油一厂上班了。她给我讲了很多石油工人的故事，要是我早就不干了。"

这个时候，杨明轩才可以问是男同学还是女同学了。他笑着说："有那么严重嘛！是男生还是女生？"

杨博雅说："当然是女的了，在你方便的时候，把我同学调回你们机关工作吧。"

杨博雅对杨明轩说话一直比较霸道，这也许是独生子女对父母说话时共有的特点。

杨明轩仍然慈祥地笑着对女儿说："你把她的情况给我说一下，年龄多大了，结婚了没有，学的什么专业，现在具体在干什么。不能说我是总经理想干什么就干什么，大漠油田公司又不是咱家的，我想这个道理你应该懂吧。"

杨博雅说："我又不是说让你现在就调，我就不信你一个总经理，调个人还有困难！"

杨明轩已经习惯了女儿这种蛮不讲理的态度，他非但不生气，还笑着对杨博雅说："以后再说吧。"

杨博雅所说的同学叫常春梅，是她小学到初中的同学。中考时，杨博雅考进了长安重点中学，常春梅上的是普通高中。

她俩性格相似，打小就喜欢在一起玩，关系一直不错。上了高中以后，由于学习的压力比较大，高一的时候偶尔还联系，高二以后就一直没有联系。直到大学毕业以后，她俩又开始联系了。一个在地方工作，一个在石油系统上班，平时联系的也并不多。直到杨明轩当了大漠油田公司总经理，常春梅才给杨博雅打电话，确认杨明轩是不是杨博雅的父亲。

常春梅知道杨明轩是自己发小的父亲后，只要回到长安，就把杨博雅约上，一起去逛街、吃饭、聊天，其目的非常明确，就是想通过杨博雅的帮助，给自己调整一个好的工作环境，但直到今天她才把自己的想法告诉了杨博雅。

常春梅是一个普通石油职工的女儿，她的母亲虽然没有工作，但长相漂亮，而且是贤惠的家庭主妇。杨博雅上小学、初中的时候，由于父母亲都有工作，有时候忙得顾不上她，她就去常春梅家吃饭，这一点她永远都不会忘记。上了初中，常春梅母亲的遗传基因在她身上显现，初二下半学期，常春梅已经像含苞待放的牡丹花儿，不仅那些年轻的老师喜欢她，就连嘴上还没长毛的小男孩也给她献殷勤，影响了她的学习。初三的时候，班上有一些从陕北转学来的煤老板、油老板的儿子，学习不怎么样，但有钱，买衣服、鞋子什么的，都是知名品牌。这些同学不是给她买东西，就是请她到外面吃饭，导致她学习越来越差，中考的时候，勉强上了个不怎么好的中学。

在高中期间，随着年龄的增长，虽然她的思想逐渐成熟，但放飞的心已经很难平静，学习从来得不到老师的表扬，高考完成绩仅能上个三本。家里考虑到孩子大了，即使补习也不会有什么好的成绩，就让她在武汉一所大学读了文秘专业。大学毕业以后，恰好大漠油田公司正处于大规模开发上产阶段，生产一线需要大量的工作人员，作为石油工人子女的她，被内招到延西油田采油一厂一个叫张家湾的作业区，当了一名采油女工。

常春梅虽然没有考上好的大学，但她的智商并不低。她在采油队当工人时，利用业余时间写一些散文、诗歌，给大漠油田公司内部的网站、报纸投稿。过了一年多，作业区书记覃博宇发现常春梅文字功底不错，鼓励她多写一些生产经营方面的通讯报道，并激励她说，只要你好好努力，完全有机会调到作业区机关或厂机关从事宣传工作。可是努力了两三年，她还在那个山坳里的小站上当工人。

后来，常春梅慢慢懂得，很多事情并不是靠能力能解决的，要进小小的作业区机关，也必须有一定的关系，最少要跟作业区书记或经理有关系才行。她知道，像她这种一没背景、二没关系的普通家庭的女孩，所有的一切都只有靠自己去经营。

常春梅为了改变自己的命运，她一边继续努力学习，进一步提高自己的写作能力，一边找机会与能为自己办事的领导拉关系。

有的人智商高但情商不一定高，常春梅属于情商较高的那种人。她为了早点离开采油队，不管是书记覃博宇还是作业区经理曲文清，只要来单位检查工作，她一定会想办法让领导注意到自己，并不失时机地在领导面前表现，久而久之，她在领导心目中留下了好印象。尽管如此，她还是进不了作业区机关。

过了几年，与常春梅一起分配到采油作业区井站上班的大学生们，大部分已经离开了原来的岗位，而她仍然在小站上小班。油田上的工作，是连续作业，只要抽油机转着，就得有人上班。即使是春节这种举国欢庆的日子，那些采油工们仍然需要坚守在岗位上。单位的领导们为了确保正常生产，就会把工作人员一分为二，一部分回家过年，一部分继续上班，等正月初七正常上班以后，让春节上了班的人回去过元宵节，常春梅就是春节期间被留下上班的人。

在元宵节，常春梅除了和父母团聚，她想得最多的事情就是自己怎样才能离开现在的岗位。她知道，现在办什么事情都需要花钱，但有时候是"提上猪头找不到庙门"。她想，她认识的最大的领导就是作业区经理，如果作业区经理愿意给自己帮忙，她也可以从现有的岗位上调整下来，到作业区机关谋个好的差事。她就想，在返回作业区上班的时候，一定要买上礼品，去看望作业区经理曲文清。

正月十八是常春梅返回作业区上班的时间，她为看望作业区经理曲文清动了很多脑筋。大过年的去看望领导，给领导拿什么礼品，是送钱还是送烟酒，她心里没数。钱一定要送，但又不知道要送多少，送少了怕别人看不上，想多送自己又没有。在苦思冥想中，她觉得钱是一定要送的，但送烟酒是绝对不行的，因为烟酒拿着太招摇，让别人看见了也不好。最后，她决定买点小礼品如酥皮点心、巧克力等，另外再准备一个一万块钱的红包。

常春梅从古城长安出发，到延西油田采油一厂张家湾作业区时已经是下午五点钟了。她给作业区经理曲文清发了一条短信，意思是要去办公室给他拜年，曲文清说他不在办公室，正准备和地方上的领导一起吃饭。

常春梅只好在作业区招待所等着，直到晚上九点多，她看到曲文清办公室的灯亮了，她又一次给曲文清发短信，曲文清很快就回短信了，让她去办公室。

常春梅来到曲文清办公室，看到曲文清满面红光，闻到满屋子都是酒味。曲文清对她非常热情，不仅给她拿水果，还给她倒了杯茶，这让她感到有些亲切。她本想把背包里的礼品和红包放下就走，但曲文清的热情让她一时难以脱身。大约过了半个小时，她从自己的背包里把准备的东西都拿出来，放在曲文清的办公桌上，并对曲文清说："年还没过完，本想给领导买两瓶酒，但觉得不太方便，完了你自己去买吧。"

还没等她把钱放下，曲文清就抓着她的胳膊，笑着对她说："东西我可以要，但红包我绝对不能收。"

常春梅毕竟是个女同志，也不好和曲文清拉拉扯扯的，只好把钱放回包里。她本想就此离开，曲文清却说："现在还早，你再坐一会儿吧，你有什么想法你可以说出来，能解决的我尽量帮你解决。"

常春梅深知在这夜深人静的晚上，独自与一个男人在一起，时间久了是有危险的，但眼前这个男人是她的领导，不能想走就走。她知道他的一句话，就可以改变她现在的处境，即使有危险她也不能轻易离开。

有的人喝多了酒不仅不讲理，而且还动粗，像曲文清这样的知识分子，虽然喝多了，但并没有给人危险的表现，唯一让常春梅感到与平时不同的是曲文清的话比较多，而且不像平时老是拉着一张脸。今天的曲文清看上去还有些年轻人的活力，不仅热情，而且还善于表达。他一会儿问她工作上的事情，一会儿问她家里的情况，而且还问她有没有找对象。不知不觉中，已经过了十二点，常春梅有意识地看了看表说："领导，已经十二点多了，您也喝了不少酒，早点休息吧。"

曲文清笑着说："都这么晚了？看来跟美女聊天时间过得就是快。那好吧，我送送你吧。"

常春梅心里想，这下完了，不让送是不可能的，让送的话，万一碰上人怎么办？她笑着说："经理，您喝了不少酒，不用送，您早点休息吧。"

曲文清笑着说："我没喝多，我没事的。"

常春梅想，要不然再待一会儿，越晚越不容易碰到人。她把包放下，对曲文清说："领导，您真的喝多了，我给您再泡杯茶，多喝点水就好了。"

又过了十几分钟，常春梅又一次准备离开。她刚走到门口，准备出门，曲文清一把拉住她，说："小常，你是我们作业区长得最美的女人，我早就看上你了，只要你跟我好，马上就把你调到作业区机关。"

常春梅一个弱女子，面对这突如其来的情况，她不知道该怎么办，既不能叫，也不能喊，只能一边想办法逃脱一边说："领导你喝多了，快把我放开。"

常春梅知道她已经掉入了虎穴，反抗和求饶都是徒劳的。她有点生气地对曲文清说："你怎么能这样啊，你先把我放开。"

曲文清看着常春梅不高兴的样子，心想，硬来不仅别人不开心，自己也不开心。他放开常春梅说:"对不起,我真的很喜欢你,我真是有点喝多了。"

常春梅看着曲文清,有些可怜的样子。心想,这男人嘛都是一个样,看见漂亮的女人,都想往怀里拉。她本来可以就此离开,但如果自己真的离开了,也许再也没有机会了,她就对曲文清说:"你是喝多了还是真的喜欢我?"

曲文清说:"我是真的喜欢你,我们作业区两百多女人,你是我最喜欢的。"

常春梅听了曲文清的话,说:"看来你还有喜欢的。"

曲文清说:"没有,真的没有。"

常春梅说:"那你也不能这样啊!"

曲文清听出常春梅并没有完全拒绝他,就说:"对不起,你要是不愿意,我也不会强迫你的。"

常春梅这时意识到曲文清并没有喝多,而是有意要占她的便宜。她冷静了几分钟,心想,自己来看曲文清的目的就是想让他帮自己调整工作,但她没有想到的是,会出现这种情况。在这短短的几分钟里,她决定,只要曲文清答应给自己调整工作,即使以身相许,也在所不惜。随即笑着对曲文清说:"你喜欢我什么?"

曲文清看常春梅不仅没有生气,反而笑着跟自己说话,心里不知有多高兴。他很想再一次将常春梅抱住,但他知道,心急吃不上热豆腐,他得让常春梅喜欢自己才行。他也笑着对常春梅说:"作业区女人也不止你一个,但自从见了你,发现你有一种一般女人没有的气质。你也知道,我这几个月来你们站上检查的次数多了,其实检查工作是一个方面,更主要的是想来看看你。"

常春梅想,曲文清最近几个月来站上检查的次数确实比较频繁,也许他真的喜欢自己,只是没有机会。常春梅说:"你喜欢我为什么不把我调到作业区机关上班?"

曲文清说:"那也得有机会呀,不能说想调谁就调谁呀。"

常春梅心想，什么叫机会，还不是靠关系嘛！刚才还说只要跟他好就把自己调到机关，这会儿又说要等机会，如果不跟他好，这个机会对于她来说，可能永远也等不来。

常春梅见过曲文清很多次，但大多数是在工作岗位上。这是她第一次见到曲文清没有穿工服，也是两人第一次独处一室。她看着曲文清站在离门不远的地方，像个犯了错误的小学生，一句话也不说，突然对他有些怜悯。他也是男人，一个四十刚出头的男人，为了工作，有时一两个月都回不了家。今天的举动虽然有些过分，但她这个时候已经对他没有一点怨恨。她认真地观察曲文清，觉得曲文清长得还算帅气，一米七左右的身高，白净端庄的脸庞上架了一副没有什么颜色的眼镜。她微笑着对曲文清说："你要是真的喜欢我，你就把我调到作业区机关，我又不是那种没能力的人。"

曲文清抬起头，平静地说："我不是给你说了嘛，要等机会。"

常春梅说："那好吧，我现在可以走了吧。"

常春梅拿起背包准备离开，曲文清立即走了过来，又一次把她抱住。对常春梅说："我是真的喜欢你，你要是不愿意，我绝不会强迫你，但你工作的事情，我还是会想办法帮你的。"

这一次，常春梅并没有拒绝，而是静静地站着。她知道，如果自己不愿意，曲文清绝对不会帮她的。因此，她不能再反对，只好把自己交给眼前这个男人。她对曲文清说："你先放开我，让我把包放下。"

曲文清知道常春梅已经同意了。他把常春梅放开，主动将常春梅的包接过来，放到沙发上，然后又把常春梅抱住，并对她说："春梅，你确实长得好看，尤其是今天，我一看见你，我的心就怦怦直跳。我真的好爱你，以后你的事情就包在我身上，我绝对会对你好的。"

作为过来人的曲文清知道怎么样对待一个女人。他感觉到常春梅已经有点站不稳了，这个时候，就不仅仅是亲吻，他开始抚摸常春梅，直到常春梅完全瘫软的时候，他把常春梅抱进卧室，放在床上……

第三章

过了两个月，常春梅果然被调到作业区机关综合办公室，主要从事宣传报道和办公室日常性工作。

常春梅把自己的经历，像讲故事一样讲给杨博雅听，并让杨博雅给自己出出主意。常春梅还说，其实她也喜欢曲文清，但曲文清毕竟是有家室的人，她总不能一直这样下去，她也是二十七八岁的人了，也应该找对象成家。但只要她继续在作业区上班，她与曲文清就很难断开。好就好在曲文清还比较注意影响，她跟曲文清好了两年多，很少有人知道她们的关系。曲文清在单位基本不和她发生关系，只有倒休的时候，在长安才跟她在一起。

杨博雅对常春梅说："你最好的办法就是离开作业区，换个新的环境，开始新的生活。"

常春梅说："要换个单位谈何容易，除非你给我帮忙。"

杨博雅说："如果你是因为你们领导，确实想离开现在的单位，我可以给我爸把你的事情说一下，我想他应该给你帮这个忙吧。"

常春梅说："你千万不能把我和我们经理的事给你爸说，说了会把我们经理给免了。"

杨博雅开玩笑说："看来你和你们领导确实有感情了，那就别调了，就跟他在一起算了。"

常春梅说："那不行，人家有老婆有孩子的，再说家里一直让我找对象，如果继续和我们领导好着，我就找不上对象。"

杨博雅笑着说："你让你们领导离婚，不就可以光明正大地跟他在一起了嘛！"

常春梅说："那不可能，再说了，这样做太不道德了。"

杨博雅笑着说："我的大美女啊，你怎么还是这么善良？"

常春梅说："离婚的事，他从没主动说过。人家一家人挺和谐的，我怎么好意思让别人离婚呢？"

杨博雅笑着说："我跟你开个玩笑，我想办法帮你。"

杨明轩看了一会儿电视，妻子于慧月已经把饭做好了。

春节期间，于慧月觉得除了做饭、收拾家务，也没其他事情。平时一家人上班，很难这样相聚。她在做饭的时候，每次都想多做几个菜，让老公和孩子换换口味。但现在的人肚子里油水多，吃不了多少就饱了，每顿饭都要剩下一半多。从小受过苦的杨明轩，看到剩下的饭菜被倒进垃圾袋，心里很不是滋味。要搁平时，他一定会责怪于慧月，但大过年的，他也不好说什么，浪费就浪费点吧。今天是大年初二，按照北方的习俗，应该是祭财神的日子。俗话说，初一饺子初二面，初三合子往家赚。这些年，传统文化已经丢得差不多了，但杨明轩毕竟深受传统文化影响，对老先人留下来的这些文化，深信笃行。按照杨明轩的要求，于慧月准备了面条，寓意是条条顺，期盼一年顺顺当当。她还准备了蒜泥黄瓜、凉拌藕片、火腿香肠、青椒饵丝等几个凉菜。

一个厅级领导干部，什么样的饭菜他都吃过，可杨明轩就喜欢吃老婆于慧月做的饭。杨明轩身体好，酒量大，也许是这么多年练出来的。自从和于慧月结婚后，周末一般都会让她做上几个菜，喝上几杯小酒。刚结婚的时候，没钱没权的，日子过得清贫，一瓶城固特曲都要喝上一个月。后来，官越当越大，钱越挣越多，酒的档次自然也越来越高。现在除了茅台酒，一般的酒杨明轩基本不喝。

于慧月把菜端上桌，才叫老公杨明轩和女儿杨博雅吃饭。也许是一天两顿饭的原因，杨明轩看到桌上几盘精美的凉菜，就想动筷子。一边拿筷子夹菜一边说："我今天还真有点饿了。"

于慧月笑着说："我以为你和博雅不回来，准备得有点晚了，你饿了先吃几口菜，面条马上就好。"

杨明轩拿筷子夹了块香肠塞进嘴里说："有个成语叫晚食当肉，意思是说人在饿了的时候吃饭，感觉那味道就像吃肉一样香。这个成语所表达的情境就是我现在的状况。"

于慧月笑着说："看来今天你真的饿了。想不想喝两杯，我给你拿酒。"

杨明轩说："我拿吧，你煮面。"

杨明轩看女儿杨博雅还在看电视，他把酒放在饭桌上，走到客厅，对杨博雅说："不要看了，你妈把饭做好了，过去吃吧。"

于慧月把面煮好以后，捞到三个碗里，浇上土豆、萝卜、豆腐丁做成的素臊子，把面条多的一碗放在杨明轩跟前，给女儿杨博雅一碗，给自己一碗。

杨明轩倒了三杯酒，自己端了一杯说："今天是大年初二，是祭财神的日子，祝我们一家人在新的一年里平平安安、顺顺利利、心想事成！"

杨明轩手一抬，一杯酒已经下肚了。于慧月和杨博雅只是象征性地抿了一下，把酒杯放下，开始吃面。

一个人从小爱吃什么，一辈子都爱吃什么。在杨明轩的影响下，杨博雅也爱吃面条，没过一会儿，大家就把面条吃完了。杨博雅放下碗，又去看电视了，于慧月陪着杨明轩一边喝酒，一边聊天。

于慧月虽然也能喝几杯，但尽量不喝。在她看来，女人喝酒和男人抽烟一样，是一种陋习，不太好。

要搁平时，于慧月会把菜和酒端到茶几上，让杨明轩一边看电视，一边喝酒。但杨博雅一回来，电视基本是杨博雅的，杨明轩只能和老婆说说话，唠唠家常，或去书房看看书。

杨明轩喝了几杯，觉得一个人喝酒没劲，就不想喝了。对老婆于慧月说："你要是累了，我来洗碗。"

于慧月说："累什么，一天就做两顿饭，洗碗做家务还能起到锻炼身体的作用。"

杨明轩笑着说："有你这样的老婆真好，那你洗吧，我有点累了，去休息一会儿。"

杨明轩有一个习惯，喜欢躺在床上看书，这也是多年来养成的。看书不仅能够增长知识，还能起到催眠的作用。

杨明轩最近看《百年孤独》，这是哥伦比亚作家加西亚·马尔克斯的长篇小说。作品描写了布恩迪亚家族七代人的传奇故事，以及加勒比海沿岸小镇马孔多的百年兴衰，反映了拉丁美洲一个世纪以来风云变幻的历史。作品融神话传说、民间故事、宗教典故为一体，巧妙地糅合了现实与虚幻，展现出一个瑰丽的想象世界，是二十世纪重要的经典文学巨著之一，曾获1982年诺贝尔文学奖。

来大漠油田公司工作之前的那几年，杨明轩一年最少也要看上七八本书，然而到油田工作快一年了，这仅是他读的第二本书。油田工作确实比较忙，好像有干不完的事，但回忆一年来的工作，好像也没有干出一点成绩。他一次又一次看书的内容简介，其目的是为了更好地理解这些外国名著，但他知道，如果一本书在两个月内读不完，那读书是没有效果的，最多是个了解而已。

不知道为什么，杨明轩自来到油田工作以后，看书已经不在状态了，看几页就困了，书放下就睡着了，但睡一会儿又醒了，好像没有睡过一个踏实觉。

也许是白天在公园里走累了，再加上喝了几杯酒，不到半个小时，他已经进入梦乡。于慧月听到杨明轩的呼噜声，害怕杨明轩着凉，她轻轻地来到杨明轩休息的房间，给杨明轩盖了条薄被子。然后，来到客厅，对女儿杨博雅说："把电视声音关小，让你爸好好休息一会儿。"

过了一个多小时，于慧月听见杨明轩叫她，她跑到杨明轩跟前，问他说："睡醒了？"

杨明轩说："外面是阴天还是晴天？"

于慧月笑着说："你不好好休息，怎么关心起天气来了？"

杨明轩说："天气预报说今天要下雪。"

于慧月说："预报只是预报，不一定准，你好好休息。"

杨明轩想，也是，预报不等于一定会下。天要下雨娘要嫁人，随他去吧，自己也确实应该好好休息一下。他躺着，翻来覆去睡不着，他一直在想，现在的大漠油田公司已经不是过去的大漠油田公司了，油田虽然发展了，但油田的人、油田的事都变了，变得他已经无法想象了。原以为这样一个大型企业，各方面管理应该随着企业的发展壮大，不断规范，然而在他离开的这十多年里，一方面是企业发展日新月异，另一方面是随着油田市场化运作，各种不正之风越来越严重，这既与企业管理有关，也与社会大环境有关。

他知道，在中国共产党第十八次全国代表大会召开之前，中国大陆可以说出现了前所未有的乱象，腐败奢靡逐渐成为人们追求的一种生活方式，在日常生活中，人们常常会自觉不自觉地做一些认为"对"的事。在医院动手术之前，要给主刀医生递上一个红包；去驾校学车，要给教练递上一条香烟；去政府部门办事儿，要托熟人送礼；甚至是小孩上学，开家长会，都要给班主任送点礼品。这些日常生活中的行为，几乎快成为我们中国人生活中的习惯了。杨明轩对医生、教师收受红包，特别憎恨。他认为医生治好病人的病应该是天职，收受红包是对职业的一种侮辱；教师教书育人，收受红包是对"人类灵魂工程师"的亵渎，这是在权力异化面前，国人的生活扭曲的结果。

这几年，国家下大气力整治社会上存在的各种歪风邪气，但这并非一朝一夕就能改变的事情。这么多年潜移默化形成的风气，要彻底转变，仅靠中央下文件、出规定，靠纪委抓几个贪官是很难改变的。只有社会大众从观念上认同，并人人从自身做起，这种风气也许才能改变。

就大漠油田公司而言，这么多年已经形成了一种不正之风，尤其是一些领导干部，他们忘记了自己入党为什么、当干部做什么、做人干什么的共产党人的基本要求。有的干部精神空虚、信仰迷失、脱离群众；有的干部不顾中央要求，在"四风"问题上，上有政策，下有对策，我行我素；有的甚至贪污腐化，完全忘记了要为党和人民做什么，忘记了身后应该留下什么。自己作为十八大以后被任命到重要岗位上的领导干部，一定要不忘初心、牢记使命，永葆共产党人本色。只有把握住"职工群众"这个最基本的服务对象，才能让工作有的放矢，才能让企业得到进一步发展壮大。

到大漠油田公司任总经理以来，杨明轩虽然这样严格要求自己，努力践行自己的承诺，但许多工作，并不像自己想象的那么简单。在不到一年的时间里，先后两次调整干部，每次都会听到一些负面的反映，存在任人唯亲的现象。群众反映最多的是那些当过项目长的人，该提拔重用的早已提拔，现在把一些不该提拔的干部，也想尽办法进行提拔。为此，一些群众把举报信反映到省纪委，有的甚至反映到中央纪检监察机关。他作为总经理，面对这些问题，心里确实不是滋味，但在一定程度上他又无能为力，特别是对一些群众反映强烈的干部，党委书记刘春华却有意保护，这引起他的警觉。他想，应该找机会如实把大漠油田公司的现状向上级领导和相关部门汇报，赢得他们的支持，来保障大漠油田公司的良性发展。用什么办法来给上级领导汇报很重要，弄不好，就会落一个党政主要领导不团结的口实，那样对谁都不好。尽管有这种风险，但他必须这样做，不然企业发展不了，不仅对不起组织和领导的重托，更对不起大漠油田公司近十万名职工。

杨明轩是一个对毛泽东特别崇拜的人，年轻的时候，不仅喜欢毛泽东诗词，对《毛泽东选集》也爱不释手，经常学习。尤其是他当领导以后，在干部的选拔任用上，要求很严，坚持任人唯贤、宁缺毋滥的用人原则。他对毛泽东"政治路线确定之后，干部就是决定的因素"这句话认识深刻，也颇有感悟。在他看来，如果不加强干部队伍建设，想干好工作是不可能的。因此，不管有多大困难，一定要想办法把党员领导干部管好。

大漠油田公司两任总经理接连出事，但对那些副职和中层干部基本上没有调查处理，在他看来，不是说他们所有的人都没有问题，只是没有深挖细究而已。为什么没有深挖他不清楚，但他知道这里边一定有很多秘密。延东油田采油八厂在管理上出现了那么大的漏洞，他不相信这里边没有腐败问题！这个问题处理不好，不仅不能对广大党员领导干部起到警示教育作用，也没有办法给大漠油田公司广大干部职工交代。因此，在这个问题上，必须慎之又慎。同时他也知道，要处理好这件事情，同样需要上级领导大力支持才行。

杨明轩经过反复认真思考，对新一年的工作思路逐渐清晰。他认为个人的能力是有限的，只有把全体干部职工的积极性调动起来，才能把企业的事情办好。要调动全体干部职工的积极性，就要做一些让职工群众满意的事情才行。首先要解决的是领导班子的事情，领导班子的事情，也是一把手的事情，一把手是领导班子的班长，班长自身素质不硬，就不可能带好班子，也不可能带好队伍。就目前而言，班子成员整体素质是好的，除了自己以外，唯一能够影响全局工作的人，就是党委书记刘春华。只要刘春华能够严格要求自己，能够以工作大局为重，能够一心一意为干部职工着想，能够支持自己的工作，他就不信凭自己的能力把大漠油田公司的工作搞不上去。

苗文哲回家以后，妻子夏春雪迫不及待地问："杨总给你怎么说的，是不是准备用你啊？"

苗文哲看了一眼夏春雪说："女人就是女人，你怎么还这么幼稚！"

夏春雪虽然是年过半百的人，但她的思想确实很简单。遇到问题从来不去思考，说出的话跟十五六岁的小姑娘差不多，给人的印象是她的思维有时候还停留在少女阶段。也许是她太简单，不去想问题，才不显老，看上去就像三十多岁的少妇。儿子上高中的时候，她已经四十五六了，有一次去参加儿子的家长会，有一个同学竟然将她误认为是儿子的姐姐。她听了非常高兴，可把儿子弄得很尴尬。在得知苗文哲提交提前离岗的申请后，她的眼泪唰唰唰地流了出来，哭着说："别人都想着当官，你可倒好，还要提前离岗。"当她知道总经理杨明轩是苗文哲的同学后，高兴得像孩子一样，笑着对苗文哲说："你这下有救了，肯定能被提拔为正处级。"她多次求苗文哲和她一起去杨明轩家，想通过杨明轩让苗文哲在仕途上再进一步。今天，苗文哲去见杨明轩，她一直在家里等着，期盼苗文哲能带回来什么好的消息。她听苗文哲说自己幼稚，心里虽然不高兴，但还是笑着对苗文哲说："幼稚就幼稚，只要能把你提拔成正处级，你说什么我都高兴。"

苗文哲看着夏春雪这样，他也能理解，虚荣是女人的本性。他笑着对夏春雪说："你能不能成熟点，正处和副处对你来说有那么重要吗？"

夏春雪说："那当然了，最起码在别人眼里，我老公也是个正处级。"

苗文哲苦笑了一下说："我们都是年过半百的人了，对什么事情都应该看开一点，不要老为了那点所谓的面子，弄得自己不开心。"

夏春雪看着苗文哲说："你给我说一下嘛，杨总对你怎么样，有没有想要用你的想法？"

苗文哲说："我怎么知道，我们只是老同学见面，叙叙旧而已。"

夏春雪说："那你感觉一下嘛，我就不相信你从他的话里听不出一点他的想法。"

苗文哲有点不耐烦地说："有，他对我不错，但能不能用我，那还得看机会了，你也不想一想，我今年多大了！"

尽管苗文哲话中带点责备的口气，但夏春雪听到自己的老公有希望，心里就暖暖的，高兴地对苗文哲说："老苗，你这次一定要抓住机会，不能再让我失望了。"说完，还把苗文哲亲了一口，让苗文哲有些哭笑不得，找这么个老婆，让人永远都不得安宁。

是啊，人们在年轻的时候，越浪漫越好；年龄大了的时候，越安静越好。

夏春雪年轻的时候，长得很漂亮，虽不能说貌若天仙，国色天香，但在大多数人眼里，她是绝代佳人。尤其是在苗文哲这些来自农村的年轻人眼里，她就是天上的嫦娥。她不仅穿戴得体，容貌更让人过目难忘。她白皙无瑕的肌肤透出淡淡粉红，弯弯的柳眉下，长长的睫毛微微颤动，她的瞳孔清澈明亮，薄薄的双唇如玫瑰花瓣般娇嫩欲滴，一头波浪般的秀发随风飞舞，鹅蛋脸颊甚是美艳，身姿纤弱，如出水的芙蓉。虽然自幼在油田长大，但她言谈举止中透出的是年轻女性特有的性感之美。这样一个大美女在大多数人看来，怎么也不会嫁给像苗文哲这样一个来自农村的穷小子。人常说，买眼镜对眼呢。在当下，美女们宁可嫁给一个开卡车的司机，也不会嫁给一个来自农村的大学生，可夏春雪却偏偏看上了苗文哲。

夏春雪和苗文哲相识是在一次文艺演出中，苗文哲朗诵了自己创作的一首诗，叫《年轻的时候》：

在你年轻的时候 \ 如果你爱上了一个女孩 \ 你就一定要温柔地对待她 \ 不管你们相爱的时间有多长或多短 \ 若你们能始终温柔地相待 \ 那么 \ 所有的时刻都是一种无瑕的美丽 \ 若不得不分离 \ 也要好好地说一声 \ 再见！即使再见了 \ 也要心存感谢 \ 感谢她给了你一份记忆 \ 多年以后 \ 你就会知道 \ 在蓦然回首的那一刻 \ 没有怨恨的青春和遗憾 \ 有的是永久、永久的回忆……

苗文哲的诗虽然不是十分动人，普通话并不标准，但他饱含激情的朗诵，还确实能够让人感动，尤其是像夏春雪这种多情的女子。

夏春雪作为单位的舞蹈演员，对这个来自农村的大学生瞬间产生了好感。自此，只要见到苗文哲，她就会含情脉脉地跟他打招呼。

过了一年多，一个偶然的机会，苗文哲又一次见到夏春雪，闲聊中知道，夏春雪仍然没有嫁人，苗文哲顿时产生了要追求夏春雪的念头。他想，也许是因为她长得太漂亮了，没人敢去追求她，才使她现在还单身一人。

有了好几年社会经验的苗文哲发现，找对象不是干工作，更不是写文章，不仅要胆大心细，有时候还要厚着脸皮，要舍得花钱，当然也要看姑娘的心情。

苗文哲为了赢得夏春雪的芳心，只要有时间就去找夏春雪，去的时候，一定会给夏春雪买水果、点心等她喜欢吃的东西。功夫不负有心人。经过近两年的努力，夏春雪终于同意了。但夏春雪的父母对他俩的感情并没有给予肯定，好就好在关键时刻组织比较给力，苗文哲从一名技术人员被提拔为副科级干部，为得到夏春雪父母的同意扫清了障碍。

那个时候的苗文哲可谓双喜临门，他的同事、同学得知夏春雪准备嫁给他的时候，多数人满腹嫉妒地对他表示祝贺。

三十年前，苗文哲工作上的不断进步，不仅让夏春雪本人感到她嫁对了人，也让夏春雪的家人顿感有了面子。最近的这十几年，苗文哲虽然在仕途上停滞不前，但苗文哲的人品，让夏春雪的父母感到非常满意。

苗文哲是个懂得尊老爱幼的人。在他看来，特别是老人，越老越像小孩，要不断地哄他们开心。只要他们开心了，就不会生病。老人身体健康，很大程度上是儿女们的福分。不仅是逢年过节，就是平时，只要有时间，苗文哲就会到双方父母家里看望。苗文哲的父母去世后，他对人生好像有了更深刻的理解，觉得人活着不易，尤其是父母，一生辛辛苦苦把儿女养大，他们为了什么？有的老人去世的时候，儿女都不在身边，想来就让人伤心。岳父夏中华身体也大不如前，苗文哲一直想让岳父和他们住在一起，但岳父总觉得不方便，还是觉得自己一个人住着好。

苗文哲问夏春雪说："我们去老爷子那儿吧？"

夏春雪说："今天早上他才刚回去，我们明天去好不好？"

苗文哲说："我们俩在家也没什么事，我们还是过去吧，大过年的，老人一个人在家，你不觉得他孤单吗？"

夏春雪抱怨说："让他不要回去，可他非要回去不可。"

苗文哲笑着说:"这你就不懂了,老人有老人的想法。也许再过二十年,你就能体会到他们的不容易了。"

夏春雪说:"也许吧,你说咱那个臭小子,过年也不回来,不知道他是怎么想的!"

苗文哲说:"你懂什么,什么是军人?军人是以国家为家,以服从命令为天职。军人不是一般的职业,不能想什么时候回家就什么时候回家,只要能给你打个电话就不错了。"

夏春雪不高兴地说:"我不让他去当兵,你非让他去!这下可好了,我们就这么一个独苗,平时想见都见不上,我这心里的苦你知道吗?"

夏春雪说起儿子,就眼泪汪汪的。苗文哲看了看夏春雪,笑着说:"好了,孩子大了,就应该有自己的事业,总不能老待在我们跟前。我们不是常说好男儿志在四方嘛,现在他刚出去,你就想得不行了,你适应适应,也许过几年就好了。"

苗文哲的儿子叫苗义,他继承了父母的优点,不仅人长得帅,也很聪明,高考以六百三十六分的成绩考取了大连理工学院,学的是电子信息工程,毕业后直接去了部队。这既是苗文哲的主意,也是苗文哲一直给儿子灌输当兵理念的结果。苗义外貌上像苗文哲的地方不多,身高有一米八,长相有点像夏春雪,眉清目秀,挺拔俊俏,尤其是穿上那身军装,显得更加英姿飒爽。入伍一年多,只回过一次家,除了逢年过节,平时电话也很少打,因为部队有纪律。

苗文哲为了安慰夏春雪,对她说:"你也要与时俱进,我们这一代人比较特殊,下一代大部分都是独生子女,我们老了,也只有进养老院,靠孩子可能是靠不上的。所以,我们必须有足够的思想准备,不能用传统观念去面对特殊的社会现实,只有这样,我们才能生活在一种自然平和的状态中,不然我们会在烦恼、郁闷和忧愁中走向死亡。"

夏春雪说:"我才不烦恼呢,大过年的你不要胡说。你不是说要去我爸那儿嘛，我们现在走吧。"

苗文哲说："老爷子那儿有没有吃的东西？"

夏春雪说："什么都有，咱家有的我爸那儿都有，我早就给他准备好了。"

苗文哲说："那你赶快给老爷子打个电话，看他吃饭没有，还缺不缺什么东西，我们过去时给他带上。"

夏春雪给父亲夏中华拨电话，老人刚开始让他们不要去了，他都好着呢，后来又说来的时候什么也不要拿，家里东西很多，吃的、喝的、用的都有，回来就行了。

苗文哲笑着说："老爷子是不是挺高兴的？以后我们没事，多去看看老爷子，即使什么也不干，老人家也会很开心的。"

夏春雪说："我爸听说咱俩要过去很高兴，连说话的声音都变了。我去开车，你在大门口等我。"

夏中华虽然是老石油人，但他现在对石油上的事情几乎不闻不问，苗文哲也不愿意跟他说工作上的事情。到了家里，他要么帮老人干干家务，要么陪老人聊天、看电视。老人耳朵虽然有点聋，但不影响他看电视，尤其是新闻联播，他几乎是每天必看。

苗文哲两口子回到老父亲家，夏春雪忙着收拾房子，苗文哲就陪老爷子看电视。晚上，苗文哲与夏春雪没有回家，住在老爷子家里。晚上九点多，老爷子让女儿夏春雪准备了两个凉菜，要和苗文哲喝两杯。

苗文哲笑着说："您不是说您不能喝了嘛，怎么今天又想喝了？"

夏中华笑着说："今儿个高兴，你过来了，我突然就想喝两杯。"

苗文哲逗老爷子说："我以后会经常过来，那您以后经常陪我喝酒吧。"

夏中华笑着说："好啊，前些年你给我的酒都放着，够喝几年的。"

苗文哲笑着说："只要您老人家身体能行，好酒有的是，您什么时候想喝我都陪您。"

夏中华说："我已不胜酒力，但有时候还想喝两杯。"

苗文哲说:"没事,只要您想喝,说明您的身体还好着呢,其实少喝点酒,对身体还有好处。"

苗文哲陪老爷子喝了几杯,老爷子不敢再喝,让夏春雪陪苗文哲喝,夏春雪虽然也能喝几杯,但平时基本不喝。

十点多钟,老爷子已经累了,看着电视就睡着了,发出轻微的呼噜声。苗文哲在夏中华肩膀上轻轻地摇了摇说:"爸,我看您困了,就不要陪我们了,先睡吧。"

夏中华被苗文哲摇醒了,口里还说他没事,说他不累。夏春雪笑着说:"你都打呼噜了,你还说你不累。"

夏中华说:"人老了就这个样子,真正睡到床上又睡不着了。"

苗文哲对夏春雪说:"你去把被子给爸铺好,我扶他去睡。"

夏中华说:"不用,我自己可以。你们也早点睡吧。"

夏中华说完,佝偻着瘦小的身躯,慢慢地走向自己的卧室。

夏中华睡了,苗文哲和夏春雪还在看电视。等《今日关注》完了以后,苗文哲把所有的电视节目翻看了一遍,发现大多是春节文艺节目。看了一会儿,他觉得没什么好看的。夏春雪也睡眼蒙眬,就让苗文哲陪她去睡觉。

苗文哲说:"你先睡,我再看会儿。"

夏春雪说:"不行,你陪我一起去睡。"

苗文哲心想,今天来老爷子这儿,一方面是觉得大过年的,怕老爷子一个人待在家里寂寞,另一方面是他不想继续待在家里,让他想起那些乱七八糟的事情。可现在倒好,夏春雪竟然让他陪她睡觉。

还没等苗文哲说话,夏春雪已经把电视关了,并让苗文哲去洗漱。苗文哲只好按照夏春雪的要求,完成睡觉前的准备工作,然后和夏春雪一起睡觉。

十几年前,他们只要睡在这张床上,不管多晚,他俩都会在亲吻、拥抱、抚摸、性爱后呼呼大睡,而今已经是心有余而力不足。夏春雪让苗文哲搂着她睡觉，苗文哲搂了没几分钟，就说他胳膊被压麻了，硬是从夏春雪的脖子里抽了出来，把两只胳膊从被窝里伸出来，活动了几下，然后侧身躺着。

没几分钟夏春雪就睡着了，苗文哲却怎么也睡不着。他本来不愿回忆今天跟杨明轩的见面，但脑子里却不停地出现杨明轩的音容笑貌。他知道，如果自己开口，杨明轩会助他一臂之力，并以合情合理的方式，让他在仕途上再上一个台阶。但他不想这么做，因为这么做会影响杨明轩今后在干部选拔任用方面所坚持的原则，也会让那些一直为他打抱不平、对他很尊重的人，另眼相看。他不能像夏春雪一样，把个人的仕途看得太重，尤其是在全面加强党的建设，全面从严治党的形势下，不能给自己的老同学添乱，应该让杨明轩按照他自己的方式，放开手脚，对大漠油田公司进行全面整治。只要大漠油田公司发展了，他和大漠油田公司的所有职工，就能够得到应有的实惠。他期待自己这位老同学，能够用他的智慧，战胜当前的困难，使大漠油田公司得到更好的发展，让大漠油田公司十几万职工家属，再一次找回三十多年前那种当石油工人的归属感和自豪感。

苗文哲清楚地记得，刚参加工作的那个时候，石油是战略物资，石油工人无论是政治待遇还是经济待遇，比同时分配到地方上工作的人要好很多。那个年代，全国各行各业执行的是国务院1956年制定的二十四级干部工资标准，大多数人一个月的收入仅有四五十元，作为刚参加工作的石油职工，加上各种补贴能达到七八十元，在工资收入上比地方部门的人要高出一倍多。福利待遇方面，由于石油企业有车，到了冬天就会到原产地拉大米、大白菜、橘子等当地少有的物品；在就医上，单位有职工医院；在孩子入托、入学上，有自己的子弟学校；在子女就业方面，通过技工学校或直接招工，大多数石油子弟只要长大成人，大都能够就业。在外界看来，分配到石油企业当干部、当工人是一件非常令人羡慕的事情。

几十年后的今天，石油职工的政治地位已经没有了，经济地位和福利待遇也沦落到每况愈下的境地。尤其是前几年，随着教育改革、医疗改革的推进，油田所属各级各类学校、医院全都划转到地方，企业办社会的格局被打破，让石油职工一时难以适应。有病不知道去哪里看，孩子入学到处求爷爷告奶奶，让他们很难适应。这几年，随着时间的推移，石油工人已经适应了这种生活。但细细想来，在大多数农民都进城工作和生活的今天，大多数石油工人仍然生活在荒无人烟的戈壁荒漠、黄土高原的大山沟壑中。除了艰苦的自然环境，他们的工作环境也到处弥漫着有毒有害的油气。在人们纷纷追求生活质量、幸福指数的今天，那些年轻的石油工人，为了开采石油，夫妻无法团聚，老人没时间照顾，孩子没时间教育。在这样的工作和生活条件下，他们的收入并不是人们想象的那么高，他们每月几千块钱的收入，来回的路途花费、给老人买点礼品、给孩子点零花钱，已经所剩无几。前几任总经理虽然也为企业的发展作出过贡献，但他们更多是打自己的小算盘，他们用手中的权力拼命为自己捞取金钱、谋取地位，没几个人为职工着想，他们坐牢也是罪有应得。但愿自己的老同学不要穿新鞋、走老路，能够真正把职工群众的利益放在首位，这是他最最期望的。对于自己的仕途，一方面他已经过了提拔的年龄，不能再去为难自己的老同学；另一方面已工作了几十年，真的有点累了，想好好休息休息。

　　这一夜，苗文哲并没有因为见到自己当总经理的老同学而为自己的仕途有望感到欣慰，让他真正欣慰的是大漠油田公司有可能在自己老同学的带领下，重新焕发生机，让大漠油田公司的十几万名职工家属，重新找回当石油人的荣耀和自豪。

第四章

正月初三，很久没有下雪的古都长安，终于迎来了一场大雪。

杨明轩起得早，他看到外面下雪，心里特别开心。他穿上大衣，来到楼下，欣赏着这漫天飞舞的雪花。他看着这飘忽不定从空中落下来的雪花，感觉像无数白色小精灵在舞蹈，或交叉，或旋转，以或疾或慢的舞姿与风一道飘落下来，落到地上，落到树上，落到房上。雪越下越大，尽管长安的气候比较温暖，但由于雪下得比较大，地面、屋顶已经变成了白色。农村出生的杨明轩，看到这纷飞的雪花，那句"瑞雪兆丰年"的谚语在脑海里浮现，仿佛已经看到漫山遍野黄灿灿的谷子、红彤彤的高粱，丰收在望……

杨明轩已经离开农村三十多年，那个时候，村上还是农业合作社，春天要放春忙假，和农民一起春忙，夏天小麦、豌豆熟了的时候，为了抢收，也要参加农业社的劳动，所有的农活，他都会干。他记得农民大伯们看到庄稼长势好的时候，流露出的那种高兴，那些记忆永远深深地烙在他的心中。他现在是大漠油田的总经理，他对大漠油田的耕耘，直接影响着大漠油田公司十几万职工家属的生活。他看到这美丽的雪景，同样企盼着这瑞雪，能给大漠油田公司的发展，带来吉祥。

苗文哲起来时，听夏春雪说外面下雪了，一下子从床上爬起来，穿上睡衣，来到窗户前，想看看雪下得有多大。透过窗玻璃，看到银装素裹的景色，他想起毛泽东于 1936 年 2 月在大漠清涧袁家沟写的那首词《沁园春·雪》。毛泽东以博大的胸怀写景、论史，不仅抒发了他对祖国壮丽山河的无限热爱，也表达了他作为一个革命者的豪情壮志。苗文哲在想，为什么毛泽东能在到达陕北以后写出如此壮丽的诗篇？那不仅仅是触景生情，更主要的是经过二万五千里长征的艰难险阻，红军仍然能够生存下来，他对中国革命的前途充满自信。同时，他与杨明轩一样，从大山深处走出的孩子，永远忘不了家乡的一草一木。他想，这皑皑白雪覆盖在家乡的山丘、沟壑，那是多么美好的一种景致；山坳里的各种杂草、树木、小河，在这漫天飞雪的衬托下，又会是何等的壮观！那些还在种地的农民，一定会高兴地眉开眼笑，那些无忧无虑的孩子，在这雪花纷飞的世界里，不知有多么快乐和欢喜……

春节长假在不知不觉中度过，正式上班时间是正月初七，可有的部门如生产、安全环保、办公室等工作头绪多的处室长们，在正月初六就提前上班了，为正式上班做着各种准备。

杨明轩作为一个有着近十万名职工的大型企业的领导，从正月初三起，每天都会到办公楼看看。他每天都会去生产调度值班室了解生产运行情况，关心近五万名还继续战斗在生产一线的广大干部职工，了解春节期间各油田是否安全稳定，然后才去自己的办公室，再上网进一步了解各生产单位春节期间方方面面的情况，然后再仔细想想正式上班以后首先要做的工作，并在记录本上一一记录下来。

经过一段时间的思考，杨明轩现在对党委书记刘春华有些反感，反感的主要原因不仅仅是在自己上任不到一年的时间里，刘春华两次对处级领导干部进行不公正、不公平的调整和提拔，更是因为这两次调整在一定程度上是对自己的一种绑架。年底的时候，他就听有人说在二三月份又要调整提拔干部，他作为总经理一点都不知道，怎么会有这种传言，难道是刘春华说的？他相信刘春华不会这样做，刘春华作为一个老党员、老干部，这点素质应该有。

他不知道这股风是从哪儿刮出来的，也许是根据大漠油田公司这么多年形成的干部调整规律，职工们自己猜想的。不管怎样，今年春天是绝对不能再一次对中层领导干部进行调整和提拔了，即使党委书记刘春华提出来，他也不能同意，不然大漠油田公司不但不能发展，还会越来越烂，这是他这一年来得出的结论。

春节收假后，按照惯例，由主管生产的副总经理组织召开全油田视频会议，目的是收心，让广大干部职工尽快从节日的氛围中走出来，全身心地投入到生产建设之中。这是杨明轩任总经理后的第一个春节，他想通过视频会，向春节期间仍然坚守在生产岗位上的广大干部职工说声谢谢。

开会讲话对于一个厅级领导干部来说，不是什么难事，但作为刚出任大漠油田公司总经理不到一年的他，必须认真对待这次讲话。他想，在这个时间节点，作为总经理应该讲些什么、讲多长时间、想达到什么效果，必须考虑。他琢磨了好几天，他想，讲话不能太长，也不能讲得太具体，少讲生产、安全之类的事情，除了向广大干部职工表示新春的祝福，更重要的是要向广大干部职工传递一些信息，以此来赢得广大干部职工对自己的信任，同时达到鼓舞士气，振奋精神的作用。

在生产启动会上讲话时，杨明轩首先代表公司党委和高层给全体干部职工拜了晚年，然后对当前的工作提出了四点意见：一是收心拢神，立即进入工作状态；二是谋篇布局，强力启动各项工作；三是强化领导，确保任务圆满完成；四是关心职工，尽力搞好民生工程。最后作了简要的总结，表达了对未来工作的期望。

杨明轩的讲话不到二十分钟，其简短程度在大漠油田公司开会的历史上是少见的，尤其是作为总经理几乎没有，但其效果非常好。前三个方面的问题属于正常工作，关注的人不是很多，但是第四个问题，把一线职工待遇、老人养老、孩子入托入学作为工作重点，放在新年伊始来讲，在职工中引起强烈反响，干部职工从中得到的信息是这个总经理对一线职工非常关心。

主管生产、安全环保的副总经理张志强为了将这次会议要求贯彻落实到位，不仅要求相关部门出了会议纪要，并就总经理杨明轩讲的四个方面的内容，要求相关部门拿出具体的实施方案，落实实施节点，明确具体负责人。

正月十五刚过，就传出大漠油田公司党委书记刘春华要调走的消息。总经理杨明轩听到这个消息，也觉得十分蹊跷，甚至觉得有些突然。按照常理，一般情况下，一个单位领导班子的调整，尤其是两个一把手的调整，应该征求另一名主要领导的意见。但有些特殊情况，就不一定按照常理出牌。杨明轩心想，但愿这个传说是真的。

过了几天，延吉省委常委、省委组织部部长王长志给杨明轩打电话，让他到部长办公室，并说有要事商量。杨明轩接到电话后，心想，看来关于刘春华要调走的消息是真的。

杨明轩一进办公室，王长志给他倒了杯茶，开门见山地说："省委主要领导已经沟通过了，准备把春华同志的工作调整一下，让我征求一下你的意见。"

杨明轩心里有一种如释重负的感觉，心想，赶快调走吧，如果继续让刘春华在大漠油田公司干下去，他这个总经理就是有再大的本事，也不可能把大漠油田公司的工作搞好。他略加思索，巧妙地回答说："春华同志对大漠油田公司作出了很大贡献，但作为我个人来说，绝对服从组织的决定。"

王长志笑着说："明轩同志，省委对你的能力是认可的，尤其是近几个月来，大漠油田公司的举报信可以说满天飞，但你始终没有向省委反映任何情况，我们都能理解你的良苦用心。省委能把省上唯一的大型能源企业交给你，足以看出省委及主要领导对你的信任。希望你今后大胆工作，一定要把大漠油田公司的工作搞好。"

杨明轩心想，只要把刘春华调走，他就一定能够带领大漠油田公司广大干部职工把工作干好，同时他也暗下决心，一定不能辜负组织和领导对他的信任。他笑着说："我虽才疏学浅，但一定会全力以赴，完成组织和领导交给的任务。"

王长志笑着说："省委领导知道你明轩同志的能力，为了让你放开手脚工作，暂时就不配党委书记了，党委书记由你来兼任。"

杨明轩听了以后，觉得这不大可能吧，在当前大背景下，怎么会让他一个人既当总经理又当党委书记！他有些惊讶地抬起头，看着王长志。

王长志知道杨明轩听了这句话以后会感到诧异，但他并没有给杨明轩过多的解释，而是语气平缓地对他说："我知道让你一肩挑担子不轻，但我相信你一定能够不负众望。"

杨明轩有点受宠若惊，他不知道怎么跟王长志说，心想这会儿说什么也没意思，关键要看自己的行动和行动所带来的结果，但这个结果现在是看不到的。他只好说："谢谢王部长，也谢谢省委。我这会儿说得再好也没什么意义，我一定要用成绩来报答领导们的关怀和信任。"

王长志笑着说："你还有什么困难？"

杨明轩说："没困难，以后免不了麻烦王部长，希望您能够经常对我的工作进行指导和批评。"

王长志笑着说："指导不敢当，如果有什么困难，需要组织部协调，你尽管来找我。"

杨明轩笑着说："谢谢王部长。"

杨明轩从王长志部长的办公室出来以后，心里有一种说不出的感觉。是快乐、是压力，还是其他什么，总之，比来的时候心情要好了许多。他想，尽管是集体领导，但现在的人很聪明，对一把手提出的事情，副职们很少有人反对，甚至建议都不给你提。现在自己是党政一肩挑，更没有人对他的决策提意见了。也就是说，从此以后大漠油田公司方方面面的工作，在很大程度上是自己说了算，这肩上的担子不轻。这样一个大型企业，让他一个人来负责，这既是组织和领导对他的信任，也是组织和领导对自己能力的一种考验。他想，从今以后，自己在做任何决策时，不能出任何纰漏，不然带来的后果是非常严重的。

过了几天，关于大漠油田公司党委书记刘春华的调整，在省委组织部的网页上已经发了公告。大漠油田公司广大领导干部、职工群众看到以后，大部分人对省委的决定持肯定意见，认为刘春华早就应该走了，不然大漠油田公司的政治生态，很难得到真正的修复。

是啊，很多人都知道，刘春华在大漠油田公司当副厅级、正厅级已经十几年了，尤其在十八大召开之前的这十年里，刘春华或多或少谋取过利益。

俗话说，吃人的嘴短，拿人的手软。拿了别人钱财，就得替别人办事。刘春华那个时候虽然不是主要领导，但已经是副厅级领导干部了，他给基层一些副处级领导干部、甚至是处级领导，打个招呼，安排一些事情，是完全可以的。这么多年，大漠油田公司一直处于大发展阶段，每个采油厂都有项目组，每个项目组都掌握着几亿或十几亿的建设资金，项目长一般都是副处级领导干部。看到别人捞钱，刘春华也在想办法，最好的办法就是让朋友到项目组干工程。于是，他给许多项目长打招呼，让项目长照顾他的朋友。而那些项目组为了讨好他，不仅给他的朋友安排工程项目，而且在结算上，通过虚增工作量等形式，让他的朋友得到丰厚的利润，刘春华当然也能得到较高的回报。十八大以后，由于前任总经理被绳之以法，刘春华顺利晋级为党委书记，趁着新任总经理对大漠油田公司的基层领导干部不熟悉，每次提拔干部大多是刘春华说了算。他不仅把曾经给自己打过招呼的人用在重要领导岗位上，而且对这些人介绍的朋友，也给予提拔重用。当然，提拔也不是白提拔，他认为既然办了事，该收的钱他也绝不手软。

刘春华知道自己将要离开工作了几十年的大漠油田公司时，心里有一种说不出的滋味。他最害怕的是他走了以后，有些他提拔的处级领导干部出事。他在的时候，不管是什么样的检查，他都能够想办法应付过去，如果他走了，新上任的包括总经理杨明轩在内的多数领导，都是十八大以后调整来的，他们是清廉的，一旦出了问题，现任领导中，没人会冒着风险去当保护伞。在他看来，有可能出问题的只有延东油田采油八厂项目超投资的问题，这个项目一旦出事，他自己就在劫难逃了。他不仅给时任的项目长打过招呼，而且还多次收受有关人员的贿赂。他想起这些，心里就特别的害怕，后悔自己当初做了不该做的事情。他现在唯一能够做的，就是想个办法让总经理杨明轩不要调查延东油田采油八厂项目超投资的问题，如果他不追究，能够逐年将这些超投资费用消化，若干年后，也许事情就随之过去了。但怎么才能让杨明轩就范，他心里没底，即使自己出面，杨明轩也绝不会买自己的账。尽管如此，他也只能死马当作活马医了。

古城长安的天气，有时候让人感到非常不适，尤其是每年十二月份到次年二月份，大多数时候天空被雾霾笼罩。这一天，不知道是天本来就阴着，还是雾霾加重了，刘春华看着这黑压压的天空，心里有一种说不清的不安，他不知道自己怎么了，仅仅因为工作的调整，就有那么可怕嘛！他觉得自己在吓自己，可能什么事都没有，就是因为自己心里有事，才心神不宁，处于一种惶惑状态。他告诫自己不能这样，尤其是见了杨明轩，要跟平常一样，跟他说说一起工作的事情，然后顺理成章地将延东油田采油八厂项目超投资的事情交代与他，至于管不管用，已经顾不了那么多了。

刘春华来到杨明轩办公室，杨明轩很热情地跟他握手，给他沏茶，并对他表示祝贺。刘春华知道，杨明轩对自己笑脸相迎，热情接待，只不过是人与人之间的一种礼仪。这些尊重、热情，对他来说已经不重要了，重要的是看能不能给他面子，以何种态度处理延东油田采油八厂项目超投资的问题。

作为在一起搭过班子的主要领导，如果两个人比较团结，在分别的时候，一定有很多说不完的话题。但对于杨明轩和刘春华来说，并非如此，不仅仅是因为搭班子的时间短，更主要的是他们不是一条道上的人。杨明轩和刘春华差不了几岁，他们都生活在同一个时代，同一种环境，但杨明轩始终保持着清廉、俭朴、正直、低调的做人风格，刘春华却完全不同，与其说他能够"与时俱进"，不如说他更容易"同流合污"，他没有守住一个党员领导干部应有的品质和做人标准，更没有良好的政治操守。在"公"与"私"的对撞中，他总是把"私"放在前面，在做事、用人方面从不顾及企业的前途和他人的感受，这一点让杨明轩看不起他，更不想和这样的人打交道。尽管如此，在他没有调走之前，杨明轩还得笑着与他共事，还得与他一起出入于各种场合，这是一个没办法改变的现实。现在他调走了，杨明轩一刻也不想跟他在一起，恨不能马上让他滚蛋！

刘春华说："杨总，再过几天，我就要离开大漠油田公司了。我们在一起搭班子虽然不到一年，但我跟你在一起，非常愉快。我觉得你这个人，工作能力强，办事认真，对人宽厚，我真舍不得离开。"

刘春华说得很动情，但在杨明轩听来，格外虚伪和刺耳。这种感觉也许就是我们平时所说的"话不投机半句多"吧。但杨明轩并没有因为讨厌刘春华就给他冷眼，还是朋友一样与他交流。他笑着对刘春华说："刘书记对大漠油田公司发展作出的贡献是有目共睹的，大漠油田公司的广大干部职工都不会忘记。现在你就要离开大漠油田公司了，应该组织干部职工欢送你，但上级有规定，我们只能让领导班子把你欢送一下，请你理解。"

刘春华说："欢送不欢送都无所谓，我们都是领导干部，都应该遵守上级的相关规定。我今天来，主要是想听听你还对我有什么意见或建议，我们在一起搭班子将近一年，如果有不当的地方，还请你多包涵。"

杨明轩笑着说："挺好的，没什么，我们在一起工作就是缘分，即使有什么不同意见也很正常。我虽然也是一名老石油人，但我毕竟离开时间长了，有些工作还全凭你的支持，我还正想着怎么感谢你呢，今天你刚好来了，我真的很谢谢你。"

《论语·泰伯》中曾子有言："鸟之将死，其鸣也哀；人之将死，其言也善。"这句话说得很深刻。杨明轩和刘春华此时说出的话，不管是发自内心的还是装出来的，听起来都让人感到非常真诚。但他们内心都清楚，这些听起来温暖、动情的言语，只不过是人与人之间一种善意的欺骗。

刘春华说:"是啊,我们在一起工作确实是缘分,但在一起的时间也确实比较短,有些工作还没来得及完成,就要分开了。比如说延东油田采油八厂项目超投资的事情,这件事本来是上届领导手里的事情,我应该和你一起分担处理好此事,但是现在,我要调走了。这么难的事情,让你一个人来承担,我真是有点对不起你呀。"

杨明轩说:"我们作为党员领导干部,不是说在我没来之前发生的事情我就不应该管,新官不理旧账的事情,不是我杨某人能做出来的。你放心,我会按照有关规定,认真对待这件事情的。再说了,这件事跟你也没什么关系,那个时候,你也只是个党委副书记而已。"

刘春华说:"是啊,话可以那么说,但毕竟我是老领导嘛,应该负一定的责任。我走了,现在担子就落在你一个人身上了,这对你有些不公平。"

杨明轩笑了笑说:"没什么公平不公平的,关键是要对得起大漠油田公司十几万职工家属。我们不能为了袒护个别人,让广大干部职工去买单,那样大漠油田公司可能就没办法发展了。"

刘春华知道,给杨明轩说这件事情,还不如不说。在这件事情上,两个人的观点截然不同。杨明轩在许多场合说过,十几个亿的国有资产说没就没了,没有任何人负责,不能因为相关人员辞职就放任不管。十几个亿的资金,不是小数,相关人员就是跑到国外,国家还有"猎狐行动",该追究的必须追究。想起杨明轩的这些观点,刘春华又一次感到不寒而栗。但他还是很镇定地对杨明轩说:"大漠油田公司不能再有问题,前面两任总经理都出事了,不少副职和处级干部也受到了处分,我们要以大局为重,只有稳定,油田才能发展。"

杨明轩心里想,要不是怕把你也牵连上,我不信你会有大局观念!如果跟你没关系,你都要走的人了,何必多管闲事?至于我怎么处理,我自有我的道理,何必让你来指手画脚!但杨明轩不想因为这件事,让刘春华面子上过不去,他笑着对刘春华说:"你说得对,我会按照你的想法,尽可能以大局为重。"

刘春华尴尬地笑了笑，说："我知道你的智慧，我想你一定能够把这件事情处理好。"

杨明轩笑着说："过奖了，我尽力吧。"

刘春华觉得再说下去也没什么意思，于是就此告别，并再一次对杨明轩说，如果在工作中有不当的地方，请杨明轩谅解。

刘春华走了以后，杨明轩把放在桌子上的资料拿起来，又重重地摔在桌子上，心里想，还有这么不要脸的人呢，自己偷了驴，还想让别人拔拴驴桩！

杨明轩是一个爱憎分明的人。

他像雷锋说的那样，对待同志要像春天般的温暖，对待工作要像夏天一样火热，对待个人主义要像秋风扫落叶一样，对待敌人要像严冬一样残酷无情。这几句话，是他这辈子做事的座右铭。他觉得，能把十几个亿的国有资产搞不见了的，就是敌人，决不能心慈手软！他一定要把相关人员绳之以法，一方面给大漠油田公司广大职工干部一个交代，更重要的是要通过这件事，教育广大党员领导干部，遵纪守法，遵规守矩。

刘春华从杨明轩的办公室出来，心情更加沉重。他知道杨明轩对这件事绝不宽容，他现在只有找已经被提拔为总经理助理的关明伟商量，在他走了之后，应该如何应对。

他把关明伟叫到自己办公室，对关明伟说："我就要走了，你们以后要好自为之，一定要跟总经理杨明轩把关系搞好。尤其是你在延东油田采油八厂当厂长的那几年，成本超得也太离谱了。我走了以后，杨总是绝对不会放过你们的，你们要想好对策，以防万一。"

关明伟说："关键是宁永瑞，只要他不出事，就不会有什么大问题。"

刘春华说："你怎么能够保证宁永瑞不出问题？如果让检察院上手，用不了三天，宁永瑞就会把该说的不该说的全都说出来，到时候可能你也难以幸免。"

关明伟知道，除非宁永瑞死了，不然这件事迟早会出问题的。但他又不敢给刘春华这么说，他只好看着刘春华，看刘春华还有什么高招。

刘春华看关明伟不吭声，苦笑了一下，问："怎么不说话？"

关明伟说："我也没想好，到底该怎么处理这件事。"

刘春华说："你最近见没见宁永瑞，他在干什么？"

关明伟说："没见，好长时间没联系了。"

刘春华说："你的心也真大，你要把大漠油田公司领导对这件事的相关调查情况及时告诉他，好让他也有个思想准备。"

关明伟说："我今天就联系他，您要不要见一下他？"

刘春华生气地说："我不见，我能见他嘛！我看你也是个猪脑子。"

关明伟看刘春华生气了，也不敢再说什么。过了一会儿，他对刘春华说："领导，您还有什么要交代的吗？"

刘春华说："就这件事，你下去好好考虑一下，看有没有什么万全之策。"

关明伟说："好的，我知道了。请领导也不要把这件事放在心上，我想不会有什么事的。"

刘春华瞪了一眼关明伟说："但愿什么事也不要发生。"

关明伟走后，刘春华坐在自己的办公桌前，久久没有动弹。他认为自己这一生都比较顺利，唯一不顺的就是这件事。细细分析，这件事跟自己也没有多少关系，关键是自己跟关明伟、宁永瑞走得太近，不仅在他俩当基层干部时，让他们给安排过施工队，而且在提拔宁永瑞的时候，他还收了五十万元，至于关明伟给他逢年过节送的礼金少说也有上百万。即使现在退了，仍然会因为这件事让自己身败名裂。他现在唯一的希望，就是让这件事情不要爆发。一旦爆发，自己这一生就彻底完蛋了，而且还会殃及家人。

刘春华越想越害怕，祈祷这种倒霉的事情不要落到他的头上。大漠油田公司产量从不足五百万吨，发展到现在的三千多万吨，不知道造就了多少百万富翁、千万富翁,甚至是亿万富翁,别人都好好的,怎么轮到自己头上,就会有这么大的隐患!他甚至认为这也是报应,这些年来,他确实也干了许多不得人心的事情。就拿这几年干部提拔来说,自己做得有些过分,把那些曾经给了自己好处的人提拔了就算了,还趁着两任总经理对干部不熟悉的机会,谁只要给他送钱,他就敢收,收了钱,就想办法提拔他们。他现在觉得自己怎么这么愚蠢,都什么年代了,还这么肆意妄为!他当时并不认为这里边有风险,就是现在他仍然不认为提拔干部是风险,现在最大的风险是延东油田采油八厂成本超支的事情,关键人物是宁永瑞,如果能够让宁永瑞在地球上消失,也许这件事情就会一了百了……

宁永瑞是20世纪90年代初毕业的大学生,所学专业是石油地质。他用了二十年的时间,从基层技术员开始,逐步上升到正处级领导岗位,给人的印象是热情、豪爽。也许正因为他这种性格,在工作上能够打得开局面,在人际关系上,朋友很多,也能够赢得领导的赏识和认可。宁永瑞是2009年被提拔为延东油田采油八厂副厂长的,凡是新提拔的领导干部,上级领导都要进行任前谈话。宁永瑞是副职,副职的任前谈话一般由上一级副职或正职来谈。宁永瑞的任前谈话是时任大漠油田公司党委副书记的刘春华谈的。从此,他俩由不熟悉到熟悉,再到所谓的"良师益友",这个过程不仅仅是因为领导与被领导的关系,在一定程度上更是利用和被利用的利益关系。

宁永瑞当副厂长的第三年,原来的项目长关明伟直接被提拔为厂长,宁永瑞转为项目长。当时,延东油田采油八厂是大漠油田公司的主力建产区块,处于快速上产阶段,每年建产规模在六十至八十万吨,总投资在二十到三十个亿,项目长手中的权力之大可想而知。

一些施工单位的老板,地方有关部门的领导,甚至大漠油田公司个别领导,在得知宁永瑞当项目长之后,打电话约他吃饭的、要来看望他的人很多,宁永瑞这个时候才感觉到了什么叫权力。在那个时期,可以说是中国改革开放以来比较特殊的一个时期。大大小小的官员，都可以公款消费，特别是那些有钱的单位，一顿饭花个几万元是经常的事。有些官员除了工作，大部分时间都在娱乐场所。为了所谓的工作，单位与单位之间，今天你请客，明天他回请，除了吃饭喝酒，还要去洗澡、泡脚、打牌、唱歌，有的还要找小姐陪吃陪住。整个社会或处于一种所谓的太平盛世状态，或处于一种混沌状态。官员们，尤其是像宁永瑞这样有权有钱的领导干部，天天都是灯红酒绿，歌舞升平。

宣布宁永瑞任项目长后，已经快到春节。有些私营老板为了继续在延东油田采油八厂干工程，或通过地方政府相关部门的领导，或通过上届项目长关明伟，或通过像刘春华这样的领导引荐，纷纷来拜访看望宁永瑞。当然，看望一个有着绝对权力的人，绝不能空手而来。除了烟酒，小一点的老板给他送个三万、五万的，那些大老板，一送就是十万、二十万的，仅仅一个春节，他就收到了近两百万的红包，相当于他工作二十多年的所有收入。

项目启动以后，除了春节期间给他送钱的，上级领导、地方部门的领导还有人给他打电话、请他吃饭，想通过他安排施工队。哪些人应该安排，宁永瑞心里一时还没底，他就去请教厂长关明伟。关明伟给他画了一条线，说除了大漠油田公司的领导、大漠油田公司的主要部门领导，所在油区的县委书记、县长、主管副县长，安全环保、公检法等部门的领导，其他人则可以视情况而定。宁永瑞知道，视情况而定，实际上就是看给他送没送钱。通过向关明伟咨询，在施工队的安排上，宁永瑞心里清楚了。

尽管项目长有如此大的权力，但大多数项目长还是能够守住底线，最起码不能超投资运行，即使超，也不能超得太多。但在厂长关明伟的教唆下，宁永瑞的胆子越来越大，不仅大肆收受贿赂，而且让施工队做假账，大量套取资金。过了几年，关明伟在党委书记刘春华的帮助下，在仕途上一帆风顺，被提拔为总经理助理。

这些重要单位的主要领导，离任以后，都要进行离任审计。离任审计时发现，延东油田采油八厂项目组在五年的时间内，超投资近十六个亿。从账面上看到，仅给私企施工单位就多结算六千万。这个报告出来后，让大漠油田公司领导以及大漠油田公司所有干部职工感到不可思议甚至震惊。尤其是作为这样一个单位的领导，造成超投资问题的两名主要责任人关明伟和宁永瑞，竟然都被提拔了。

这件事情揭开盖子后，刘春华把关明伟和宁永瑞叫到办公室，先是一顿臭骂。接着刘春华生气地说："你俩胆子也太大了，平均每年超了将近三个亿，难道你们每年过完了就不算账吗？"

关明伟和宁永瑞谁也不吭声，任凭党委书记刘春华数落。

刘春华又说："你们说，这怎么办？"

关明伟说："现在已经成这样了，只有公司想办法逐年消化解决。"

刘春华说："你以为还是前些年吗？现在与过去不一样了，尤其是十八大以后，你们还如此胆大妄为，不收敛、不收手，如果真要有问题，谁也保不了你们。"

由于这件事情非同小可，刘春华作为一名经历过前两任总经理被带走的正厅级领导干部，他心里清楚，十几个亿的国有资产流失绝非儿戏，即使现任总经理不追究也不等于下任总经理不追究，即使这些总经理不追究，也不等于省委、省政府和国资委不追究。总之，这件事情一旦出事，他虽然不是直接责任人，但他从关明伟和宁永瑞那里得到的好处太多，一定会把自己牵扯进去。想到这儿，他顿觉一股凉风渗入脊髓，浑身瑟瑟发抖。他无精打采地从椅子上坐了起来，给自己倒了一杯热水，喝了几口，让自己镇定下来，想想怎么面对当前的局势。

过了几分钟，他又把关明伟叫来。他对关明伟说："你实话实说，在没审计之前，你知道不知道这件事情？"

关明伟说："知道一些，但并不知道有这么多。"

刘春华说："知道为什么不早点给我说，要知道是这样，就不应该把你从厂里调整出来，更不应该提拔宁永瑞。"

关明伟说："我当项目长的时候，确实也超了一些，本来想通过宁永瑞这届的项目，慢慢把前面超的那些给消化了，没想到他却超得更多。"

刘春华无可奈何地看了一眼关明伟说："最近好好思考一下，还有没有什么补救措施。我也想一想，希望你和宁永瑞从现在开始，不管做什么事，尽量低调一些，不要让别人看到你们就讨厌。"

关明伟说："我知道了。"

关明伟走后，刘春华突然感到，什么叫交友不慎，像关明伟、宁永瑞这样的人真是不能深交之人。人和人之间的交往，有些是和利益交织在一起，一旦和利益交织在一起，就不可能分清哪些是真正的朋友，哪些是利用和被利用的关系。就像丘吉尔所说的那样，没有永恒的朋友，也没有永恒的敌人，只有永恒的利益。

关于大漠油田公司延东油田采油八厂成本超支的事情，在大漠油田公司内部传得沸沸扬扬，特别是处级以上的领导干部和机关工作人员，只要能说在一起的，就会在一起说长道短。特别是关于关明伟和宁永瑞的提拔，在出现成本超支这件事情之前，大家虽然有想法，但是说不出个所以然来。这件事出了以后，绝大多数人认为，他们不知道给有关领导办了多少事、送了多少钱，才让他们在仕途上顺风顺水。作为党委书记刘春华，对大家的议论也多多少少知道一些。他知道，舆论是非常可怕的，议论的多了总不是好事，迟早是会发酵的。他突然想到，最好是让事件的核心人物宁永瑞尽快离开人们的视线，才有利于对这件事情的平息。他把关明伟又一次叫到办公室，把自己的想法给关明伟说了。关明伟说，他尽快找宁永瑞，把事情的严重性给他说，让他尽快辞职，离开大漠油田公司。

关明伟把宁永瑞找来，把刘春华让他辞职的事情说了。宁永瑞听完后，很久没有说话，经关明伟晓之以理、动之以情地劝说，宁永瑞虽然感到遗憾，但因事关重大，也只能"舍车保帅"了。

宁永瑞的辞职，同样让人感觉有些蹊跷。因为宁永瑞在项目长任期刚刚结束后，就被提拔为正处级，现在还不到半年，就突然辞职了，让很多不知情的人感到惋惜。对于那些聪明人，一看就是有高人给支招，其目的就是想"舍车保帅"。

宁永瑞辞职后，本以为自己就没事了。他万万没想到，还没过几个月，就有很多老板找到他，向他索要做假账套取的现金。

大漠油田公司对于延东油田采油八厂成本超支十几个亿的事情也很重视，尽管有些事情还没有弄清楚，但还想通过努力，把损失降到最低。从审计和后续的检查中发现，从账面上就可以看到有近六千万元是给施工单位多结了，而且这些单位还继续在大漠油田公司的一些采油厂施工。大漠油田公司通过纪委与这些施工单位进行交涉，要求他们要么把多结算的钱退回来，要么立即中止在大漠油田公司的业务，等待最后的调查处理。

宁永瑞已经辞职了，对于这些施工单位来说，已经没什么用了。再说，套出来的钱大部分给宁永瑞了，现在让他们来退，他们肯定不愿意。他们不把宁永瑞供出来，对于宁永瑞来说，已经是不幸中的万幸了。宁永瑞只好和这些施工单位协商，想办法将这几千万元，如数退回。

经历了这件事情，宁永瑞真正感受到了什么叫"手莫伸、伸手必被捉"。他想，如果把这些钱退了能够平安无事，也算自己幸运。关键是随着从中央到地方，反腐力度的进一步加大，谁敢保证成本严重超支的事情能够就此平息。他不知道，关明伟不知道，就连刘春华也不一定知道。因此，他觉得趁着现在还没有出现最坏的情况，还不如再好好地生活上几天。

宁永瑞把跟自己一起生活了三四年的情人刘慧慧找来，对她说："慧慧，最近我忙也没见你，有些事情我也不想给你说，但又不得不说。"

刘慧慧看宁永瑞满脸严肃，她不知道发生什么事了，就说："你说吧，不管什么事情我都听你的。"

宁永瑞想了想，话到嘴边留一半，本来想把那些老板找他要钱的事情给她说，但他突然觉得没必要，说了什么意义都没有，还会让刘慧慧害怕。他把话锋一转说："其实也没什么，我现在已经不在大漠油田公司上班了，我想到海南去，我的意思让你和我一块去。"

刘慧慧听了以后，觉得去海南是好事情啊，她笑着说："我还以为什么事呢，就是去美国我也愿意，瑞哥去哪儿我就去哪儿。"

宁永瑞看到刘慧慧如此天真，本来烦躁的心情，顿时好多了。他笑着说："好，那你这两天好好准备一下，我们也许就不回来了。"

刘慧慧听说不回来了，就有些诧异。她瞪着那双水灵灵的眼睛，有些惊奇地问："不回来了，这什么意思呀？"

宁永瑞说："不是不回来了，是短时间里可能不回来。"

刘慧慧听说是短时间不回来，她就放心了，笑着说："我还以为永远都不回来了。那好，三个月还是五个月，随你便。"

宁永瑞把刘慧慧揽在怀里，看着她白皙的脸和楚楚动人的双眸，心里有一种说不出的滋味。也许，在不久的将来，刘慧慧就会是另一个男人的女人。想到这儿，他真有些舍不得。他真后悔自己太贪，如果像有些人，该捞的捞，不该捞的不捞，他就不会陷入当前的困境。他在处级这个岗位上，除了正常养家糊口，再养活个刘慧慧一点问题都没有。他曾经想让刘慧慧给自己生个孩子，但因这样那样的问题，还没来得及细细考虑，就已经出现让他难以脱身的事情。现在，只能过一天，算一天，过一天，快活一天，至于将来的事情，他连想都不敢想。

经过几天的精心准备，宁永瑞和刘慧慧终于踏上去海南的旅途。要是搁平时，他俩会直接坐飞机直奔海南，但这一次，不只是因为宁永瑞害怕留下痕迹，还有其他原因，于是他选择了一条很复杂的线路，既有轮船、汽车，也有高铁、飞机。刚开始，刘慧慧不懂宁永瑞为什么要这样做，即使后来，她也不懂。因为在刘慧慧看来，宁永瑞现在是闲人一个，到处游山玩水也在情理之中。

到了海南，宁永瑞让刘慧慧到移动公司办了两张手机卡，并对刘慧慧说，这两张卡的号码，不要给别人说，也不准跟任何人打电话。这个时候，刘慧慧才感觉到了问题的严重性，她问宁永瑞说："你是不是出什么问题了？"

宁永瑞为了安慰刘慧慧，并没有告诉她事情的真相，而是用一种看似合理的说辞，让刘慧慧能够开开心心地和自己一起生活。他说："现在从中央到地方，反腐力度越来越大，你说现在的领导哪个是干净的？你跟了我两年多了，你也知道，我一个项目长，每年管那么多钱，肯定有些事情是违规的，有些事情可能留下了隐患，我们得以防万一吧。"

宁永瑞这样解释，刘慧慧多少感觉到点什么，她一脸害怕的样子，对宁永瑞说："瑞哥，我真的好害怕。"

不仅是刘慧慧害怕，宁永瑞同样心里没数，但他还要装出一副若无其事的样子，对刘慧慧说："没事，什么事情也不会发生。你别害怕，我们在这儿高高兴兴、快快乐乐地生活一段时间就回去。"

刘慧慧看到宁永瑞若无其事的样子，心里好受了许多。她对宁永瑞说："瑞哥，我相信你。"

过了十几天，宁永瑞也没有接到关明伟的电话，那件让他担惊受怕的事情好像没事了似的。他除了领着刘慧慧逛街、逛商场、看海景，大部分时间都在自己租赁的别墅里养花、养鱼、做饭、喝酒，与刘慧慧在床上寻欢作乐，过着世外桃源的生活。

宁永瑞不是那种能够闲得住的人，为了打发这种苦闷而无聊的生活，他对做饭有了兴趣。他除了在网上搜索各种食谱，亲自下厨试验，还买来了一些中医书籍，研究有关养生、美容的一些方子。和刘慧慧过度的床上生活，让他有些体力不支。他想，西门庆有那么多老婆，还在外面寻花问柳，除了祖上是郎中，估计也应该与饮食有关。

宁永瑞平时喜欢喝酒，除了咨询医生炮制养生酒，没事的时候，就翻看一些医学书籍。他看到《本草纲目》第二十五卷记载"羊羔酒，大补元气、健脾胃、益腰肾",并且列举了泡酒的两种方法。一种是用米一石,如常浸蒸,羊肉、杏仁加入曲十四两,同煮烂,连汁拌米,放入木香同酿,勿犯水,十日熟;另一种是羊肉五斤,消梨七个,其制法是羊肉煮烂,酒浸一宿,入消梨,同捣取汁,和曲、米酿酒。

作为高中应届毕业生能顺利考上大学,宁永瑞的智商不存在问题。他经过仔细研究,反复试验,已经将这两种泡酒的工艺完全掌握。他给自己制作的两种药酒分别取名叫"羊米酒"和"羊梨酒"。

羊米酒一年四季都可以喝,羊梨酒主要是夏天喝。

经常饮用他研究出的这两种壮阳酒,他的身体明显比以前强壮了许多。

通过查阅大量医学书籍,宁永瑞发现鸡蛋和鸡肾属于营养最为全面的食材。鸡蛋蛋黄的胆固醇是合成男子性激素的重要原料;鸡肾,性味甘平,风干火焙入药,可治头晕眼花、咽干耳鸣、耳聋、盗汗等病症。他用鸡蛋和鸡肾为主料做菜,取名为"双鸡小炒",其制作方法虽然有点复杂,可吃起来不仅口感好,味道也不错,而且具有强身健体之功效。

他研究的另一道菜取名为"双参戏水",严格意义上讲,这应该是一道汤菜,用的食材是辽参和雌性海参。辽参具有补中益气、健脾益肺的功效。海参可以与传统中药的阿胶、龟板胶、鹿角胶相媲美,不仅可以生血养血、延缓机体衰老,还可使肌肤充盈、皱纹减少,消除面部色斑。雌性海参含有大量的海参卵,其营养价值极高。把这两种食材和枸杞放在一起,用慢火煨汤,不仅味道极佳,且具有养颜、健身之功效,男女均可食用。

宁永瑞是一个生活兴趣多样的人,在他的影响下,刘慧慧也学会了做饭、炒菜、煨汤。正因为这样,看似无聊的生活,两人过得津津有味,毫无厌倦之感。

宁永瑞知道自己迟早会出事,他辞职以后,把自己的所作所为全部告诉了老婆王萍,还要与王萍离婚。王萍本不想跟他离婚,他对王萍说,如果不离,到时候有可能人财两空。王萍只好跟他离婚。离婚的时候，宁永瑞把他"挣"来的钱，大多数留给了王萍，让王萍带着孩子好好生活。剩下的钱给情人刘慧慧一部分，给自己也留了一部分。

人活着总要干点什么，对于宁永瑞来说，他现在活着的意义就是享受。该吃的都吃了，该玩的也都玩了。他和情人刘慧慧在一起已经两三年了，从不感到厌烦。他觉得刘慧慧现在是他的全部，他几乎每天都要跟刘慧慧亲热，还要让刘慧慧永远保持美貌，让自己始终有着旺盛的精力。

宁永瑞比刘慧慧大二十岁。刘慧慧不是他自己找的，是别人送给他的。他当项目长第二年秋天的一个周末，他和一个叫夏收的老板去一家高档的KTV玩。那个时候KTV美女如云，KTV的领班会把美女分成几拨，一拨一拨地让你挑，直到你满意为止。

这种场合宁永瑞不知道来过多少次了，什么样的美女他都见识过，在他的眼里，这些女人完全是为了钱，没一个让他真正动心的。完了之后，他对夏收说："你们那个地方不是出美女嘛，你给我好好物色一个，让她给你打工。"

夏收当然明白宁永瑞的意思。于是他回到老家绥德县城，找同学、找熟人，物色年轻貌美的女孩。他先后见过十几个，没一个让他满意的。有一天，他上街买东西，迎面走过来一个女孩。这女孩看上去二十岁出头，她那白嫩的皮肤，宛如刚用牛奶沐浴过一般，仔细看去，脸蛋完美无瑕，长而浓密的睫毛下，两只大眼睛水汪汪的，整个人看上去水润水润的。她不仅长得好，穿着打扮也比较讲究，一头栗色的波浪形卷发垂在肩上，松松垮垮的淡紫色上衣正面点缀着几朵白色的小花，把她装扮得清纯可爱。深蓝色的牛仔裤紧紧贴在她那修长的腿上，凸显出她那魔鬼般的身材。夏收心想，这真是踏破铁鞋无觅处、得来全不费工夫。于是，他转过身，紧紧地跟在女孩的身后，生怕她转眼就不见了。他一边走一边想，想着如何跟这女子搭讪。如果贸然上去跟别人搭讪，不仅得不到任何有用的信息，还会让别人反感。如果没有机会跟她搭讪，最少也要搞清她家住哪儿，然后再想办法。夏收一直尾随在女孩身后，可女孩并不知道有人在跟踪她。过了几分钟，女孩走进了一家叫"亮点"的理发店，他心里一亮，这下好了，要搞清女孩的情况已经不用愁了。夏收在门口站了一会儿，随后也进了理发店。站在门口的服务生，不知道来人是谁，像迎接所有的客人一样，问他是否要理发，有没有熟悉的师傅。理发店的老板认识夏收，笑着对他说："夏总什么时候回来的，你不是前几天刚理过发嘛，怎么今天又来了？"

夏收说："我刚理过就不能来了！我今天来洗发，找个手法好的，给我好好按摩一下。"

理发店的老板是个三十岁上下的女人，笑着说："那没问题，欢迎夏总经常来我们店洗头。"

夏收说："我想让你给我洗，我觉得你洗得好。"

这家理发店的老板，过去就在理发店打工。理发、洗发样样精通，特别是像夏收这样的有钱人，她当然愿意为他服务了。

他俩一边洗头一边聊天。当那个漂亮女孩离开的时候，夏收问理发店老板说："刚才出去的那个女孩是哪的？"

理发店的老板一下子就明白了夏收来洗头的用意。她笑着说："你是不是看上人家了？"

夏收说："看上她挺正常的呀，你说哪个男人不爱漂亮女人！"

理发店老板笑着说："你们这些有钱的男人啊，只要见了美女就走不动了。人家可是良家妇女，刚从护校毕业，还没参加工作呢。"

夏收笑着说："那挺好的呀，你有机会了给我问问，看她愿不愿意跟我干，我一个月给她一万块钱的工资。"

理发店老板笑着说："是给你当生活秘书吧？"

夏收说："别开玩笑了，说正经的。我那儿正缺个人，她有文化，上过护校，对电脑的使用应该没什么问题，想让她到我办公室做个资料什么的。"

理发店的老板说:"你真给她一万块钱的工资?"

夏收说:"我什么时候跟你开过玩笑?"

理发店的老板说:"应该没问题吧。反正她现在也没找到工作,完了我给你问问。"

就这样,这个叫刘慧慧的漂亮女孩来到了夏收的公司。

没过几天,夏收就把刘慧慧介绍给宁永瑞认识。宁永瑞一见非常满意,但看到刘慧慧一本正经的样子,一时很难下手。

时间是腐蚀剂,也是最好的催化剂。任何问题,只要有时间,只要你用心,最终都会向你预想的方向发展。

刘慧慧虽然长得漂亮,但她的家庭并不富裕。在家里她排行老二,父亲是一般的公务员,母亲没有工作,哥哥虽然工作了,但一个月只有两千多块钱的收入,弟弟还在读高中,一家五口人生活在小县城。当她知道夏收一个月给她一万块钱的工资时,对她来说确实有着很大的诱惑,但她并不知道其中的陷阱。

由于夏收经常以工作的名义领她去见宁永瑞,时间长了,她慢慢知道,夏收其实是靠着宁永瑞这棵大树,不然他也不会这么有钱。看到夏收对宁永瑞言听计从,她当然也不敢怠慢。又一次,夏收请宁永瑞去 KTV 玩,要她也一同去。她作为夏收的工作人员,当然得听从夏收的安排。

在 KTV 玩的时候,夏收给自己找了一个小姐,却没有给宁永瑞找,明摆着让刘慧慧陪宁永瑞。

夏收对陪他的女孩搂搂抱抱,宁永瑞对刘慧慧比较理智,除了跳舞,最多是搂搂肩膀而已。

一直玩到半夜十二点多,夏收给陪她的女孩一千元小费,然后到吧台结完账就离开了。

在车上宁永瑞给她一万块钱,她怎么也不要,推来推去的,最后夏收说:"宁厂长给你你就拿上吧,以后多陪宁厂长出来玩玩。"

刘慧慧回到房子，看到宁永瑞给她的一万块钱，觉得很不是滋味。她现在才知道，她是在按照夏收的设计，将自己一步步卖给了宁永瑞。她有权利拒绝这种看上去文明的交易，但她无法拒绝宁永瑞的慷慨，更没有办法拒绝成捆的钱，因为她需要钱，她的家里也需要钱。在她的记忆里，除了自己上护校的时候，家里一次性给她拿过八千块钱，她身上的钱从来没有超过两千块。她到夏收这儿上班，夏收是个讲信用的人，每到给工人发工资的时间，她会得到一万块钱的工资。上班不到三个月，她的银行卡上已经有了将近三万块。今天宁厂长又给了她一万块，她觉得和父亲、哥哥相比，这钱来得好容易啊！

刘慧慧在床上坐了很久，她最后想，管他呢，走一步看一步，只要他们给钱，不要白不要！她知道他们对她好的目的，最终就是让她跟宁厂长上床。对于她来说，她又不是没跟男人上过床，只不过以前上床的是自己的恋人，是爱的一部分，以后上床可能就是变相的出卖。

在宁永瑞一次又一次给她钱的情况下，又一次在KTV玩完之后，她没有再回到她的房间，而是进了宁永瑞的房子……

第五章

晚上，宁永瑞和刘慧慧吃完饭，准备上床休息。宁永瑞突然觉得应该打开手机，看看有没有人给他打电话或发短信。他打开电话，看到有三个未接电话。而这三个电话都是同一部手机打来的，时间分别是中午十一点、下午三点、下午五点。他觉得这个看上去并不陌生的电话连着给他打了三次，一定是有什么事情。于是，他把电话拨了过去，接通后一听，原来是自己的老领导关明伟。他不好意思地说："关哥，实在是不好意思，我手机丢了，我谁的电话都没了。过年想给你打个电话，也记不清你的号码了。"

关明伟也无话可说，觉得宁永瑞失去了工作，一个人漂泊他乡，也怪可怜的。他说："今天给你打电话，主要是给你通报个事情。刘春华今天给我打电话说，超成本的问题可能会出事，让我跟你好好商量一下，以防不测。"

宁永瑞听了，心一下子提到了嗓子眼，觉得天真要塌了。他说："他不是到省上工作了嘛，让他好好想想办法。"

关明伟说："他想个屁，你又不是不知道，他是明升暗降。我估计他也是没办法，才让我找你商量。"

宁永瑞说："那怎么办？"

关明伟说："现在还没什么事情，是领导自己害怕了。"

宁永瑞说:"那会不会有事情?"

关明伟说:"说不上,关键是我们捅的娄子有点大。从新来的老总杨明轩的一些讲话来看,杨总是不会庇护我们的。"

宁永瑞说:"那我现在怎么办?"

关明伟说:"静观其变吧,今天我们俩通完电话,你把你这个电话卡扔了,平时不要跟大漠油田公司的任何人联系。"

宁永瑞说:"关哥啊,自从我辞职以后,除了家里人给我打电话,就没其他人给我打电话了,现在已经成为孤家寡人了。"

关明伟说:"我知道你现在也不容易,但现在也没好的办法,如果这件事能够平安过关,完了我再给你想办法。另外,我给你说,现在还没事,一旦纪检监察部门上手,可能我们的手机就会被监控,你也要做好心理和思想准备。那个时候,我们就不能通电话的。"

宁永瑞听了,觉得头发根都竖起来了,仿佛自己马上就会被抓起来似的。他说:"好吧,我都听你的。"

关明伟说:"你完了想办法让陌生人给你办张卡,新卡跟谁都别打电话,把卡号告诉我就行了,而且要处在开机状态。"

宁永瑞说:"知道了。"

打电话之前,他还准备跟刘慧慧在床上好好激情一番,可挂断电话之后,他像霜打了的茄子似的,躺在床上什么也不想做了。

刘慧慧依偎在他的身边,小声说:"老公,怎么了,我看你情绪一点都不好。"

宁永瑞看了看小鸟依人的刘慧慧说:"万一我出事了你怎么办?"

刘慧慧吓得一下从床上爬起来,看着宁永瑞说:"你会出什么事,你不要吓我呀。"

宁永瑞看着刘慧慧惊慌失色的样子,故作镇定地说:"没事,睡吧。"

刘慧慧从宁永瑞恍惚、走神的神态中似乎看到了什么,说:"你说怎么了嘛，我真的好害怕。"

宁永瑞把刘慧慧往自己怀里抱了抱，说："真的没事，我们睡觉吧。"

刘慧慧知道，宁永瑞过去是个天不怕地不怕的人，大多数时间大大咧咧、开开心心，总是生活在快乐之中。像今天这样的表情曾经出现过一次，就是让他辞职的时候。从今天的表情看，比让他辞职的那次还要严重，看来这一次一定是要出大事了。她虽然是一个女人，并且是一个涉世不深的女人，但她知道什么是违法乱纪。她看到宁永瑞大堆大堆地收钱，她知道这些钱的来路有问题，尤其是她跟宁永瑞好了之后，不止一次地提醒过宁永瑞，让他不要太过分，不要太张扬，绝对不能违法乱纪，可宁永瑞却对她说，你一个女人家懂什么！是啊，女人有时候确实不懂男人，尤其不懂男人为什么会那么狂妄，为什么会那么自负，为什么会那么贪婪！女人，在许多男人眼里，可能就是个玩物而已，自己其实就是宁永瑞的玩物而已……

过了大半天，宁永瑞还没有睡着，心想，如果不当项目长多好，虽然没有现在这么多大钱，但活得比现在要自在，最起码没这么多苦闷和烦恼。即使现在还是个副厂长，最起码能跟老婆孩子在一起，现在虽然有刘慧慧陪着，但没有跟老婆孩子一起那种感觉。他反过来又想，这一辈子也值了，凡是人能吃的东西他都吃过，凡是人能玩的东西他都玩过，跟刘慧慧还没正式好的时候，几乎是三天两头地换女人玩，胖的、瘦的、高的、矮的、洋的、土的，什么样的女人他都睡过。即使现在把自己拉出去毙了，也不枉来人世一遭。想到这儿，他又觉得无所谓了，用手推了推刘慧慧，说："慧慧，睡着了吗？"

刘慧慧睡得糊里糊涂地说："怎么了嘛，你怎么还没睡？"

宁永瑞说："我睡不着，你陪我说说话。"

刘慧慧说："我都睡着了，你又把我弄醒来了，你要干吗？"

宁永瑞说："没事，那你睡吧。"

刘慧慧说："你睡不着，我帮你按摩按摩。"

宁永瑞说："也好。"

刘慧慧是学护理的，对按摩很在行。她爬起来，坐在宁永瑞的跟前，说："我给你按摩背吧。"

宁永瑞说："我头有点痛，你还是帮我按摩头吧。"

刘慧慧骑在宁永瑞的身上，用她纤细的小手，给宁永瑞按摩。从头顶到太阳穴，很有章法，让宁永瑞舒服了很多。

宁永瑞说："有你真好。"

刘慧慧笑着说："要不要把背也按摩一下？"

宁永瑞看着自己心爱的女人，尤其是穿着这半透明的睡衣，仿佛永远有探索不完的秘密，他说："你帮我洗一洗。"

刘慧慧知道宁永瑞让她干什么，笑着说："这么晚了，还来吗？"

宁永瑞说："我又睡不着，也许累了，就能睡着了。"

刘慧慧像往常一样，在床上开始为宁永瑞服务，直到两人精疲力尽的时候，他俩才相拥而眠。

大漠油田公司党委书记刘春华调走后，总经理杨明轩的威信无形中就被树立了起来。在过去的一年里，提拔干部基本上是刘春华说了算，就连一些副总经理，对刘春华也是刮目相看。这次，刘春华调走，很多人认为还是杨明轩厉害，是杨明轩把刘春华给弄走的。其实，杨明轩并没有去找省委领导、省委组织部打刘春华的小报告，起作用的实际是那两次干部提拔以后，一些干部职工的举报信，让省委感到刘春华不能继续在大漠油田公司工作了，才把刘春华调走。现在，既然有人这么认为，在杨明轩看来也是好事，这对他以后的工作没有什么坏处。

杨明轩对于刘春华的调整，已经不再关注，他现在关注的是如何尽快理顺方方面面的工作。他知道，任何工作都需要人来完成，尤其是这个管辖范围包括十几个县、八十多万平方公里的无围墙的工厂，人的因素就显得特别重要。现在他是党委书记，也是总经理，领导班子开会，既可以叫党委会，也可以叫领导班子会。叫什么会都不重要，关键是会上应该做什么决策，什么样的决策才能让近十万名干部职工拥护，才能有效地调动起他们工作的积极性和热情。

大漠油田公司领导班子的调整除党委书记刘春华被调走外，还调整了两名副职。原来的党委副书记胡旭辉、纪委书记金志明也被调走，新调来的党委副书记叫赵佳明，纪委书记叫秦文强。

赵佳明原任省委组织部副部长，年龄四十五岁，毕业于新京青年政治学院。

秦文强原任省检察院副检察长，年龄四十八岁，毕业于西北政法大学。他个头不高，微胖；光洁白皙的脸庞棱角分明，透着冷峻和威严；乌黑深邃的眼眸，泛着迷人的光彩；浓密的眉，高挺的鼻，厚厚的唇，无一不在张扬着智慧与正义。他工作后，当过科员、办公室秘书、基层检察院副检察长、检察长等职，十年前被提拔为省检察院办公室主任，后又被提拔为副检察长。

从这次领导班子的调整可以看出，延吉省委对大漠油田公司领导班子建设非常重视。表面上看，把专职党委书记调走，好像削弱了党的建设，实际上不仅没有削弱而且是加强了。

按照惯例，领导班子调整后，就要进行重新分工。

在分工之前，杨明轩进行了认真思考，他认为一个单位领导班子的分工很重要，能够一个人负责的尽量让一个人负责。他知道副职不好当，副职要把工作干好，一方面要靠自己的业务水平、工作能力、人格魅力，另一方面就看主要领导的支持。他作为主要领导，必须全力支持副职，支持副职在一定程度上就是支持自己，因此，必须充分授权，让副职充分发挥自己的能力。基于这种认识，自己虽然是党委书记，但党委的日常工作应该完全交给年富力强的副书记赵佳明来负责，纪委工作当然应该由纪委书记秦文强来负责，生产建设、安全环保等工作，应该完全交给副总经理张志强负责，其他班子成员的分工暂时不动，等运行一段时间以后，根据情况而定。他对领导班子的分工这么思考以后，在上会之前，分别把赵佳明、秦文强、张志强叫到自己办公室沟通，目的就是要让他们大胆工作、全力以赴抓好自己的分管工作。

他对赵佳明说："我虽然是党委书记，但党委的工作你要全力以赴。当前从中央到地方，都在加强党的建设，我们虽然是企业，但党的建设绝对不能放松。我们大漠油田公司近十万名职工，加上离退休干部职工，党员人数已经超过三万人，如果把这些人管好了，都能发挥模范带头作用，我们大漠油田公司的工作就一定能够搞好。"

赵佳明说："我是石油战线上的新兵，我一定会按照党委的要求，全力以赴抓好党建工作，如有不妥的地方，还请领导您及时纠正、及时批评。"

杨明轩笑着说："你就别谦虚了，党建工作你比我内行，我虽然是党委书记，但在工作上你要放开手脚，出了问题我来负责，干出成绩我给省委及领导汇报，其功劳主要是你的。"

赵佳明听了，心里非常高兴，在工作中能遇到杨明轩这样的领导，就不能有懈怠和顾虑，必须全力以赴、大胆工作，一定要加强党的建设，促进大漠油田公司的快速发展。他笑着对杨明轩说："谢谢杨总，我一定会努力的，请您放心。"

杨明轩对秦文强说："你虽然在业务上精通，但企业有企业的特点和难处，当然在中央反腐高压态势的大背景下，我们也不能放松对企业的监管。尤其是像我们大漠油田公司这种大型企业，一年要花掉几百个亿，在工程项目、物资采购等方面稍不注意，就会出问题。你可能也听说了，延东油田采油八厂项目投资在十八大前后的几年里，超投资接近十六个亿，现在还没有调查清楚，也没有一个人站出来负责，没有一个人受到问责和处理。你也知道，大漠油田公司两任总经理被处理，一些手中有权的干部，并没有从中吸取教训，仍然我行我素，群众意见很大，政治生态并不乐观。我们在这方面的工作，任重而道远，需要我们认真思考，要通过纪检监察，尽量创造一个好的政治生态，让广大党员干部、职工群众，对我们这届班子满意。贪腐是对职工群众的不公平，是职工群众最痛恨的，也是最容易让职工群众丧失战斗力的。因此，我希望你能够尽快进入角色，加大调研力度，把我们大漠油田公司的基本情况摸清，干几件让职工群众拍手叫好的事情，以此来震慑邪恶，鼓舞士气。"

秦文强听了介绍，觉得大漠油田公司的纪检监察工作确实不容乐观。一直从事办案工作的他，办事雷厉风行，说话直来直去。他说："杨总，你说的那十几个亿的事情，要不要直接让检察机关上手？"

杨明轩笑着说："看来你也是个急性子，你刚来，还是先摸清情况，然后视情况而定。"

秦文强说："那好吧。我到油田工作，对油田情况比较生疏，在工作中我会全力以赴，但还需要您经常提醒和指导。"

杨明轩笑着说："我会的，我会全力以赴支持你的。如果在工作上、生活上、资金上，还有其他方面，需要我出面协调的，你随时给我说，我也会全力以赴。"

秦文强说："好的，以后难免会遇到这样那样的困难和问题，也难免来打搅您。"

杨明轩笑着说："这就见外了，我们在一个班子工作，这既是组织安排，也是一种缘分，我们应该好好珍惜，共同努力，把上级领导和党组织交给我们的任务完成好，既要对上级负责，也要对干部职工负责，也是对我们自己负责，不存在打搅不打搅的问题。"

秦文强说："谢谢杨总，我会按照党委的安排，认真开展工作，为我们大漠油田公司创造一个风清气正、清正廉明的环境，为大漠油田公司的进一步发展，作出自己应有的贡献。"

杨明轩对张志强说："你在咱班子里边是生产建设、管理最全面的领导，你从基层技术员、小队长、大队长、副厂长、厂长，到现在的副总经理，一路走来，而且在副总经理的岗位上，已经干了好几年了，无论是经验还是能力，你都不缺。今天把你叫来，主要是把工作给你交个底，想让你放开手脚，全力以赴，组织管理好生产、安全环保等方面的工作，尤其是原油产量，是我们赖以生存的基础，也是衡量我们工作好坏的重要指标，绝不能有任何懈怠思想。有什么困难和问题，你可以随时找我汇报，在不违反原则的情况下，全部解决，确保生产方方面面的需要。你不要有顾虑，我和赵书记、秦书记给你做好后勤保障服务。"

张志强笑着说："你也是专家，我们都听你的。"

杨明轩说："今天叫你来，我不是为了听你这句话。现在我们的领导班子刚调整，生产系统的分工不准备调整，继续维持原来的分工。今天叫你来的目的是给你加担子的，看起来分工不变，但责任需要加强。去年我刚来，有时候还参加生产会议，就是为了全面了解公司的生产经营、安全环保等基本情况，今年我准备把这方面的工作全部压给你，希望你全面管好生产建设、经营管理、安全环保等方面工作。经营工作是财务老总管的事情，从表象上来看，确实是财务老总管，但实际上管生产的领导，对经营工作起着决定性作用。你想一想，我们有四五百个亿都花在生产过程中，你作为全面管生产的领导，与经营工作有没有关系？另外，从今年开始，我们一定要回归企业的根本，企业是营利性组织，就要突出经济效益。我们在生产过程中，如果少打几口无效井，少干一些无效的措施井工作，就会节约大量资金，就能为职工办许多好事实事。"

张志强完全听明白了总经理杨明轩对他的要求。他说："我知道，过去确实存在大手大脚、不算细账，甚至是铺张浪费等问题。从今年开始，在钻井、措施井等方面，我们将采取对标管理，对排在前面的单位要进行奖励，对排在后三名的单位要进行处罚，并且要处罚相关责任人，确保工作效率的提高。"

杨明轩补充说："这样做就挺好，对排在最后的几名，不仅要处罚，如果不负责任，甚至徇私舞弊，还要采取纪律手段，该降级的降级，该撤职的撤职，坚决杜绝像延东油田采油八厂类似问题的发生。我们在干部管理上，也要从严管理。在产量分配上,你们要在认真调研的基础上,尽量把产量分配准确,对完不成任务的,也要采取经济处罚和责任追究措施;在成本管控上,你牵头,和财务老总进行认真的核算,对各单位成本的预算,要做到科学合理。我知道,有些人也反映,一些辅助生产单位,甚至后勤服务单位成本比较宽松,有乱花钱、巧立名目的现象,这个问题,我会给财务老总安排,尽量做到公平合理。"

张志强心想,杨明轩与原来的总经理在管理上是有区别的,他更像一个企业家。他说:"领导说得对,只要您把方向明确了,我们会全力以赴实现既定目标的。"

杨明轩说:"我把担子压给了你,相应的权力也会给你的。比如在今后的干部选拔任用上,生产、技术方面的干部,主要以你的意见为主。对于那些不听指挥、能力低下、胡作非为的干部,你可以采取先处理后汇报的办法,确保生产、安全环保等工作运行顺畅。"

张志强越听越兴奋,越听越激动,如果杨明轩早来上几年,大漠油田公司就不会是现在的情况。他有同感,他一个管生产的领导,在干部提拔方面连建议权都没有,谁还听你的。他说:"杨总,请您放心,我下去把您今天给我的谈话好好整理一下,要作为我们生产系统今年工作的指导方针,制定出详细的落实计划和运行方案,确保各项目标的顺利实现。"

杨明轩说:"好,你放心大胆地工作,出了问题由我来负责。"

新一届领导班子会开得很简单。对领导班子的分工,进行了简单通报和说明,对中央、省委最近的相关要求进行了传达和学习,总经理兼党委书记杨明轩在安排具体工作中,讲了几件让人预料不到的事情:

第一个问题是要千方百计提高职工的收入。他说,党的十八大报告明确提出,2020年全面建成小康社会的宏伟目标,明确"到2020年实现国内生产总值和城乡居民人均收入比2010年翻一番",大家想一想我们大漠油田公司在2010年的时候,我们职工的人均收入是多少,现在又是多少!针对这个问题，主管劳资的领导和部门，要进行认真的统计和核算，要在政策允许的范围内，尽可能地增加职工收入。这个事情，我们分步实施，要在六月份前，先给采油队、修井队等直接从事油气生产的人员人均每月增加一千元，具体给多少，用什么办法方式发放，劳资部门拿出详细意见，提交领导班子会讨论确定。这个政策一定要执行到位，不能随意扩大，先对人员统计，并进行公示，不要因为这件事情，再让职工有意见。在这个问题上，可能有些人还有其他想法和看法，大家认真想一想，我们副处级以上干部的孩子，有谁的孩子在采油队、修井队上班？如果没有这些艰苦岗位上的同志们的坚守，哪有我们大漠油田公司今天的辉煌。

第二个问题是要利用政策解决职工住房问题。他说，党中央对关心人民群众十分重视，在住房方面也有许多好的政策。我们不关心职工群众，他们凭什么要在荒无人烟的大山深处爱岗敬业呢！我们仔细想一想，这几年我们给职工群众办了几件实事？基本上没办什么好事。我们的老一辈石油人，现在已经七八十岁了，他们还住在六七十平方米的小房子里，房子没有电梯。我们周边还有许多可以盖房子的地方，我们要积极与政府部门沟通，尽量多盖一些房子，来解决职工的住房问题。前些年，我们在渭河以北投入了几十个亿，建设了一些办公场所和职工住宅，大家想一想，如果建在渭河以南，给职工分一套一百平方米的住宅，按照现在的价格，就等于给职工多发了一百多万啊！同志们，一百多万，我们一线的职工，一辈子也攒不下一百万！这就是我们领导者的决策，国有企业，决策错了也没有人真正负责。过去的事情已经过去了，我们新一届领导班子，一定要吸取教训，要为历史负责，要为职工群众负责！

杨明轩在讲这个问题的时候，讲得很动感情，所有的与会人员也被他动情的讲话所感染，会场没一点声音。

第三个问题是关于给一线职工子女上学补助的事情。他说，在过去的一年里，我听到了很多职工，尤其是一线职工对孩子的入托、上学的意见，这已经成为他们最大的后顾之忧了。我想了好长时间，也想不出个好办法，下去以后你们也可以好好想想，看怎么来解决这个问题。我现在有一个想法，不一定成熟，你们分管领导下来也好好想想。一是对入托、上小学、上中学的孩子的补助，凡是没有在我们自己的托儿所、学校上学的孩子，每年凭学生证、学籍卡、学校证明给予一定的补助；凡是考上一本、二本的大学生，凭高考分数证明和录取通知书，给予一次性五千至八千元的奖励，具体办法由组织人事处制定。前面这两个事情，只针对一线职工的子女。

像这种大型企业，会议结束后，一般情况下都会印发会议纪要，而且对会议提出的问题及决议，要进行具体的安排。每一项工作都会安排有哪些人、哪些部门负责、参与，会制定出完成工作任务的节点和目标等。

作为新到任的党委副书记赵佳明、纪委书记秦文强，听了杨明轩的讲话，由于他们对大漠油田公司的情况不熟悉，不会有更多的感受，而其他班子成员与列席的处室长们，听了以后，感到非常振奋。他们知道，杨明轩的这些新政一旦贯彻落实，就会赢得大部分职工，尤其是一线职工的拥护，必将为大漠油田公司发展带来新气象。

会后，各分管领导按照会议要求，积极落实各项工作。作为总经理兼党委书记的杨明轩，反而显得没多少事情可干。

有一天，他突然想起了自己的老同学苗文哲，他不知道苗文哲在休息还是上班。于是，他就直接给苗文哲打电话，问他上班没有。苗文哲说他还没有上班，还在家里闲待着。

他说："你不要老不上班嘛，你先上班，我让组织部给你重新调整岗位。"

苗文哲口里没说，心里却在说，你又不是不知道，我能回去上班嘛！但他并没有这么说，只是应付说："我知道了。"

杨明轩把电话挂断以后，就给组织部部长路星宇打电话，让路星宇到他办公室来。

路星宇接到电话后，不知道杨明轩叫他干什么。他立即拿起记录本，向杨明轩的办公室走去。

路星宇还没到，纪委书记秦文强领着纪检监察处处长包新军已经来到杨明轩的办公室，路星宇看见秦书记和包处长在办公室，只好站在门口等候。

纪委书记秦文强对杨明轩说："我刚来，有个实名举报信，不仅牵扯到经济问题，还存在重大安全事故隐瞒不报的问题，让包处长把具体情况给你汇报一下。"

包新军说："杨总你应该知道这件事情，就是去年延西油田采油一厂'6·14'火灾事故，那个时候你刚来不久，着火以后先后造成四人死亡。当时延西油田采油一厂按照综合治理、也就是老百姓偷油引发火灾事故上报的。现在，有一个叫刘小明的农民工，实名举报说，事故发生后，他亲自参与了处理，总共花了四百多万，年底延西油田采油一厂以虚假工程的方式，给他们公司进行了结算。"

杨明轩听了以后，感到很迷茫，怎么会出现这种情况！不去管吧，现在的形势又不行，如果管吧，万一是真实的，不仅要对延西油田采油一厂的相关领导进行处理，而且自己那个时候已经是总经理了，也会受到牵连。他想了想说："既然人家实名举报了，就按照有关规定，进行调查处理吧。"

纪委秦书记说："就这事，那您忙吧。"

纪委书记秦文强和处长包新军刚出门，组织部部长路星宇就进来了。杨明轩由于还在想举报信的问题，已经忘记了他叫组织部部长来干什么了。他说："路部长你有事吗？"

路星宇感到有点蹊跷，笑着说："您不是刚才打电话让我来的吗？"

杨明轩突然想起来了，确实是自己给路星宇打电话的。不好意思地笑着说："你看我这脑子，刚打完电话就忘了。"

路星宇笑着说："领导心里装的事多，忘了也很正常。"

杨明轩说："我叫你来，想了解一下苗文哲的事情，他现在怎么还没上班？"

路星宇说："我好像给您汇报过，他说他身体不好，写了个提前离岗的申请，当时刘书记知道，也没有上会，让他回去看病去了。"

杨明轩说："他有什么病！他是装的，是不想上班而已。"

路星宇说："说句公道话，他确实也没办法回去上班了。苗厂长在延西油田采油一厂一直是第一副厂长，主管生产、安全环保等工作，而且他管生产的时候产量上得也快，安全环保等方方面面的工作都管得挺好，前年把他抽出来巡视，按说第二年应该提拔他，但由于产量的问题没提拔成，去年又巡视了一年，回去以后岗位也没了……"

还没等路星宇把话说完，杨明轩把他的话打断说："不说了，你作为组织部部长你是有责任的，一个优秀的干部得不到提拔重用，伤害的不仅仅是他本人，你懂嘛！我现在找你来，就是跟你商量这个事情，你准备怎么安排他的工作？"

路星宇不知道该怎么回答杨明轩。因为在他的记忆里，处级干部的安排、调整，自己只是个执行者，从来没有提出过自己的想法。现在总经理突然给他提出这个问题，他有些摸不着头脑，看着总经理杨明轩说："我的想法是看他想去哪儿上班？"

杨明轩说："你这想法挺好的呀。一个优秀的基层干部，遇到了困难，你应该主动去帮助解决才对。好了，就按你的想法，把他找来，跟他好好谈谈，给他安排一个合适的岗位，不能让一个处级领导干部长期不上班。你作为组织部部长，不是传话筒，对干部的管理，应该有自己的想法，当然，这个想法一定要建立在公平、公道、正义的基础上，建立在有利于大漠油田公司的发展上，对干部的管理进行全面考虑，并要提出你自己的意见。"

杨明轩虽然对路星宇提出了批评，但对于路星宇来说，这种批评他愿意听，这是对他组织部部长定位的指导，他认为这样的领导才是真正的好领导。他说："领导批评得对，我以后一定改正。"

路星宇从杨明轩办公室里出来以后，并没有因为杨明轩的批评感到懊恼，反而觉得心里很舒服。这是因为在他当组织部部长的这两年中，从没有人像杨明轩总经理这样对待他，尤其是在干部的管理、调整、提拔等方面，自己只起到传话筒的作用，没有人让他参与管理。他回到办公室以后，并没有立即给苗文哲打电话，他在想总经理杨明轩为什么对苗文哲的事情这么关心，他只知道苗文哲跟杨明轩是校友，并不知道他们之间是什么关系。他还在想，苗文哲想干什么，还有什么岗位适合苗文哲，他想了半天也想不出个所以然，所以，他决定等征求完苗文哲的意见再说。

纪委书记秦文强和纪检监察处处长包新军回到办公室，商量如何对待举报信的问题。秦文强对包新军说："杨总同意按程序处理，下来你安排人先去调查，根据调查的实际情况，我们再看怎么处理。"

包新军说："不知道你看出来没有，杨总也很为难，如果仅仅是因为虚假结账，问题还不是太大，我们也没必要给他汇报，关键是牵扯到安全事故隐瞒的问题。我查看过相关文件。国务院《生产安全事故报告和调查处理条例》第四条规定，任何单位和个人对事故不得迟报、漏报、谎报或者瞒报。《建设工程安全生产管理条例》第五十条规定，施工单位发生生产安全事故，应当按照国家有关伤亡事故报告和调查处理的规定，及时、如实地向负责安全生产监督管理的部门、建设行政主管部门或者其他有关部门报告。《生产安全事故报告和调查处理条例》第三十六条规定，事故发生单位及其有关人员如有谎报或者瞒报事故，对事故发生单位处一百万元以上五百万元以下的罚款，对主要负责人、直接负责的主管人员和其他直接责任人员，处上一年年收入百分之六十至百分之百的罚款，属于国家工作人员的，依法给予处分……这些规定，我想杨总肯定看过。"

秦文强说："我们先把安全事故放一放，我们纪检监察部门主要查违规违纪，安全事故的事情我们可以不管。"

包新军带着征求意见的口吻说："秦书记，我觉得我们不能不管吧，因为虚假结账是由安全事故引起的，我们不负责追责，但我们得把问题搞清楚吧。"

秦文强说："你的意思是要安全环保部门配合吗？"

包新军笑着说："就这个意思。还请领导给我们协调一下。"

秦文强说："好的，你把安全环保处的处长叫来，我这会儿就给他安排。"

这是秦文强到大漠油田公司来处理的第一件事情，在他的协调下，很快成立了由纪检监察处牵头、安全环保处参与的调查组，对大漠油田公司延西油田采油一厂以虚假工程结账处理安全事故的举报，进行立案调查。

按照规定，调查组在展开调查前，要与被调查单位的纪委书记进行沟通。延西油田采油一厂的纪委书记叫丁小芹，任职时间还不到一年，她从来没有经历过这种事情。按照要求，她是不能给其他领导及相关人员通报举报内容的。但她毕竟是延西油田采油一厂领导班子成员，她也有义务给党委书记谷志俊、厂长兼党委副书记莫景杰汇报。

丁小芹来到党委书记谷志俊的办公室，给谷志俊把调查组与她沟通的情况汇报以后，谷志俊立即把厂长莫景杰叫来，研究相关对策。

莫景杰听了以后，先是怨天尤人地发牢骚，觉得延西油田采油一厂这个单位风气太坏，动不动就告状，后又在猜想是谁在举报。党委书记谷志俊说："别人实名举报，据说是一个民工。"

莫景杰气急败坏地说："肯定是有人指使，不然一个民工为什么会举报！这件事跟他有什么关系？"

谷志俊说："现在不是发牢骚的时候，更不是追查谁举报的时候，想一想我们应该如何应对。"

莫景杰说："难啊，现在已经来不及了，牵扯的人多，而且将近五百万的工程，别人到现场一看就知道是假的。"

谷志俊说："那怎么办？"

莫景杰说："假结算的事情只好实话实说了，不然牵扯这么多人，说得越多，问题会越严重。但关于安全事故的事情，我们绝对不能改口，要继续维持说老百姓偷油引发的火灾事故。如果把这个事情的真相揭开了，不仅我们俩干不成了，还会影响到很多上级领导干部，那时候我们就里外不是人了。"

谷志俊说："你觉得能不能继续隐瞒下去？"

莫景杰说："必须继续隐瞒，但隐瞒不下去怎么办？"

办公室的气氛有点沉闷。谷志俊说："遇到问题了我们冷静处理，越急越没有办法。"

他接着说："丁书记要全力以赴、积极配合调查组，看人家有没有什么困难，在吃饭、用车、生活等方面想得周到一些，而且态度一定要好。说到这一点，你要关注一下，调查组会找哪些人调查，要求所有的人都要有一个好的态度，争取调查组的同情和理解。剩下的事情我和莫厂长再想办法。"

丁小芹说："没问题，我一定会全力以赴。有什么事情，请领导随时通知我。"

谷志俊说："那好吧，你先下去，我俩再想想。"

丁小芹刚出门，莫景杰自言自语地说："什么叫报应，这大概就是报应吧。"

谷志俊看着莫景杰，不知道他为什么会发出如此感慨。

莫景杰对谷志俊说："刘春华调走了，本来我们不能在背后说人家坏话，回想起来，在一定程度上讲，都是他害的。"

谷志俊更听不懂了，看着莫景杰说："你怎么能这么说呢？"

莫景杰说："你可能忘了去年八月份提拔常务副厂长时，苗文哲对我的质问了吧，如果没有刘春华的干预，我们就应该提拔苗文哲。也是在你的办公室，苗文哲说我，如果让他管生产，也许'6.14'事故就不会发生。是啊，如果让老苗管生产，也许真的不会发生。"

谷志俊对苗文哲并不熟悉，但他知道苗文哲在延西油田采油一厂广大干部职工中威信比较高。他不解地问："这又是怎么回事？"

莫景杰说："说来话长。你可能对苗文哲不是很了解，苗文哲这个人不仅工作能力强，而且干工作很认真，也敢于负责。几年前我在延西油田采油三厂当副厂长的时候,他就是咱们这儿的副厂长,他是本地人,与本地很多部门的领导熟悉,他帮了我不少忙。后来我调到公司机关,有好几次请他吃饭,他都不在,都在一线工作,我还开玩笑说他,延西油田采油一厂好像没你就运转不了啦,现在看来,没有他还真出问题了。"

谷志俊笑着说:"还真有那么神啊?"

莫景杰说:"你还不信,两年前,延西油田采油一厂的原油生产、安全环保、前指运行都比较顺畅。前年他被公司抽调参加巡视工作,厂里就出问题了。由于原油生产被动,几个管生产的领导互相扯皮、闹不团结,使产量越来越被动,到年底产量从二百万吨,掉到一百八十多万吨,最后导致原来的班子解体,才让我们俩来收拾这个烂摊子。"

谷志俊说:"他有那么重要吗?"

莫景杰笑得有点尴尬,接着说:"你没管过生产你不知道,采油厂主管生产的领导很重要,可以说他就是一个大管家,他的作用发挥好了,我们当厂长、书记的人,日子就好过多了。老苗年龄大,工作敬业,能够带头实干,为人处世直爽,而且善于沟通,他管生产和前指工作的时候,其他副厂长、科室长都能够按照他的要求,把方方面面的工作落实到位,所以他在的时候,延西油田采油一厂的工作比较正常。你可能忘了,他去年还说我,说他管安全环保的时候,几任厂长不知道安监局、环保局的门朝哪开,我干了不到半年厂长,今天让安监局约谈,明天让环保局罚款,我当时真是无言以对啊!"

谷志俊说:"看来苗文哲还真不错。那你去年为什么不让他继续管生产呢?"

莫景杰说:"是啊,可能所有的人都会这么想。上届领导班子是因为产量问题解体了,这我是知道的。而且岳和正副厂长也给我建议过,让老苗把生产管上,可谁知道我的难言之隐啊!说穿了,前年让老苗巡视,就是为给舒宏才腾位子,老苗走了,才能安排舒宏才接替老苗全面管生产、管安全环保,其目的就是准备提拔舒宏才。去年我来之前,刘春华书记给我交代过,让舒宏才继续管生产，你说我能让苗文哲管嘛！"

谷志俊说："原来是这样啊。"

莫景杰冷笑了两声说："通过这一年的工作，舒宏才的能力你应该清楚了吧，可以说能力太差。我作为主要领导，可以说全力以赴支持人家，他可倒好，与主管的部门科室长不团结，与地方相关部门基本不来往，你说他能把工作干好嘛！去年公司给我们下的任务确实比较重，我知道让他继续管生产，不仅完不成任务，而且仍然会成为欠产大户，更让人痛心的是还发生了'6.14'安全事故，就在这样一种情况下，九月份提拔常务副厂长，刘春华书记还要提拔他，你说怎么能不激起民愤啊！"

谷志俊说："这也许就是省委把他调走的直接原因吧。"

莫景杰说："说不好听的话，你说我们现在成了这个样子，能和他没关系嘛！我有时候在想，今天我们厂里出现这么多的问题，在很大程度上是由于我们做事不公，一些干部和职工对我们不信任所致。"

谷志俊无奈地笑着说："那也没办法，我们只能从现在开始，严格按照中央、省委和公司的要求，多到基层调查研究，了解真实情况，不断总结经验，帮助基层解决困难，多同干部群众谈心，赢得职工群众的理解支持，我想慢慢就会好的。"

莫景杰说："也只能如此了。你忙吧，我还得找相关人员谈谈话，看这一次能不能顺利过关。"

莫景杰走后，谷志俊心想，原来这么复杂啊！要不是有人举报，他这个当党委书记的可能永远也不知道其中的内幕。现在出问题了，再怎么后悔，有用吗？谷志俊想起与莫景杰搭班子的这一年多，自己在方方面面都以大局为重，什么事情都依着他，其结果还是工作被动，到头来出了问题，自己还得共同承担。记得在"6·14"事故前夕，按说不应该调整部门的领导干部，那个时候他和厂长来延西油田采油一厂还不到半年，可厂长就是不听，将几个主要部门和单位的干部进行了调整，造成了干部队伍的不稳定，没几天就发生了"6·14"事故。虽然事故本身与干部调整没有直接关联，但肯定是有影响的。一个单位领导的配备，尤其是一把手，必须是年富力强、善于管理、公平正义、心底无私的人，否则这个单位必然会出问题。

第六章

按照总经理杨明轩的要求，组织部部长路星宇把延西油田采油一厂的副厂长苗文哲约到办公室，征求他岗位调整的意见。

苗文哲笑着说："我不是交了提前离岗申请了嘛，我真的不想再干了。"

路星宇笑着说："我知道这几年对你确实有点不公平，现在是新领导班子，我想以后像你们这些有能力、为大漠油田公司作出贡献的人，一定会得到重用。"

苗文哲笑了笑说："我今年已经五十五了，还有机会吗？还是算了吧，你给杨总说，还是让我提前离岗吧。"

路星宇说："我不瞒你，因为你的事，杨总还专门把我叫去，让我征求你的意见，看你想到哪个部门工作？"

苗文哲笑着说："杨总怎么说的？"

路星宇说："他没怎么说，就是让我征求你的意见。我知道让你回延西油田采油一厂工作不现实，但你总得上班呀，你只有上班，下一次再提拔干部的时候，你才有机会，你不上班，即使领导想用你，也不好弄吧。"

苗文哲说："你觉得我还有机会吗？"

路星宇说："当然有机会了，你虽然年龄上不占优势，但你的工作能力、工作业绩大家是有目共睹的。再说了，从杨总的讲话和平时的一些要求看，在今后干部的使用上，主要看能力，年龄不一定是问题。"

苗文哲听路星宇说完，心里似乎有点信心，但他不想同学因为照顾自己，在干部的任用管理上坏了规矩。他说："谢谢路部长，给我两天时间，让我好好考虑一下。"

路星宇说："好的，希望你尽快给我答复，不然我在杨总跟前不好交代。"

苗文哲从路星宇的话中察觉，他这位昔日的老同学、现在的总经理对他还是比较关心，他不应该再装病不去上班。但他到哪里上班，心里确实没有想好。他想，无论从私人感情还是工作关系，他应该主动去见一下杨明轩，至于下一步去哪里工作其实不重要，自己五十多岁的人了，混几年也就退休了。如果不去，无论从同学的角度还是上下级关系来看，都是不合情理的，甚至有点不近人情了。于是，他给杨明轩发了条短信，意思是他如果有时间，想见一下他。

过了十几分钟，杨明轩给他回短信了，让他半个小时后去找他。

苗文哲来到杨明轩的办公室，杨明轩笑着对他说："路部长找你谈没？"

苗文哲说："刚才从他办公室出来。"

杨明轩说："那你是怎么想的？"

苗文哲笑着说："听领导安排。"

杨明轩说："我让你回去上班你又不去，还说听我安排。"

苗文哲笑了笑，没有回答杨明轩。

杨明轩说："你好好考虑考虑，离退休还有五六年呢，你说你不上班去干什么？"

苗文哲笑着说："如果真不上班了，不可能天天待在家里，肯定会找个事干的，这你放心，我对我自己还是有信心的。"

杨明轩说："不要放弃，只要你好好工作，组织上是不会亏待任何人的。"

苗文哲说："我知道，现在有你，肯定不会亏待我。"

杨明轩笑着说:"但我也不可能因为咱们是同学,就无原则地照顾你。这一点,你应该清楚。"

苗文哲笑着说:"正因为我怕你动恻隐之心,所以我还是准备提前离岗。"

杨明轩说:"现在也没这方面的政策,要离岗也要到五十八岁才可以。你现在还不到五十五周岁,你说这不是为难我嘛!"

苗文哲想了想,觉得也是。就笑着说:"看来我还真得好好上几年班啊!"

杨明轩说:"我知道你的能力,只要你想干,没有干不好的事情。我倒有个想法,如果你愿意,我想你一定能干好。"

苗文哲说:"什么想法?"

杨明轩说:"我们大漠油田公司现在有油水井将近五万口,我们自己却没有一支修井队,你说单凭我们自己这些油井能正常运行吗?"

苗文哲心想,真是英雄所见略同。他跟主管生产的副总经理张志强曾经探讨过这个问题,在他走投无路的情况下,曾经也给张志强建议过,其目的还是想为大漠油田公司做点事情,但那个时候所有的干部提拔、调整,基本上都是刘春华一个人说了算,张志强也没什么办法帮他。

杨明轩接着说:"油井和修井的关系,就是病人和大夫的关系,我这个比喻不一定恰当,但意思差不多。有了好的医生,病人的病才能真正看好。"

苗文哲笑着说:"你的比喻很好,那你是准备组建我们自己的修井队吗?"

杨明轩说:"有这个想法,但不太现实。现在首要问题是有没有办法来提高现有队伍的水平。我想了好多天,也没想出个好的办法来。你不是在基层干的时间长嘛,你能不能想个好办法?"

苗文哲说:"你如果有时间、愿意听,我可以说说我的看法。"

杨明轩说:"好呀,你有什么高见说出来,给我也分享一下吧。"

苗文哲说:"你前面说了,我们有将近五万口油水井,确实没有一支好的修井队,你前面的比喻恰如其分。就目前修井队,包括大修队、措施队,我们自己一支都没有。外面的队伍,都是以挣钱为目的,这也无可厚非,关键是他们把钱挣走了，却把我们的井给搞坏了。还是用医生和病人来比喻吧，好医生多了，病人的治愈率就高，没有好医生，一些能治好的病人也会死去。现在，我们有些油井可能由于修井不当，造成报废或低产低效的结果，我虽然没有做过统计，但如果有百分之二的概率，那么就等于有一千口井不能生产或正常生产，一天不多说，最起码五百吨产量不见了吧，这对于我们大漠油田公司来说，也是个不小的损失啊。"

杨明轩说："你说应该怎么办，我想听听你的意见。"

苗文哲说："我说得不一定对，只是我个人的想法。"

杨明轩说："你说吧。"

苗文哲说："我认为首先把现有的私营小修队进行整合，凡是进入我们大漠油田公司的修井队，数量必须在十五支以上。这些队伍配套下来需要投资两千万元左右，作为私营公司必然会采取正规的管理，该配的技术人员、管理人员，他们都会配的，因为干好了，这是一项可以长期干下去的工作。然后，我们由井下作业技术处牵头，对我们现有的措施队伍、大修队伍进行整合，这些技术含量较高的作业，最终还得靠我们自己的队伍来作业。"

杨明轩听了，觉得他这位老同学确实有着很丰富的队伍管理经验。他笑着说："具体的情况我们就不说了，你下去写一份关于井下作业管理改革的意见，交给主管生产的副总经理张志强。我让张总组织相关人员认真进行讨论，等方案制定完善以后，今年打基础，明年开始实施，争取两到三年时间，把这项工作搞好。如果真像我们预期的那样，你就成了大漠油田公司发展史上的功臣了。我看你就不用去其他部门了，到井下作业技术处工作，专门负责井下作业这项工作吧。"

苗文哲说："那不是有人管吗？"

杨明轩说："我知道，这项工作是有人管，但管这项工作的人是一名纯技术干部，而且他管的业务很多，从经验和管理能力上来说，他没有你这样全面。"

苗文哲笑着说:"我也不一定能管好。"

杨明轩笑着说:"你就不要谦虚了,你去以后,放心大胆工作,有什么问题我全力支持你。一会儿你直接给路部长说一下,就说你要去井下作业技术处工作,然后我给张志强说。你先去了解了解情况,等你熟悉了,就全面介入,把这项工作管起来,争取早点见到效果。"

苗文哲说:"管好管不好,现在也不知道,但我一定会用心去做,争取做好。"

杨明轩说:"那好,你去忙吧,我还有其他事情。"

时间过得很快,转眼就是阳春三月了。

大漠油田公司领导班子调整以后,按照领导分工,大家都在有条不紊地推进各项工作。对于新任职的纪委书记秦文强来说,为了更好地开展工作,在纪检监察处处长包新军的陪同下,到油田的二级单位进行了系统的调研。回到大漠油田公司总部,已经是三月底了。这是长安城一年中最好的季节,不仅气候宜人,各种花花草草,该开的开了,该绿的绿了。除了林立的高楼,路两边、公园里的绿化带、草坪上,那些红的、黄的、蓝的、紫的、白的,五颜六色的花朵,一片片、一簇簇竞相开放,姹紫嫣红,美丽迷人。但对于忙碌的人来说,他们感受不到春天如此的美好。在他们的眼里,除了工作还是工作。

到基层调研比在机关工作辛苦,秦文强回到长安城,没有顾得上去欣赏美丽的春色,也没有在家里休息,第二天就到办公室上班了。

秦文强把纪检监察处处长包新军叫到办公室,进一步了解延东油田采油八厂成本超支的事情。包新军说:"大体情况你也清楚了,现在最重要的线索是给施工单位多结、虚结的那六千多万,大部分已经追回来了,剩下的包括审计报告、巡视报告,也没有什么重要价值,好像都是管理粗放造成的。"

秦文强说:"按照检察院的办案程序,仅凭几个数字就可以对相关人员采取留置措施。你说有关人员凭什么给施工单位多结算，难道这里面没有利益输送嘛！再说了，同样的地域同样的工作，为什么前几年每年超支三个多亿，他关明伟走了以后，一年就结余了两个多亿，这里边大有文章可做，我的处长同志。"

包新军不好意思地说："我们是企业自己内部的纪检部门，尤其是这么大的问题，让我们自己的人去调查处理，确实有很多困难。当然，也可能存在熟人不好查处的实际困难，更主要的是我们的人员没有经验，也没有手段。如果想把这件事情弄清楚，把这个案子交给检察院，让检察院有经验的办案人员上手，用不了多久，所有的问题就会水落石出。"

秦文强说："那好吧，你们纪检监察处好好准备一下，我们过两天给杨总汇报。如果杨总同意，我们就让检察院的同志上手，我就不相信把那么多钱搞没了，就没有腐败问题。"

按照秦文强书记的安排，包新军让纪检监察处参与调查延东油田采油八厂成本超支的相关人员，把掌握的资料，进一步做了整理、提炼、概括，形成较为完整的、能够说明问题的专题汇报，准备给杨明轩总经理汇报。

汇报完后，杨明轩说："这么严重的问题，我们应该召开党委会，在党委会上讨论研究一下，听听大家的意见。我们总不能把这件事情一直放着，你们想一想，十几个亿，平均到我们每个职工身上，一个人是多少钱。这么多的钱不见了，没有任何人受到追究、处理，我们怎么对得起广大干部职工？如果对这件事我们这届领导班子还没有个权威的结论，就是对党不忠诚，对工作不负责。因此，我们必须认真对待，严肃处理，不然有些人得不到教育，还会发生类似这样的问题。这既不符合当前从严治党、严惩腐败的要求，也会让我们新一届班子失信于职工群众，我们的油田还能发展嘛！"

秦文强说："是啊，从我了解的情况来看，很多同志是不满意的，广大干部和职工群众都在看我们怎么办。"

杨明轩说："你们下去继续准备，到时候由包处长向党委会汇报。"

党委会上，包新军把这件事情汇报完之后，让班子成员每个人发言，并明确提出，每一个人都必须表明态度。

大漠油田公司党委委员共九名。

从发言的情况来看，班子成员大部分认为这件事很严重，不仅在油田内部反响很大，省上一些部门也对此比较关注，希望采取强有力的手段，彻底查清问题的真相，严惩相关人员，给广大干部职工以及省委一个交代。但有两个人的发言态度有些暧昧，一个是即将退休的副总经理范小泉，一个是副总经理张志强。

范小泉已经五十八岁，再过一年多就要退休了。他可以称得上是老石油人了。他是"文革"以后的第一批大学生，毕业后分配到油田任技术员、筑路队队长、油田地面建设工程公司副经理、经理等职，后来被提拔为大漠油田公司副总经理。在这个岗位上一干就是十几年，分管油田生产、地面建设、后勤服务等工作。他在发言中说："这件事情听起来确实比较严重，项目建设连续几年超投资，总共十几个亿。我作为油田的老同志，而且主管油田生产、地面建设，我是有责任的。但从审计报告、巡视报告等资料看，主要是管理不善造成的，有的钱已经追回来了，主要负责人也离开了油田，再怎么查那些钱也查不回来了。这几年，大漠油田已经被折腾得焦头烂额了，除两任总经理被依法查处，还有一些领导干部被处分、被降职，如果再这么折腾下去，搞得大家人心惶惶，谁还有心思去干工作。我认为我们要从历史的角度看问题，十八大前，全国上下大环境都是那个样，管理都比较混乱，过去的事情就让它成为历史。我们要面向未来，把工作重心放在油田未来的发展上。对于这件事的处理，我认为还是让我们自己的纪检监察部门继续调查，根据调查的情况，对相关人员做出相应的处理就可以了。"

杨明轩听完范小泉的发言，心想，你范小泉分管油田地面工程建设，不仅有管理责任，而且估计还有其他不可告人的问题，不然你作为一个老党员、老领导，不会在众目睽睽之下做这样的发言。杨明轩说："范总，按照你的意思就是糊里糊涂地过吧，把有关的人员做一个简单甚至是不痛不痒的处理就行了，那十几亿的国有资产不就白白流失了嘛！"

范小泉说："我不是那个意思，我的态度很明确，该调查的调查，该处理的处理，我是从稳定、发展的角度考虑的。"

主管生产的副总经理张志强发言的时候，本准备讲一些客观的理由，但他看到杨明轩一脸的严肃，而且义正词严地批评了范小泉，他就没有再说客观理由，只是做了简单的自我批评，并表明了自己的态度。他说："我作为老领导也有责任，我平时对这些问题关注得少，造成了严重的国有资产流失，我下来应该好好检讨自己。我现在只讲一下我的态度，我同意对这件事情按照相关制度，尽快调查处理，如果能够内部处理的尽量内部处理，内部处理不了，再考虑其他办法。"

在是否动用地方检察部门的问题上，尽管有些同志没有明确表态，但他们也没有提出更好的解决办法，最后以举手表决的方式，同意在必要的时候，动用地方检察机关。

会后，杨明轩把秦文强叫到办公室，对延东油田采油八厂成本超支的问题，进一步进行了讨论和研究。杨明轩说："你是省检察院来的同志，动用哪个检察院你要心中有数。另外，在检察院上手后，我们要随时掌握动态，最好能做到不管查出什么问题，我们都能够掌控。不知道你心里有没有数？"

秦文强说："这一点你放心，我知道你什么意思。我看咱俩有必要去省纪委给李书记汇报一下，你觉得呢？"

杨明轩说："李书记我不熟悉，你负责联系，咱们一块去。"

省纪委书记李彪听完汇报后，认为问题确实比较严重。他说："你们可以按照你们的想法，先开始工作，因为牵扯的资金数额比较大，有机会了我要亲自给省委书记汇报。"

还没等地方检察院介入，总经理助理关明伟已经得到了大漠油田公司准备让检察院调查的信息。他把相关信息告诉了原党委书记刘春华。刘春华说："从现在开始,不准拿你现在的电话给我打电话,你的电话有可能很快就会被监听,你得另外搞个电话。你是个聪明人,这个事情怎么办你应该知道,你要沉着应对,注意和宁永瑞的沟通,其他的就不说了,你自己动脑子应付吧。"

刘春华虽然在官场上混了大半辈子,也处理过各种复杂而棘手的问题,但在这个问题上,在这个有可能把自己也牵扯进去,甚至可能让自己遭受牢狱之灾的问题上,他显得束手无策。他放下电话,整个身体已经没有一点力气,软软地坐在沙发上一言不发。他的妻子柳玉看他接了个电话,就突然像病了似的,脸色有些苍白,没一点精神。她说："老刘,你怎么了?是不是病了?要不要去医院啊?"

人在失意的时候,身体内的各种疾病就会发作。本来就有高血压、糖尿病的刘春华,自从被调整到比较清闲的岗位上以后,他的这些病好像突然就加重了。血压越来越不正常,原来只要正常吃药,还能维持在临界点,最近血压越来越高,有时候明显地感到头晕,血糖经常超过了 10.0mmol/L。柳玉作为他的妻子,对他身体情况的变化,感到非常害怕。

刘春华看到妻子柳玉着急的样子,摆了摆手,有气无力地说："没事,你忙你的,我休息一会儿就好了。"

柳玉说："你怎么会突然变成这个样子,脸色苍白,连一点血色都没了。"

刘春华说："不要紧,我休息会儿就好了,你去忙你的吧。"

平时,吃完晚饭后,刘春华在看电视,柳玉收拾家务。之后,他俩会到院子里散步。自从接了关明伟的电话,就连基本的生活规律都乱了。

对于不知情的柳玉来说,仍然重复着每天的生活。可刘春华就不一样了,他现在心事重重,几乎是每一刻都在想如何应对即将到来的暴风骤雨。

吃完晚饭,柳玉继续收拾家务,刘春华却不看电视,一个人躺在沙发上,似睡非睡,好像变了个人似的。柳玉收拾完家务,来到客厅,看到刘春华这个样子,她说:"你是不是累了,要不要出去走一走?"

刘春华说:"我确实有点累了,我想休息,你一个人去锻炼吧。"

柳玉说:"要不行,去床上躺着,躺着舒服一点。"

刘春华说:"我没事的,你出去锻炼吧。"

尽管如此,柳玉还是不放心。说:"那我也不去了,我在家里,你万一有个什么事,我还能帮你。"

刘春华说:"我能有什么事,有病是正常的,但也不至于要命吧。你要是想出去就出去,让我一个人待会儿。"

柳玉知道,刘春华一定是遇到什么困难了。她清楚地记得,前几年,大漠油田公司的两任总经理被抓时,刘春华不仅是脸色难看,甚至有时整夜睡不着,过了半年时间,他才缓过神来。柳玉知道,刘春华自从离开大漠油田公司以后,他的心情一直不大好,但从没有像今天这样。她想,让他一个人待会儿,对他情绪的稳定会更好一些,于是,她对刘春华说:"那你一个人在家待着,我出去锻炼一会儿。"

刘春华说:"你去吧,我没事。"

柳玉出去锻炼后,刘春华给自己倒了一杯开水,关掉电视,一个人坐在沙发上,眯着眼睛,想好好休息一会儿。但这个时候,他不得不为刚才那个电话担心,搞不好自己这回真的完了。前两任总经理出事的时候,他任大漠油田公司的党委副书记兼纪委书记,检察院、公安局来办案的时候,他全面配合调查处理,他那个时候就怕把自己也牵扯进去,好就好在上一次针对的主要对象是总经理,可以说他是涉险过关。这一次可就不一样了,从省委对大漠油田公司领导班子的配备上就可以看出端倪,把秦文强从省检察院调来,有可能就是针对延东油田采油八厂那十几个亿来的,如果是这样,那他真是很难逃脱。他越想越害怕。

人是这个世界上最贪婪的动物,自古就有"人为财死"的俗语,可历朝历代,为了财死的人何其多。这几年,那些为了钱财倒下去的高级领导干部,他们哪个不知道钱财可能带来的风险，但又有几个能够做到出淤泥而不染，只要严格审查，没有几个官员能够幸免！这次，可能自己很难幸运过关了。他在似睡非睡中，回忆自己一生走过的路，总体上来说，尤其是自己在当处级领导干部以前，确实能够遵纪守法，努力工作。但当了处级领导干部，正处于那个在他看来人性比较疯狂的十几年里，他经不住金钱和美色的诱惑，在堕落路上，在"温水煮青蛙"中，失去了自我，迷失了方向，与多数贪腐官员一样，一步步滑向堕落的深渊。两位总经理出事以后，自己不但没有受到牵连，而且还得到了提拔重用，这让他有些飘飘然，忘乎所以，好像没有什么自己办不了的事情。尤其在干部的提拔任用上，与他搭班子的前任总经理，不想在大漠油田公司干了，对他可以说是一种放纵，让他对权力的欲望尽情发泄。可现在的总经理杨明轩却不一样，他是那种真正讲党性、讲原则、把干好事业作为人生追求的人，当然对自己这种为所欲为的做法是有看法、有想法的。现在自己走了，他杨明轩表面上是对单位、对工作负责，实际上就是针对自己，想把自己送进监狱。他觉得跟杨明轩相比，自己确实应该进监狱，尤其是这两年，有些丧心病狂，把组织和领导的信任，当成自己敛财的资本。在短短的两年里，提拔了近百名处级干部，这些人要么是过去帮助过自己，给自己的朋友、亲戚安排过工程的人，要么就是给自己送过钱或变相送过钱的人，至于那些工作成绩突出的，跟自己没有交往，也不给自己送钱的人，他也不会考虑提拔重用他们。这不仅给大漠油田公司政治生态造成了破坏，还把一些有发展潜力的单位给搞垮了。自己这样做，搁谁都不会满意，如果这次自己因此受牵连，那也是罪有应得。他想到这里，两行眼泪从眼角流了出来……

关明伟给刘春华打完电话，动了一番脑子。他想，必须先告诉宁永瑞，让他有个思想准备，最好是趁现在检察院还没有介入调查，想办法躲起来，要么也潜逃国外，不然，宁永瑞被检察院抓起来，自己也就完了。想到这里，他给宁永瑞打电话，第一句话就说："你现在哪儿？现在留给我们的时间不多了，我建议你赶快出国，再过几天你想走都走不成。"

宁永瑞对关明伟说："关哥，你不会是吓我吧，有那么严重吗？该给他们退的钱都退了，他们还能把我怎么样！"

关明伟冷笑着说："你再别异想天开了，你说你都退了，你现在花的钱是哪来的？你如果想坐牢那你就等着吧。"

宁永瑞说："外国我不去，你又不是没看过电视，去了就死路一条，再说我也没那么多钱。"

关明伟说："你在哪？"

宁永瑞想了想说："我在老家。"

关明伟说："电话上说也说不清，那你这两天来一趟长安，我们见了面再说。"

宁永瑞说："我这两天还有点事，过两天行不行？"

关明伟说："越快越好，过两天说不定检察院就会找你的。"

挂断电话，宁永瑞并没有像上次接到关明伟的电话那么紧张。他经过几天的认真思考，已经把套取的钱通过施工队，大多数退给了大漠油田。至于成本超支的十几个亿，在他手上流失的最多也就十个亿，现在自己手上也没多少钱，房产不在自己名下，老婆也跟自己离婚了，即使检察院找自己，自己也没有多少罪证。真正有问题的实际是关明伟、刘春华等人，特别是关明伟，他当项目长、当厂长时期，不知道捞了多少钱，却什么事都没有。自己工作没了、老婆离了，天天跟做贼似的，替别人挡子弹，这样的日子他早就不想过了。如果有一天检察院找他，他就将自己掌握的情况如实交代，爱怎么处理就怎么处理，最多判上个十年八年的，出来该干啥还干啥。他想通了，反而觉得没什么负担了，该吃就吃，该玩就玩，与情人刘慧慧过得轻松愉快。

关明伟此时此刻的心情与宁永瑞是不一样的。他在延东油田采油八厂的近十年时间里，当项目长和厂长的时间长达八年，那个时候，几乎处于无政府状态，你想怎么捞钱就怎么捞，几乎是没人过问。他除了直接从项目组套取资金，那些施工队给他送的钱少说也有七八千万，加上与施工队合伙做生意，几个地方存放的现金有一个多亿。自己一旦进去了，有可能成为又一个小官大贪的典型，这不仅仅是坐几年牢的事情，也许会要了自己的命。想到这里，他特别害怕，如果让宁永瑞这条线断了，不要把他牵扯出来，所有的事情，有可能从此成为秘密。延东油田采油八厂成本超支的事情，最终处分上几个人，也就不了了之了。于是，一个大胆的想法在他脑子里出现了：让宁永瑞在地球上消失。可想到让自己曾经的兄弟去死，他多少还是有点不忍心，但为了自己能够生存，在这个时候，他已经顾不上那么多了。人常说，无毒不丈夫！这样的例子不是没有，前几任总经理出事以后，管原油计划的处长唐炳瑞的死，让多少人平安无事！

想到这儿，关明伟又一次给宁永瑞打电话，问他现在住在什么地方，跟谁在一起。宁永瑞接到电话，并没有如实告诉他，仍然说他在老家，跟父母亲在一起。

关于唐炳瑞的死亡，有很多种猜测，但多数人认为，唐炳瑞不一定是自杀，有可能是他杀，即使是自杀，也是在他人的威胁下，被迫死的。

三年前，也就是十八大以后的第二年，大漠油田出现了前所未有的危机。当时的前任总经理和现任总经理同时被带走调查。接着，海州市检察院、公安局就进驻大漠油田公司，进行了长达半年之久的调查取证工作。这期间，主管原油产量核算的处长唐炳瑞从北京开完会，在从机场乘车回来的路上，从黄河大桥上坠落身亡，一时间各种猜测传得沸沸扬扬。

十八大之前，大漠油田公司的主要领导为了讨好高层领导，划出部分油区与几个私营公司合作，合作区块的产量由合作公司交给临近的几个采油厂。以采油厂收到的产量报表为依据，大漠油田公司按照国际油价给合作公司拨付资金。那个时候，一吨原油的价格高达五千多元。对于一个年产量近三千万吨的大油田来说，私下给合作区块多划个十万、八万吨的产量，除了几个管业务的人知道外，不会有人知道，也不会有人过问。但对于合作区块的老板来说，多一万吨油就是实实在在的五千万啊！当然，作为能够与这么大的油田合作的老板，也不是一般的人，他们也知道做生意的潜规则，一定不会把一分钱成本都没有的利益，自己独吞。

这样一来，唐炳瑞的死就会让人联想到很多种可能，其中最有可能的一种，在大漠油田公司干部职工中广泛流传。

唐炳瑞按照有关领导的指示，与某采油厂相关人员、合作区域的老板，串通做假资料，在产量核算中，将大漠油田公司的近十万吨产量，划拨给某公司，某公司就会从中得到近五个亿的净利润。某公司除了自己得到一部分利益外，将大部分利益输送给了某些领导和知道其中秘密为数不多的几个人，而且关键人物就是唐炳瑞。这个团体里边的人，为了自保，唯一的办法就是让唐炳瑞消失。并要求唐炳瑞在规定的时间里，最好是自杀身亡。一个人在和平年代，在没有信仰的情况下，面对死亡，还是比较恐惧的。但眼看办案人员已经把他们逼到死角，他们只能采取强制措施，让唐炳瑞消失，去另外一个世界。

唐炳瑞从北京开会回来，一下飞机就接到某个人的电话，说他们在黄河大桥上等他，有急事需要给他通报，并给他说了具体的位置和标志。唐炳瑞并没有想到，自己已经死到临头。他按照别人说的位置和标志，以要尿尿为幌子，下车以后，就去找停在桥上的那辆车和车上的人。唐炳瑞哪里知道，车上的人他并不认识，当那人问清楚他就是唐炳瑞时，趁他不注意，把他抬起来就扔到桥下。近百米高的大桥，他必死无疑。事情办妥后，办事的人把车开到唐炳瑞的车前，给他车上扔了几万元，对接唐炳瑞的司机说，你们领导跳河自杀了，希望你把嘴夹紧，否则，你跟他的下场是一样的。接唐炳瑞的司机都吓傻了，过了好一阵子，他才反应过来，于是他只有打电话给车队报告，说唐炳瑞处长在黄河桥上尿尿的时候，从桥上掉下去了。

唐炳瑞处长到底是自杀还是他杀，外人不得而知。

唐炳瑞死的事情关明伟听说过，宁永瑞也听说过。因此，自从大漠油田公司延东油田采油八厂成本超支这件事情爆发以后，宁永瑞出门坐车、吃饭喝酒，处处都比较小心，甚至睡觉都要睁着一只眼睛，尤其是现在，他不可能将他自己的准确位置告诉任何人。

关明伟给宁永瑞打完电话，他寻思当务之急就是在检察院开始介入调查之前，想办法把宁永瑞给处理掉。同时，为了以防不测，对自己家里存放的大量现金以及贵重物品，也要进行适当的处置，不然一旦出事，问题就会非常严重。

关明伟，四十五六岁，西京石油大学毕业，学石油工程专业。从如今的面目上看，当年眉清目秀的样子依稀留存，年轻时候长相应该不错。现在人到中年，事情也多，尤其是最近，烦恼与压力让他本来就不富有的头发越来越少，甚至有些秃顶。啤酒肚儿比较明显，显得有些臃肿、虚胖，走起路来步履沉重，看样子，派头虽在内心却垮了下来。在他三十岁出头的时候，他在职读了硕士、博士并广交实权人物。当时的总经理和他是校友，他不仅和总经理拉上关系，而且得到了总经理的赏识，很快就被提拔为延南油田采油二厂的副厂长，过了两年，他被调整到延东油田采油八厂任副厂长兼任产能建设项目长。

关明伟调到延东油田采油八厂以后，吸取了方方面面的经验教训。在他看来，只要舍得花钱，不管是私人的事情还是单位的事情，没有办不了的。在这种认识的左右下，他利用项目建设资金雄厚的机会，加强与地方政府部门、油田相关部门的沟通合作，在项目建设中取得了较好的成绩，为他在当完三年项目长后直接提拔为厂长奠定了基础。当然，在干好工作的同时，也给方方面面的、他认为有用的人，办了不少好事，同时也为自己捞了很多钱。

关明伟看上去是一介书生，但他仿佛研究透了当时的社会现状。给人的感觉是他这个人处事为人大度，热情豪爽，对待工作大刀阔斧，雷厉风行。其实是他看清了当时的形势，只要你把领导及上级安排的工作任务完成了，至于你用什么办法、花了多少钱、花得合不合理，是没人过问的。

关明伟回想起自己在延东油田采油八厂工作的那些年，就现在看来，只能说自己胆子大。他为了工作也为了自己，给包括刘春华在内的有关领导，一次性送十万、二十万的现金是经常性的事情。有的领导表面上拒绝，心里却非常高兴；有的领导，特别是像刘春华这种对自己有过帮助的领导，送多少他们都敢要，而且连一句客气话都没有。大领导都这样，像他这种小领导还有什么不敢要的？在他当项目长的时候，基本上是按照给钱的多少安排工作：谁给的钱多，就给谁安排一些好干的活和利润高的活；相反，谁送钱少就给谁安排一些难干的活和利润较低的活。在他当厂长的时候，对施工单位同样按照这个规则行事。在本单位提拔干部时，有些人想换好的工种时，除过那些工作干得特别好的或上级领导打过招呼的，同样需要给他送钱，仿佛自己已经置身于钱的海洋。这么多年，他可以说一边捞钱、一边送钱，直到把自己提拔为总经理助理之后，才没有机会再捞钱了。

在他的理念中，只要你胆子大，肯动脑子，尤其是有了一定权力之后，弄钱的事情就很容易。有了钱，要舍得给领导花、给领导送，你才能当上更大的领导。他是这么想的，也是这么做的。正因为如此，在新世纪的前后十几年间，他从一个科级干部，爬到了总经理助理的位置。至于给领导送过多少钱、在自己所管辖的工作范围内，让领导们打招呼的施工队干了多少活，从中多结了多少钱，他已经记不清楚了，反正是很多很多。至于自己家里有多少钱，他只知道个大概，是五千万、六千万还是更多，他也记得不是太清楚。面对当前出现的严峻形势，他不得不对这些钱采取措施，但采取什么措施，他一时还想不出好的办法。这几年，电视上看到的、网络上报道的，那些贪官有的把钱藏在房顶上，有的把钱藏在老家的鱼塘里，有的把钱藏在租赁的房子里，五花八门，怎么藏的都有，但最终还是都被搜了出来。他老家虽然也在农村，但他对藏老家也没有信心，一时半会儿想不出什么好的办法。

关明伟觉得当前急需解决的是宁永瑞这个人，然后才是藏钱的事情。宁永瑞的事情，必须尽快解决。但就凭他自己，肯定是解决不了的。他想，要解决宁永瑞的事情，必须依靠那些跟自己有过经济利益往来的人，像经他帮助成长为大老板的丁玉华、夏收、楚江南、向阳光等几个老板，但这些老板大多跟宁永瑞关系也不错，他不知道让谁去处置宁永瑞更合适。关明伟想来想去，觉得只有丁玉华才有可能为自己卖命。

丁玉华是河南人，不到四十岁，留着小平头，身高一米八，脸庞端庄，肤色略黑，低垂的睫毛下，双眸深邃，鼻梁高挺，棱角分明的五官透着冷峻，看上去有点狂野不羁。在关明伟当科长的时候他俩就相互认识了，那个时候的丁玉华还是个干小活的小工头，今天他之所以能够成为拥有上亿资产的大老板，可以说关明伟功不可没。尤其是在关明伟当项目长的那些年，给他的工程量少说也有七八个亿。他现在发家了、致富了，不仅有钱、有房、有小老婆，还在古城秦岭北麓的某个县城周围买了一块近十亩的地，建起了农庄和别墅。由于地理环境不错，气候也好，关明伟去那儿玩过好多次。在他看来，丁玉华这个人哥们儿义气比较重，过去对他可以说百依百顺，但现在就不一定了，因为人在变，尤其是感觉自己已经没用了的时候。但他现在没办法，只有去找丁玉华给他帮这忙。他清楚记得，在给农庄起名字的时候，丁玉华说为了感谢他，想好一个名字，叫"日月山庄"，不知道行不行。他觉得丁玉华这小子还有点文化，虽然他不一定知道日和月代表白天和夜晚，更不知道"日往则月来，月往则日来，日月相推，而明生焉"是什么意思，但他知道这是他名字中的一个字，他当时为有这样的朋友而感动。从此以后，这个叫"日月山庄"的地方，也就跟自己家里一样，他想什么时候来就什么时候来，在这里和在家里一样随便，感到特别舒心和温暖。

关明伟用手机拨通丁玉华的电话以后，他突然觉得既然准备让丁玉华办这么重大的事，就不应该拿自己现在的手机打电话，他应该让一个陌生人给自己办一张卡，专门用来处理一些棘手的事情。但电话已经通了，他只能按照正常的情况跟丁玉华通话。他笑着说："玉华，你明天下午在山庄等我，我找你有事。"

丁玉华说："好呀，好长时间也没见你了，你最近不忙了？"

关明伟说："还好，这会儿我还有些事情要处理，明天见了再聊。"

丁玉华说："你们来几个人，怎么准备？"

关明伟说："什么也不用准备，你不要邀请其他人，到时候我自己开车过来，我找你有事。"

丁玉华之所以能够成为大老板，这和他有着较高的情商是分不开的。他认为跟领导打交道，尽量做到少说多干。在和领导交流的时候，领导说什么就跟着领导说什么，领导问什么自己回答什么；该知道的知道，不该知道的绝对不要知道；该问的问，不该问的绝对不问；领导怎么安排，你就按照领导的安排做，只有这样，领导才能对你放心，才能喜欢与你共事。也许因为他注重做好这些一般人做不到的细节，才赢得了很多领导的赏识和信任，才能把生意做得风生水起，红红火火，热热闹闹。他按照关明伟的要求，除留下厨师和自己的小老婆朱红，把其他人全部支走了。

五月初的三秦大地，天空中弥漫着的雾霾，让人很难分辨出是晴天还是阴天，总让人产生一种压抑的心情。由于土地肥沃，那些高低不一的植被，在几场雨的浇灌中，已经长得茂密而葱郁，像森林一样。日月山庄建成虽然没几年，但原有的树木和后栽的花草，都长得生机勃勃。丁玉华一个人在长满小草和苔藓的小道上边走边想，关明伟今天到底有什么事、来干什么？从他的语气中似乎感觉到有些不正常，但丁玉华并不知道他真正的用意是什么。下午五点多钟，关明伟开着他那辆看上去已经有些老旧的丰田越野车，来到了山庄的门口。丁玉华急忙迎了上去，准备给他开车门。

关明伟已经打开车门，从车上下来了，笑着说："你把大门打开，让我把车开进去吧。"

丁玉华说:"好的。"

丁玉华来到门房,将自动门打开。

关明伟将车一直开到一个比较偏僻的地方,把车停下,从车里下来,直接向他比较熟悉的客房走去。丁玉华小跑追上关明伟,然后和他有说有笑地来到那间宽敞明亮的房间。

五月初是吃樱桃的季节,丁玉华为了迎接关明伟,除了准备了最好的樱桃,还准备了苹果、梨、桃子、小香瓜。关明伟虽然没有胃口,但他看到丁玉华对他一如既往地重视,他多少还是有些感动。他说:"你准备这么多东西干吗?"

丁玉华笑着说:"吃呀,我还以为人多,我就多准备了一些。"

关明伟笑着说:"我看院子里一个人都没有,你把他们都支走了。"

丁玉华说:"是的,按照领导您的指示,我给他们放假了,您什么时候走,我什么时候再让他们回来。这个院子就剩厨师和朱红了。"

关明伟笑着说:"好,你让厨师简单弄点饭,咱俩好好喝几杯。"

丁玉华说:"早就准备好了,现在就开始吗?"

关明伟看了看表说:"现在还早,我们俩在院子里走走,六点钟我们开始吃饭。"

丁玉华笑着说:"好的,您稍等,我给厨师说一声。"

丁玉华跟着关明伟来到院子里,关明伟就迫不及待地说:"玉华,最近跟宁永瑞联系过没?"

丁玉华说:"这一年多都没见了,春节前我本想见一下他,打了好几次电话都在关机。"

关明伟笑了笑说:"自从他辞职以后,我觉得他变了。有时候电话能打通,有时候打不通。你也没听说他在哪儿?具体干什么吗?"

丁玉华说:"他刚辞职的那会儿,听说给一个老板当顾问呢,再后来就不知道他干什么去了。"

关明伟说:"最近你和夏收、楚江南、向阳光他们联系着没?"

丁玉华说:"偶尔联系一下,但我很少让他们来我这儿。"

关明伟笑了笑,把话题一转说:"我们不说这些了,你最近在忙什么呢?"

丁玉华说:"也没忙什么,有时去工地上看看,大部分时间都在山庄,要是有好的标段,有时候去参加一下招标。"

关明伟说:"今年拿到的工作量怎么样?"

丁玉华说:"今年不行,现在拿到的还不到一千万。后面招标的时候,可能还得麻烦领导您给有关人员打个招呼。"

关明伟笑了笑说:"现在跟过去不一样了,我打招呼可以,但不一定能起作用。"

丁玉华笑着说:"现在跟过去也没两样,看起来是在招标,实际上还是单位领导说了算。这个您也知道,没有领导您的关照,要想招到好的标段是不可能的。"

关明伟说:"是啊,别说现在,就是将来要完完全全公平竞争,估计也不可能,除非毛老人家重新活过来。"

关明伟对毛泽东的记忆并不清晰,但由于平时喜欢看一些历史书籍,尤其是中国革命史,他对毛泽东还是很崇拜的。他认为,毛泽东那个年代的人虽然生活比较清贫,但那个时候的社会风气好,人与人基本平等,没有贪污腐败,行贿受贿,社会处于一种积极向上的态势,不像现在。想到最近自己的处境,他觉得那个年代好啊,如果自己也生活在那个年代,就不会有今天这么多的烦恼。

丁玉华笑着说:"那怎么可能呢?"

关明伟笑着说:"我也是开个玩笑。"

丁玉华说:"现在科技发达了,也许过上若干年,人就能长生不老了,到时候你想活多少年就能活多少年。"

关明伟心想,真要是有那么一天,也许自己也看不到了。他笑着对丁玉华说:"好啊,你好好活着,活上个一百来岁。"

丁玉华笑着说:"领导,别开玩笑了,咱俩去喝酒吧。"

关明伟说:"好的,走吧。"

关明伟和丁玉华一起来到一个摆着一张小方桌的小餐厅里,餐厅虽然不大,但很温馨。将近四十平方米的房间里,有卫生间、沙发,房间靠窗户的那一边,摆放着月季、万年青、龟背竹、虎尾兰等几种植物。那盆月季花儿由于阳光充足,湿度也好,开得很旺,那亮红色的花朵像水洗过一样,特别诱人,那略带香气的味道扑鼻而来,令人神清气爽。但关明伟对此好像缺乏兴趣,只是在进房间的一瞬间,被那缕缕清香所感染,感慨地说,从来没有闻到月季花的香味,看来只要是花,都会有花香散出啊!

过了几分钟,饭桌上已经摆上了秘制鹅肝、双椒皮蛋、风味鹅掌、蒜片黄瓜四个凉菜。

丁玉华说:"知道就我俩,所以也没让准备太多,这几个凉菜不知道您喜欢不喜欢。另外我还让厨房准备了干锅黄牛肉、花旗参炒虾球、清蒸鳜鱼三个热菜,还让准备了一道汤,叫十全大补。我接到你的电话后,昨晚上就让厨师开始筹划和准备了。"

关明伟笑着说:"挺好呀,玉华做事总是那么认真。"

丁玉华一边倒酒,一边说:"领导有好几个月没来了,我真的有点想你,咱俩今天来他个一醉方休。"

丁玉华接着说:"这酒在家里放了有十几年了,喝起来口感挺好。"

关明伟说:"只要是真的就行。"

丁玉华说:"这个没问题。"

关明伟和丁玉华一边喝酒,一边聊天。

两个人喝酒,喝的频次高,速度快,很容易上头。

关明伟说:"自从中央八项规定出台以来,这几年酒也喝得少了,酒量也退步了,喝几杯就上头。"

丁玉华说："什么都是练出来的，我那会儿刚出来打工，一瓶啤酒都喝不了，现在喝一瓶白酒都没问题。"

关明伟笑着说："是啊，所有的事情都是一步步练出来的，包括胆量，如果让你杀人，你肯定没那个胆量吧！"

丁玉华说："我连个鸡都不敢杀，我还敢杀人？那是绝对不敢的。"

关明伟说："如果我真的让你杀呢，你有没有胆量？"

丁玉华笑着说："领导，别吓我了，我哪有那个胆量？"

关明伟知道，丁玉华虽然对自己一片忠心，但如果真的让他杀人，他还真没那个胆量。他笑着说："跟你开玩笑的，看把你吓得，来，我们喝酒吧。"

这杯酒喝完，关明伟觉得自己真的有点醉了。他前面的话不仅是开玩笑，主要是想试探一下丁玉华的反应，没想到丁玉华跟过去一样，还是那么胆小。他觉得自己在喝酒的时候给丁玉华说这件事并不好，必须在清醒的时候，把自己当前的处境给丁玉华原原本本地说了，看能不能共同商量出什么好的对策，包括怎样把宁永瑞处理掉。但这个时候，自己已经喝得差不多了，他也不想再跟丁玉华说这件让人不愉快、让人伤脑筋的事了。就在这个时候，丁玉华的小老婆朱红从厨房里出来，她端着十全大补汤，笑着说："我都好长时间没见领导了，今天领导就多喝几杯。"

关明伟看着朱红，朱红长得比以前更漂亮了，笑着说："红红，你也不给哥敬杯酒？"

朱红笑着说："我怕你俩有事，我没敢来打搅呀。"

丁玉华说："来，你也坐下，陪领导喝几杯。"

朱红笑着说："你俩不是有事嘛，我给领导敬个酒就走。"

关明伟笑着说："没事，你坐吧，不然就我俩喝也没什么意思。"

丁玉华说："是啊，快坐下。"

朱红笑着坐了下来，对关明伟说："领导有半年没来这儿了吧，今天来了，就要开开心心喝酒，不用老为工作上的事情操心，如果一个人总是为工作操心，不仅不开心，而且还老得快。"

关明伟笑着说："红红说得对，以后绝不再为工作操心了，有机会了我们就开开心心地喝酒，快快乐乐地生活，来，我俩先喝一杯。"

朱红说："我敬领导。"

丁玉华说："你敬领导，你就先喝，先干为敬嘛。"

朱红拿起酒杯与关明伟碰了碰，笑着说："敬领导，欢迎领导经常来。"

在丁玉华和朱红的陪伴下，关明伟没过一会儿，就有些醉意。他看着朱红说："朱红你真漂亮，哥要是也有个你这样的人陪着，就是死了也知足了。"

朱红开玩笑说："像您这样的大领导，不知道有多少美女想陪您，关键是看您愿不愿意。"

丁玉华觉得关明伟跟往常有点不大一样，一方面是酒量确实大不如前，一方面说话也不那么严谨，竟然能说让女人来陪他，他一定是醉了。他对关明伟说："你喝多了，我扶你到床上休息吧。"

关明伟说："没事，没事，真的没事，我还想喝。"

朱红笑着说："我知道您没事，关键是你俩前面喝得有点快，我给您重新换杯茶，一会儿就好了。"

关明伟说："还是朱红懂我心，赶明儿你给我也找个像你这么好的女人，来陪陪哥哥。"

朱红笑着说："没问题。"

说完，转身出门给关明伟和丁玉华重新沏茶。

关明伟说："玉华，我有时候觉得你们这些人活得潇洒，想干什么就干什么，不像我们这些人看似活得人模人样，实际上很辛苦，而且没有快乐。"

丁玉华笑着说："您开什么玩笑呢，什么时候还是你们当官的好呀，不然为什么会有那么多人都想着当官呢？"

关明伟说："这就叫当局者迷旁观者清啊，你们不知道我们当官的有多少苦衷，尤其是现在。"

丁玉华说:"现在不也挺好的嘛!"

关明伟说:"好个屁,就拿我跟你比吧,你敢找小老婆我敢吗!你敢开奔驰我敢吗!你敢住别墅我敢吗!我就是再有钱,我什么也不敢弄,你说我当官为了什么,什么也不能享受,当官还有用吗?"

丁玉华不知道该怎么回答关明伟才好。他笑着说:"是啊,你们当官的也挺不容易的,我能理解。"

关明伟笑着说:"能理解就好,你跟我比起来,你是比我聪明还是比我有文化,还是比我有能力?但你却比我活得好多了。如果还有来生,我绝对不再当官,我也要跟你一样,做个商人。"

丁玉华笑着说:"好,如果有来生,我还继续跟着您干。"

关明伟笑着说:"还跟着我干,还不如说我跟着你干呢!"

丁玉华笑着说:"你永远是我领导,我愿永远跟着您,鞍前马后地给您跑腿儿。"

关明伟说:"这话我爱听,你丁玉华够朋友、也够兄弟。"

说完这句话,不知道关明伟真的醉了,还是最近没有休息好,坐着就开始打起了呼噜。朱红说:"看来领导真的醉了,我们扶他到床上休息吧。"

丁玉华和朱红将关明伟扶到山庄的一间大房子里,并帮他脱掉外套放在床上,盖上被子,确认关明伟睡熟以后,丁玉华和朱红才走出房间,回到平时他们自己住的房间休息。

在酒精的作用下,很久没有睡过好觉的关明伟,这天晚上睡了个好觉。大概从晚上十点睡着,一直睡到第二天早上六点才醒来。他一看,自己怎么在一个陌生的房子里休息,这才想起自己昨天下午来到日月山庄的事情。他想,自己来干什么来了,自己又干了些什么,想了好几分钟,觉得最后什么也没干,只是喝酒,而且喝了不少酒。

此时此刻,他觉得自己确实可怜,辛辛苦苦干了一辈子,最后竟然如此落魄。他长长叹了口气,心想都是因为自己太爱虚荣,没有把握住自己,才落了个担惊受怕的下场!他清楚地记得,他为了当官,到北京找一个朋友帮忙。当他来到朋友家的时候,他才知道,自己那点钱,在北京购买一套五十平方米的房子都困难。他想,一个民工头,凭什么能在北京买一套三千多万的房子!自己跟他比,无论智慧、学历、才能,哪个方面不比他强!他给单位干活,总不能仅仅是为了无私奉献吧!也就是从那个时候起,在他的心中就只有钱这个概念了,至于什么理想信念,道德底线,慢慢地离他越来越远。

他为了当官,把自己辛辛苦苦攒下的血汗钱全部拿出来,只要有机会就去请领导吃饭,逢年过节,只要有机会就给领导送礼、送钱。他相信只要自己不断努力,总会得到回报。功夫不负有心人,他在努力工作的同时,通过不断与上级领导的交往,用十多年的时间,成为比正处级还要高一级的总经理助理。这一路走来,他的原则是在干好工作的同时,必须用手中的权力为自己挣更多的钱。他想到自己走过的这条路,也许在那个时候并没有错,但现在感觉到确实是错了,错到不可逆转、不可挽回,甚至是走投无路。他越想,心里越难过,恨自己太聪明,也恨那个已经过去的时代,不知不觉中,他的眼角已充满了泪水……

第七章

自从杨明轩任总经理兼党委书记以后，他安排的工作，那些处长们、甚至是副总经理们，都会在很短的时间里拿出方案，认真落实，扎实推进。

杨明轩在领导班子分工会上安排的事情，大部分得到落实。但在民生工程方面，却连个像样的方案也没拿出来，特别是给一线生产岗位上的员工增加收入，给一线职工子女入托、上学方面的一些补助，有些人还持反对意见，而持反对意见的主要是总部机关的一些领导干部。

杨明轩了解到这一情况后，心想，现在的人不知道是怎么了，按理说凡是进总部机关的人，政治素质应该很高，不应该什么事情都有本位主义思想。他想，既然自己是党委书记，应该也有必要给机关全体人员上一次党课，通过上党课，达到统一大家思想的目的，让大家理解一线职工的疾苦、更好地服务一线职工。

杨明轩是个有想法就行动的人。他经过几天的准备，在一个周五的下午，召开了机关职工大会。主席台上，只有他自己，而副总经理、副书记、纪委书记等其他班子成员全部坐在台下。

杨明轩说："据我了解，这样的会议还是第一次，今天就算我这个当党委书记的人，给大家上一次党课吧。当然，我想跟大家互动，如果大家愿意互动的，可以举手示意，我们共同完成好这次党员活动吧。首先，我问一下，有没有不是党员的，如果有，可以举手示意一下。"

结果没有一个人举手。

他接着说："看来机关的同志觉悟应该没有问题，全部都是共产党员。那么，我想问一下，有没有人能够把入党誓词背出来的，如果有，举手示意一下。"

他扫视了会场一下，还是没有人举手。但他并没有批评大家，他笑着说："我想入党誓词肯定有人会背，只是不好意思而已。今天，我首先给大家布置一道作业，从今天开始，机关的每名共产党员，都要把入党誓词记下来，下次上党课，我就要抽查了。现在，我跟大家一起，再重温一下入党誓词，请全体起立。"

与会人员被杨明轩搞糊涂了，不知道杨明轩到底要干什么。他们听到让全体起立的要求以后，很多人还没有反应过来，但看到大部分人站了起来，那些反应慢的人也立刻站了起来。杨明轩接着说："请大家站好。把右手举起来，大家跟我念：我志愿加入中国共产党，拥护党的纲领，遵守党的章程，履行党员义务。"

与会人员也跟着他念："我志愿加入中国共产党，拥护党的纲领，遵守党的章程，履行党员义务。"

杨明轩接着领读："执行党的决定，严守党的纪律，保守党的秘密，对党忠诚，积极工作。"

与会人员也跟着他念："执行党的决定，严守党的纪律，保守党的秘密，对党忠诚，积极工作。"

杨明轩继续领读："为共产主义奋斗终身，随时准备为党和人民牺牲一切，永不叛党！"

当大家跟着杨明轩把入党誓词的最后一句念完之后，杨明轩说："入党誓词共十二句，八十个字，可以分成这么三段来记忆，我觉得很好记，如果是用心去记，用不了五分钟，就能记住。我今天不是为了难为大家，关键是想让大家知道，这个入党誓词是怎么产生的，对我们当下有什么重要意义。"

他在讲解"随时准备为党和人民牺牲一切，永不叛党"时说："我们有些人，别说随时准备为党和人民牺牲一切了，一谈到利益，总是先考虑自己有没有。前段时间，我要求为一线职工提高待遇，为一线职工子女入托、入学给予补助，有些人就不愿意了，觉得为什么只考虑一线的同志们，而不考虑后勤、机关的同志！我觉得大家有这种想法也正常，但是我们得分步实施，如果我们大漠油田公司每个人都拿，这怎么可能，上级领导能批准吗？同志们，大家应该好好想一想，我们今天能够坐在这高楼大厦上班，靠的是什么？不就是靠前线职工放弃与家人团聚、放弃节假日、放弃城市生活，在山大沟深的黄土高原、在荒无人烟的戈壁荒漠常年坚守嘛！你们坐在这宽敞明亮的办公室里，一天只上八小时班，一年五十二个双休日、十天法定假日，大部分人还要享受一年七至十五天的公休假。你们想过没有，我们一线生产岗位的职工，有的年轻人刚结婚，就要忍受夫妻分居的痛苦；有的职工为了照顾孩子，一个在山上，一个在家里，一年小两口团聚不了几天。现在准备给这些同志增加点收入，解除一下后顾之忧，我们有些人就不愿意了。我今天可以明确地告诉大家，如果有谁不能理解，觉得一线职工的待遇好，你们可以写报告，申请到生产一线去上班，我立即让人事部门给你办手续。当然，我们有些人会说，他们是工人，我们是干部，他们是体力劳动，我们是脑力劳动，我们就应该多拿一些报酬。是啊，你们这种想法确实没错，但你们可以认真地想一下，你到底为企业做了什么，作出了多少贡献！我们有些人，不仅没有什么贡献，上下班迟到早退，还牢骚满腹，不知道这些人到底想干什么！"

在杨明轩的连连质问下，会场显得非常寂静。

杨明轩觉得，既然是上党课，不仅仅要讲现实中存在的问题，同时也要讲党的发展史，尤其是为建设新中国牺牲的烈士的故事，用他们的事迹，教育在座的党员和领导干部。他从革命先驱李大钊慷慨就义讲起，先后讲了学贯中西、才华出众的革命家张太雷，忠诚党的事业的方志敏和全心全意为人民服务的典范张思德，以及中华人民共和国成立初期被执行死刑的贪污犯刘青山、张子善。在长达一个多小时的讲解中，杨明轩既讲了当前机关干部存在的一些错误思想，也讲了革命先烈们为了新中国的建立、舍生忘死的革命精神，要求党员正确对待权力，树立正确的利益观。这次党课，不仅让全体机关人员受到了教育，也进一步赢得了大部分机关干部对杨明轩工作能力的认可。

被正式调到大漠油田公司总部机关井下作业处上班以后，苗文哲感到很欣慰。他认为这虽然是无奈之举，但比原来临时抽调到巡视组要好多了，最起码有了自己的办公室，不用到处流浪了。

他的敬业精神，同事们都非常敬佩。他按照自己的思路，将大漠油田公司井下作业队伍的现状、存在的问题、整改的方向以及最终要实现的目标等书面材料，反复修改、广泛征求意见，将一份比较成熟的井下作业重组改制方案，交给主管生产的副总经理张志强和总经理杨明轩。

苗文哲知道，机关工作再忙，也比在生产一线工作要轻松很多。尤其是那几年他管生产的时候，除了每天要为产量奔忙，即使是晚上也不能安安稳稳地休息，尤其是安全环保，由于油井管线多、运行时间长，很难知道什么时候哪条管线会出问题。他在生产一线工作几十年，几乎连双休日都没休息过，更别说带薪休假了。现在到了机关，看到大家正常休双休日、节假日，还有带薪休假，有的人甚至为了充分利用双休日，把一年十五天的带薪休假分两次使用，每次都可以连续休息八九天，因此去旅游、办个人的事情，都有足够的时间。他过去不知道什么叫生活质量，什么叫幸福指数，现在他理解了。他觉得将来在干好工作的同时，也应该像别人一样，劳逸结合，活得有滋有味。

苗文哲完成拟定井下作业重组改制方案后，才想起自己算是正式离开延西油田采油一厂了。要离开就应该干干净净、利利索索地离开，把自己在延西油田采油一厂的所有东西全部拿回来，把宿舍和办公室腾出来。

周末，苗文哲借了一辆越野车，自己开车到延西油田采油一厂前指搬回自己的东西。延西油田采油一厂离古城长安很远，直到下午三点多钟，才来到目的地。

延西油田采油一厂前指对于苗文哲来说，既亲切又陌生。亲切的是这个地方让他施展了自己的才华。从工作上来说，他和同志们把一个不到一百万吨的采油厂，用了六年时间发展到两百多万吨。在这个过程中，展示了自己管理、处理复杂问题的能力。他为了把单位的工作做好，把产量提上去，批评过不少人，但大家都能理解他，没一名职工对他有意见，尤其是他不在延西油田采油一厂这几年，厂里的工作出现了比较大的滑坡。产量的滑坡，必然影响到干部职工的收入，因此很多干部职工对他比较怀念。这虽然是他听说的，但他还是感到非常的欣慰。今天，他又一次回到延西油田采油一厂时，已经没有了主人的感觉。他联系了原来服务他的司机，悄悄来到他工作了十几年的办公室，用很短的时间，将办公室属于自己的东西进行了整理，准备带走的全部用纸箱子装好。把单位配备的东西，摆放得整整齐齐，以便他人使用。就在他要离开办公室去宿舍的时候，正在前指值班的副厂长岳和正看到了，笑着对他说："你什么时候来的，来了也不打个招呼，要不要我帮忙？"

苗文哲笑着说："主要是不想打扰你们，我想悄悄地来，悄悄地走，把办公室、宿舍腾出来，好让别的同志用。"

岳和正说："那你也应该说一声啊，我们也可以帮你整理。"

苗文哲笑着说："没什么需要整理的，就是一些书籍和生活用品，那几个纸箱子往车上一搬就好了。今天，厂里的领导还有谁在，我去打个招呼就走。"

岳和正说："有那么忙嘛，好长时间没见你了，很想跟你聊聊。再说了，你在厂里干了这么多年，现在调走了，也让大家送一下吧。"

苗文哲笑着说："有什么好送的，咱又不是正职，也没做下让大家送的事情，所以我才想悄悄地来悄悄地走啊。"

岳和正说："谁说的，这两年你不在，大家才觉得你好。人常说没有比较、分不出好坏。现在，大伙儿都怀念你管生产的那几年呢。"

苗文哲苦笑了一下说："有什么好怀念的，我也只是尽了一个管生产领导的义务，工作主要是大家干的。"

岳和正说："我们不说那些过去的事了，今天晚上我个人请你，一会儿我们去县城吃顿饭，略表心意。再说了，现在已经这么晚了，疲劳驾车不安全。"

苗文哲心里想，岳和正说得虽然对，但他已经有了新的工作单位，不想在这个爱恨交织的地方多待一分钟。他确实想悄悄地来悄悄地走，但现在碰到岳和正了，如果走了，就有点不近人情了。于是，他笑着说："领导还有谁在，我过去给他们也打个招呼。"

岳和正说："今天是周末，厂领导就我一个在，还有两个副总，你就别去了，待会儿吃饭的时候，我直接把他俩也叫上。另外，我想问一下，晚上吃饭你还想让谁参加？"

苗文哲说："不叫其他人了，现在八项规定那么严，不要因为我们一起吃顿饭，再把你的前途给影响了。"

岳和正说："八项规定再严，也没有说我们不能吃饭吧。再说了，我个人掏钱，吃顿饭我想不会有错吧！"

苗文哲说："反正小心点好，我已经老了，你还年轻，不要因为我把你的前程给影响了。"

岳和正笑着说："没事，你先回宿舍收拾东西吧，五点半我过来叫你。"

苗文哲说："那好吧，不用叫太多的人。"

岳和正说："我知道，那我先走了。"

岳和正走了以后，苗文哲和司机来到他曾经住过十几年的宿舍，看着熟悉的房间，看着自己曾经睡过的床，看着自己经常读书写字的办公桌，心里有一种说不出的感觉。他知道这种感觉是一种永远告别的伤感，这种伤感往往会让人想起很多很多，不管是伤心的还是高兴的事情，都会让人感慨万千。但他用自己坚强的意志，克制着这种感觉，尽量不让司机感觉到自己情感的变化。他从书桌、衣柜、床头柜到卫生间，把属于自己的个人用品和衣服，全部堆放在床上，整理整齐，放进早已准备好的纸箱子里，然后让司机用塑料胶带将纸箱子封好，并用签字笔写清楚箱子里具体装什么物品，以便回去以后保存、使用。就在这个时候，跟他经常在一起处理安全环保以及外协工作的生产运行科科长许有志，安全环保科科长王家林，对外协调科科长张丰裕一起来到他的宿舍，看到他已经将所有的东西用箱子装好了，他们几个心有惭愧，不约而同地说："领导来之前也不给我们打个电话，来了也不给我们说一声，你就这样悄悄地走了，我们心里怎么能过意得去啊！"

苗文哲和他们一一握手，笑着说："你们都忙，就不想打扰了。"

许有志说："领导已经两年多没回来了，现在都还好吧？"

苗文哲说："还好。我已经老了，你们年轻人要好好干，以后油田的发展就靠你们了。"

王家林开玩笑说："领导说得对，有志同志要好好干，我也老了。"

张丰裕也说："有志同志年轻有为，将来就看你的了。"

这几个科长，在苗文哲管生产的时候，都是他的得力干将，他们或因为工作、或因为个人关系，经常在一起吃饭、喝酒、聊天。只要到了一起，就爱开玩笑，总是那么热闹、和谐、欢乐。几年没见了，据说几个年轻人跟现在管生产、安全环保、外协工作的舒宏才有一些矛盾，关系不是很好。苗文哲笑着说："说你们年轻也不年轻了，有志同志年龄是小，但也四十多了，想起我们刚在一起工作的时候，你们还真是年轻，一晃十几年过去了，你们也不年轻了，真的要好好努力了。"

王家林说："努力什么！真是黄鼠狼下崽，一窝不如一窝。"

苗文哲觉得这样说不好，立刻把话题转了，笑着说："谁告诉你们说我回来了？"

张丰裕说:"岳厂长。"

苗文哲说:"岳厂长现在在干吗?"

王家林说:"他有点事,马上就来了。"

说曹操曹操就到,王家林的话音刚落,岳和正就从门里进来了,说:"老苗,就我们几个,走吧。"

苗文哲笑着说:"现在你说了算。"

岳和正说:"我找了个私家车,我们几个挤一挤行不行?"

苗文哲笑着说:"行呀,一切听你安排。"

岳和正年龄虽小,但当副处级领导也近十年了。他这个人干工作扎实认真,唯一的弱点是脾气不好,也得不到领导的赏识。但他和苗文哲关系好,不管是个人感情还是工作关系。今天,他看到苗文哲来到厂里,搬东西准备离开,心里多少还有点不舍,就想跟苗文哲一起吃顿饭,喝上几杯酒。

县城离延西油田采油一厂前指不远,坐车最多也就半个小时。在他们到之前,张丰裕已经在"镇北"茶馆定了包间。酒店从外面看,好像没什么档次,但走进去一看,无论从装潢、还是室内陈设,都是一家档次不低的酒店。张丰裕悄悄地给苗文哲说:"这个酒店的老板很有钱,平时很少接待生客,主要接待当地的一些领导和朋友。这个老板平时很低调,人也聪明,会来事,你看人家开了个酒店,却不叫酒店叫茶馆,在外人看来,还真以为是茶馆呢。这儿的老百姓平时一般不上茶馆喝茶,所以这儿吃饭比较安静,饭菜虽然不够高档,但做得精致,味道也不错。"

苗文哲笑了笑,口里没说心里在想,看来不管是大都市还是小县城,对于中央的八项规定,都是上有政策下有对策!他笑着说:"会不会碰上当地的领导?"

张丰裕说:"应该不会吧,今天是周六,周末县上的领导一般都回市上或省上去了。"

苗文哲笑着说:"看来我过去总结的那几句话还真成了现实了。很多年以前，我就说过，中国的官员，很多人都是乡上的领导住在县城，县上的领导住在省城，省城的领导住在京城，京城的一些领导可能住在国外。"

张丰裕笑着说："太精辟了！"

岳和正听到后，笑着说："你老苗总是爱说实话，像我们这些说实话的人，永远都没有什么好下场。"

苗文哲说："我是胡说，你可不能像我一样，我还盼着你当厂长呢，你当了厂长了，是不是还能跟今天一样，跟我们坐在一起喝酒？"

岳和正笑着说："我就是当了省长，老哥还是老哥，我照样会请你喝酒的。"

苗文哲笑着说："就凭你这句话，我今晚也要多喝几杯。"

岳和正笑着说："你今晚放开喝，也许这是我们在延西油田采油一厂最后一次相聚了。"

苗文哲笑着说："看来你这是送行酒啊，我以后再来延西油田采油一厂，只能让这几个小兄弟请我喝酒了。"

岳和正说："关键是你不来呀，只要你来，我都请你。"

几个人一边聊天，一边等待服务员上菜。过了半个多小时，凉菜已经上齐了。菜都是当地的特产，盘子不大，但菜品精致，让人很有食欲。

岳和正说："老苗，那我们就开始吧，首先祝贺你进了省城，也祝你有个更好的未来。我们先干第一杯。"

几个人都站了起来，把酒杯碰在了一起。苗文哲说感谢大家，然后举起酒杯，与大家共同喝了第一杯。

没吃几口菜，岳和正说："老苗，我们喝第二杯吧。这第二杯酒，请你给大家讲几句。"

苗文哲笑着说："还是你说吧，我今天只喝酒，不讲话。"

其他几个科长也说，让苗文哲讲上几句，岳和正说："你看弟兄们好长时间没听你讲话了，都想听你讲话，你就讲上几句吧。"

苗文哲说："真的不讲了，我很感谢弟兄们这么多年对我工作的支持，今天我们喝酒就喝酒,不谈工作,更不谈延西油田采油一厂的事情,请大家理解。来,我们喝吧,我真心地谢谢大家!"

尽管嘴上说不讲,实际上这第二杯酒,等于是苗文哲提议了。岳和正说:"喝呀,领导不是说了,让我们喝吧,你们还等什么,还让领导再说一遍吗?"

在酒桌上,北方人的规矩都是先喝三杯,然后开始敬酒。第二杯酒喝完之后,岳和正说:"今天,按说我们应该三杯过后开始敬酒,今天只喝两杯,现在我开始敬酒,我先给老哥敬一杯。"

说完,端起酒杯,看着苗文哲说:"老哥,我敬你。"

苗文哲说:"我们喝慢点嘛,这样喝,我一会儿就醉了。"

岳和正笑着说:"没事,喝酒不就为了醉嘛,喝醉了晚上睡得香。"

苗文哲笑着说:"这两年没跟你们在一起,我几乎不喝酒了,年龄也大了,血压也越来越高,有时高压都一百六了。我少喝点,你们也随意,酒嘛,大家想喝多少都行,但最好不要喝醉,喝醉了伤身体。"

张丰裕说:"你把岳厂长敬你这杯先喝了,完了咱慢慢喝。"

岳和正给苗文哲敬酒之后,给几个科长也一人敬了一杯,他说:"今天我们五个人,总量控制两瓶酒。"

苗文哲听了笑着说:"很好,这个提议好,就两瓶。"

苗文哲接着说:"今天我很感谢你们,本来想连夜回去,但盛情难却,尤其是你们几个,不仅对我工作给予了很大支持,也是我最好的朋友,我先自己喝一杯,然后给你们一人敬一杯,算是我对你们的感谢,这样可以吧。"

许有志笑着说:"无论做事做人,领导永远都是我们的榜样,我陪你喝。"

苗文哲说:"不用,这一杯我自己喝。"

说完,苗文哲端起自己的酒杯,一饮而尽。然后又斟满一杯说:"岳厂长,老哥先敬你,谢谢你的酒,也谢谢你这个人,祝你心情愉快,马到成功!"

苗文哲分别给王家林、张丰裕、许有志各敬了一杯酒,最后说:"从现在开始,我就随意了,你们几个好好喝。"

岳和正说:"行呢,你随便,喝多少都行。有志,现在该你敬酒了吧?"

许有志说:"让领导吃几口菜吧。"

苗文哲说:"大家都吃点菜,不要急着喝酒,让我也缓一缓,我都有点晕了。"

大家一边吃菜,一边聊天。过了几分钟,许有志对苗文哲说:"苗厂长,工作上的事情我不说,就个人而言,我媳妇还常说你呢,说你这个人干什么都很细心。我刚当作业区经理那一年,我媳妇在宣传科上班,没想到宣传科因为各种事情给解散了,我媳妇当时没地方去了。我媳妇那个人你们都知道,脾气不好,她心里不愉快就拿我出气。我白天上班累得要命,她晚上还要吵我,弄得我筋疲力尽。我把这个事情给苗厂长说了,苗厂长不仅找我媳妇谈了话,还找当时的厂长协调我媳妇的工作,没过半个月,我媳妇就被安排到机关事务站了,工作也清闲了,还回到长安的厂部。我和媳妇,一辈子都记着领导的为人处事,我自己先喝一杯,表示感谢,然后再给领导敬一杯。"

张丰裕敬酒的时候,也是说了一大堆话。他说:"我跟着苗厂长出去办事,底气比较足,走到哪里,心里最起码不害怕。有一次,我和苗厂长去县上办事,本来想约土管局局长吃饭,没想到土管局局长却说,饭就不吃了,他有个兄弟在咱们厂里干压裂,让给他的兄弟多安排一些工作量。到了县上,在县委书记办公室坐了一会儿,听说县上正在开什么专业方面的会议,我俩就准备回来。没想到县委书记硬要留苗厂长吃饭,还问苗厂长说看还需要谁来参加。苗厂长想了想说,如果方便的话,把土管局、环保局、林业局等凡是和我们油田有关系的部门领导都请来参加。县委书记立马让办公室主任安排。结果吃饭的时候,方方面面的局长来了七八个,尤其是土管局长,见了我们以后显得有些尴尬,从此以后,我在县上办什么事情,都一帆风顺,很少有人刁难了,这就是咱苗厂长的魅力。"

王家林敬酒时也说,跟苗文哲一起工作不管有多累,心情总是愉快的。他说:"苗厂长主管安全环保之前,厂里的环保工作很难协调,苗厂长主管我们以后，不仅县上、市上的环保局不找麻烦了，县上的环保局局长、主管环保局的县长，还经常请苗厂长吃饭，我也跟着混吃混喝。后来我才发现，苗厂长不是等着我们有事了才去找人家协调，而是平时只要有机会，就给县上的领导或环保局局长打个电话或一起坐坐，如果真正有事需要他们帮助协调、解决问题的时候，苗厂长从不出面，只是一个电话而已，他们就帮我们把问题处理掉了。"

就这样一边敬酒一边聊天，每个人给苗文哲敬酒的时候，都有说不完的话，都在回忆跟苗文哲一起工作时的事情。不知不觉中，五个人把两瓶白酒喝完了，大家高兴地离开县城，返回到延西油田采油一厂前指。

尽管已经是晚上十点多了，大家好像还有叙不完的旧情，还想继续与苗文哲聊天。最后，副厂长岳和正说，我们都回吧，苗厂长也累了，让苗厂长早点休息，他明天还要开车呢，这时大家才意犹未尽地离开苗文哲的宿舍，各自回房间休息。

苗文哲躺在自己已经睡了十几年的床上，尽管很累，但一时难以入睡。他想，自己在这个厂工作了十几年，总的来说还是比较满意的，不然也不会有今天的聚会，更不会有酒桌上那么多的真心话。他细细回忆，除了正常工作，还做过哪些有意义的事情。他清楚地记得，在刚开始主管生产的时候，他经常到生产现场调研和检查，每检查完一个点，都要和职工座谈，主要了解下职工在生产岗位上有没有困难。

有一次，他到一个注水站检查工作，发现从站长到职工，全部是女同志。检查完之后，和几个当班职工聊天时得知，由于她们的生活点在站外，除了几间房子之外，连围墙也没有，当地老百姓较多，有时那些年轻人喝醉了酒，就会来骚扰她们，她们非常害怕，唯一的想法是看厂里能不能给生活点建围墙。他到生活点看完之后，决心解决这个问题。在这么一个大山深处，让几个女同志上班，如果出个什么事情，他会一辈子为此自责。他随即打电话让工程项目管理室主任赶到这个注水站，不仅给生活点修建了围墙，而且还把职工洗澡的问题也一并解决了。随后，他对大山深处的驻扎站点，都进行了检查，不管是生产、安全环保，还是生活中的困难，只要在他的职责范围内，都全力以赴为大家解决。也许正因为这样，自己的威信才越来越高，只要他安排的工作，职工都会不折不扣地尽力完成，才使他工作的几年时间里，不管是原油生产，还是安全环保，从来没发生过问题。想到这些，他对仕途没有升迁也感觉无所谓了。

人常说，人过留名雁过留声，但只要能够得到大多数人的认可，当官不当官都不重要。他还在想，为什么这几年延西油田采油一厂从原油产量、安全生产到队伍士气，会出现各种问题，导致厂子一蹶不振？他想了很长时间，还是觉得不在其位最好不谋其政，没必要想这些问题，但人往往就是这样，对于某些事情，明知道没有任何意义，但总是放不下。在胡思乱想中，不知道什么时候，他已经进入梦乡……

几个科长从苗文哲的宿舍离开以后，尽管已经很晚了，但因是周末，再加上酒精的作用，他们来到张丰裕的宿舍，继续聊天。许有志说苗厂长已经正式调离我们采油一厂了，如果我们不说，可能明天送行的人都没有。苗厂长跟我们朝夕相处了这么多年，不仅跟我们这些搞生产技术、安全环保的人结下了很深的情谊，而且为延西油田采油一厂原油产量上百万吨、两百万吨作出了很大的贡献，走的时候，冷冷清清，太没人情味了吧。王家林说，这个好办，我们在微信群里发一下，就说苗厂长正式调走了，今天来前指搬东西，明天早上八点钟走，愿意参加送行的人在前指大门口等候。张丰裕说，这个办法好，我想只要知道的人，大家都会前来送行。其中有两个作业区的机关就住在前指，作业区经理们知道后，他们也会转发这条信息。

第二天早晨，在前指上班的人一传十、十传百，凡是在前指上班的人大都知道了，七点四十分，有些人已经在前指大门口等候。

苗文哲和副厂长岳和正、几个副总工程师在前指食堂吃完早饭，准备就此告别。但岳和正和几个副总工程师说要帮他把东西装在车上，一同跟着苗文哲来到宿舍，几个人用了几分钟就把东西装上了车。

苗文哲随即坐上车，准备出发。就在这个时候，许有志跑来了，对苗文哲说："你的车到大门口了走慢点，有很多职工来给你送行。"

苗文哲问："是谁组织的？"

许有志说："没有人组织，是大家自发的。"

苗文哲说："职工怎么知道我回来了？"

许有志笑着说："你昨天来了，很多人都看见了，知道你今天要走，大家都想送送你。"

苗文哲把岳和正叫过来说："你过去让大家回去吧，现在规定不能迎来送往，这样传出去是很不好的。"

岳和正问许有志到底是怎么回事，许有志说他不知道，是职工自发的。

岳和正对苗文哲说："大家是自发的，其实也没什么，你在咱厂里工作了这么多年，大家送送你也是应该的。说明我们的职工很有良心，车到大门口，停下跟大家打个招呼，然后再走。"

苗文哲也只能如此，他慢慢地将车开在大门口停下来，与前来送行的所有职工，一一握手道别，然后坐在车上，打开前窗玻璃，把车慢慢地从大门口开出。当职工齐声高喊欢迎苗厂长常回来看看的时候，他被大家的这种真情深深地感动了，控制了很久的泪水夺眶而出。他用手擦着眼泪，怀着一种复杂的心情，离开了战斗过十几个春秋的延西油田采油一厂。

过了很久，苗文哲的心情才慢慢平静下来。他开着车，看着公路两旁的景色，感觉大自然真美。

初夏时节的陕甘大地，时时传来布谷鸟的叫声，它在告诉人们，春已归去。透过车窗，看着田野里一片一片长势良好的庄稼飞驰而过，这又将是一个丰收年。经过多年退耕还林，看到的更多的是满山的绿色，树上鸟儿用叽叽喳喳的叫声，表达它们的爱情；平缓的坡地上各色野花竞相开放，红的、紫的、粉的、黄的，像绣在一块绿色地毯上的灿烂图案；成群的蜜蜂在花丛中忙碌着，辛勤地飞来飞去。

此时此刻的苗文哲在想，如果人类没有忧伤，没有烦恼，也许就和这些鸟儿、虫儿一样，无忧无虑地尽情享受这大自然赋予的神奇和美丽。自己退休后，是否可以像古人一样，隐居山中，对天下大事不闻不问，是不是也能跟这些自然界中的生命一样，无忧无虑？但他又想，几十年的人生积累，已经把你固定成一个有思想的现代人了，要想逃避是不可能的。他笑了笑，觉得人这种动物，真是又聪明又愚昧，聪明的是在不断进化中改变环境，愚昧的是总是自寻烦恼……

派往延西油田采油一厂调查"6.14"事件的调查组，查清了事情真相。尽管所有被调查人员的口供对火灾爆炸是由农民偷盗原油引发的说法是一致的，但从事故的处理可以看出，这绝对是一起生产引发的安全事故，不然延西油田采油一厂也不可能给每个遇难者赔偿九十多万元。对于虚报工作量结账一事，延西油田采油一厂的相关人员已经承认，虚假结算的费用资金，主要用于支付四名遇难者的抚恤金和医院抢救伤员时所产生的费用。

纪委书记秦文强听了汇报后，问纪检监察处处长包新军："我虽然在检察院工作多年，但还是头一次遇到这种情况。在我看来，假结费用肯定违纪，但由于这些钱没有装入个人腰包，就不构成犯罪。像这样的事情，按照我们企业的制度，应该怎么处理？"

包新军笑着说："这个问题确实比较复杂，如果我们不和安全事故并案处理，这个事情很好办，就按违纪对相关人员进行相应的处理，如果和安全事故并案处理，那就不仅仅是违纪的事情了。你想，如果不是安全事故，他们怎么会给一个民工赔付九十多万。这不仅给企业造成损失，还为今后员工伤亡的处理工作带来很多后患。所以，现在关键是看杨总怎么要求了。如果杨总要严肃处理，就必须严肃处理，可能对相关人员既要进行党纪处分，还要给予行政处理。"

秦文强听明白了问题的关键所在，他说："这样吧，我觉得还得给杨总进行汇报，看杨总怎么要求。"

包新军笑着说："我们老给杨总汇报，杨总会不会对我们有想法？我的意思是我们先按照调查情况，拿出一个初步的处理意见，让杨总看，再看杨总有没有什么具体要求，这样处理比较好一些。"

秦文强说："企业的情况我还真有些不太清楚，那就按照你的意见，抓紧准备，拿出初步处理意见，尽快给杨总汇报。"

包新军说："好的，最少也得一周时间，等意见出来了你先看，然后再给杨总汇报。"

包新军从秦文强办公室里出来，就召集调查人员以及几个副处长开会，讨论对延西油田采油一厂"6.14"火灾爆炸事故引发虚假结账一案的处理意见。经过大家讨论，拿出的意见是：一是对所有参与虚假结账的科级及科级以下人员，由延西油田采油一厂纪委和延西油田采油一厂给予党纪、政务处理；二是对处级以上干部，参与虚假结账的领导给予党纪处分，鉴于在对非油田职工死亡的事故中，处理不当，给油田造成了巨大经济损失，建议给予行政处理。

按照这两条意见，要求调查组拿出有理有据的处理方案，报请纪委书记和总经理审阅后，根据两位领导的意见，做出最终处理决定。

杨明轩感到前所未有的忙碌，仅开会、听汇报，就占据了他所有的工作时间，只有在晚上，他才可以静下心来理理各方面工作的进展，想想近期还有哪些工作需要自己亲自抓。

晚上回到家里，女儿杨博雅对他说："爸爸，我给你看条微信，你们单位还有这样的好干部啊！"

杨明轩笑着说："好干部很多，我看看是什么人让我女儿如此欣赏。"

杨明轩一看图片，一眼就认出图片上的人是苗文哲，他仔细看着图片和下面的文字。图片是许多男女职工跟苗文哲握手的画面，配发的文字标题是：上百名职工自发欢送好领导。内容是：只要你心里装着职工，职工就永远不会忘记你。杨明轩看着，心想，苗文哲果然是一位好干部。他说："我认识，他不仅是我们的职工，也是爸爸上大学的同学。"

杨博雅说："一个领导干部，职工能够自发组织起来欢送他，这样的领导，现在真不多见。"

杨明轩说："你是怎么知道的？"

杨博雅说："这个图片是我同学常春梅微信上的，我打电话问她了，她说这个苗厂长在职工中口碑很好，不仅工作能力强，而且对职工非常关心。只要是职工给他反映的问题，能够解决的肯定解决，即使解决不了，也一定会给职工一个明确的答复。"

杨明轩笑着说："你什么时候关心起这些问题来了？"

杨博雅说："我上次给你说过，让你帮我同学调回你们油田总部，你还没回答呢，到底能不能解决？"

杨明轩笑着说："这个事情我有时间了了解一下，爸爸虽然是总经理，但做事也得讲规矩，你不是刚才还给我说微信上的好领导嘛，你总不能让爸爸做个职工们都不喜欢的领导吧。"

杨博雅说："我知道，现在跟过去不一样了，但我同学也不是那种什么也干不了的人。我同学要长相有长相，要能力有能力，而且文笔还很不错。"

杨明轩说："那就好，你把你同学的情况发到我手机上，等有机会了我会考虑的。"

杨博雅笑着说："那就好，我先替我同学谢谢爸爸。"

杨明轩笑着说："你现在长大了，不再是过去那个不讲理的小丫头片子了。"

杨博雅说："谁说我不讲理了，我现在也是领导了。"

杨明轩笑着说："什么，你现在也是领导了，我怎么没听你说过。"

杨博雅说:"领导了三个人,是个组长。"

杨明轩说:"那也算是进步,爸爸祝贺你。"

杨明轩的妻子于慧月听着父女俩有说有笑,从厨房里出来,笑着说:"什么事情,让你俩这么开心。"

杨博雅说:"没什么,我跟爸爸开了个玩笑。"

于慧月看两人谁也不说了,也不再问。说:"老杨,今晚不忙就陪我出去走走。"

杨明轩说:"累了一天了,我想休息休息,让博雅陪你出去。"

于慧月说:"那你一个人待着,我和博雅出去了。"

于慧月和女儿走后,杨明轩在沙发上看了一会儿电视。新闻联播结束以后,他就把电视关了,来到书房,坐在写字台旁边的椅子上,眼睛盯着书架上那些或看过或没看过的书。他不知道是找一本自己喜欢的书看看,还是要干其他什么事情,脑子里想起的全是他当总经理兼党委书记以来的一些工作。从表面看,所有的工作都有很大起色,所有的领导干部都能够按照自己的要求,雷厉风行地开展工作,可工作业绩却并不明显。眼看半年就要过去了,除了原油生产能够按照年初的计划,实现时间过半、任务过半以外,其他工作都还在进行当中。他突然想到,提高一线职工的待遇问题,一定要在下半年开始实施,不然会失信于职工,而且会让一些领导干部,养成工作拖拖拉拉的不好习惯。他决定,第二天上班以后,把相关人员召集来,再督促,确保各项工作如期实施。另外,关于延东油田采油八厂成本超支的问题,也是干部群众关注的热点问题,也必须尽快落实。他知道这个事情不是一时半会儿就能见到结果的,但必须让全油田的领导干部知道,这个问题已经着手开始调查,而且要让他们感到绝不是走过场,这同样可以让职工感到这届领导班子是干实事的,同时也能对那些仍然我行我素或还想违规违纪的人,起到震慑作用。至于其他工作,他相信通过这些管理手段,让相关人员积极负责,按期完成,会取得应有的效果。

理清思路后，心情顿觉轻松了许多。他把书架上的书挨着看了一遍，把基辛格的《世界秩序》拿了下来。这本书非常好，不仅提出了二十一世纪全球政治和经济版图发生的深刻变化，后危机时代在国际事务上呈现出哪些新的挑战，而且探讨了中美大国关系将迎来怎样新的格局和未来的趋势走向，中国又该如何抓住战略机遇，适应新常态，谋求持久稳定发展等重大问题，读起来令人耳目一新，发人深思。

杨明轩本来就喜欢读书。

读书是一个需要长期付出辛劳的过程，不能心浮气躁、浅尝辄止，而应当先易后难、由浅入深，循序渐进，水滴石穿。荀子在《劝学篇》中说："不积跬步，无以至千里；不积小流，无以成江海。"现实中，不少人通过长期坚持、积少成多，最后取得惊人收获。自己作为领导干部，更要勤读书，而实现的关键，就在于利用好时间，养成坚持不懈的习惯。

是啊，作为领导干部，确实比较忙，但只要坚持不懈，利用好时间，也可以读很多书。

杨明轩现在已经养成了读书的习惯，即便再忙，只要有空，他都会拿起书来，哪怕是看半个小时。久而久之，读书已经成为他生活中的重要组成部分。

第二天一上班，杨明轩就把办公室主任罗一鸣叫来，了解近期总经理办公会决议的落实情况，重点对民生工程和延东油田采油八厂成本超支的调查情况，进行了了解。罗一鸣只是督办，对工作的进展情况并不完全清楚。所以，他就让罗一鸣通知相关人员，就这两个问题召开专题会议，想听听到底进展到什么程度了。

下午两点十分，召开了民生工程进展专题会，除总经理杨明轩、主管领导党委副书记赵佳明外，人事劳资、工会、纪检等相关部门的人员也参加了该会议。从汇报情况来看，民生工程总体进展较好，对一线职工子女的入托、入学补助的实施意见，对一线职工子女考上一本、二本人员奖励的实施意见，对增加一线职工岗位津贴的指导意见等文件，经过职工代表、相关部门几次讨论修改，已经基本成熟，就等着上大漠油田公司总经理办公会，会议通过以后，就可以下发文件组织实施。同时，业务部门已经完成了对一线在岗人员的统计，并在各单位进行了公示，公示时间截至6月10日，为下半年落实这几项民生工程，奠定了坚实的基础。

杨明轩听了以后，比较满意。他进一步要求相关部门及相关单位，在这几项事关职工切身利益的问题上，一定要做到严肃严谨，决不能超范围发放。如果在这项工作中出了问题，不管是单位还是部门，都要对主要领导和相关人员追责，并要求主管领导党委副书记赵佳明全权负责。

下午四点，召开了延东油田采油八厂项目组成本超支问题调查的专题会，为了保密，会议仅有总经理杨明轩、党委副书记赵佳明、纪委书记秦文强参加，由纪检监察处处长包新军进行专题汇报。包新军汇报说，经请示省委，由黄庆县检察院负责，黄庆县公安局配合侦查此案。黄庆县检察院已经成立了由检察院检察长赵利民、公安局经侦分局副局长周志新为组长的专案组，与大漠油田公司纪检监察处进行了对接，并将一些重要的资料进行了复印，专案组可能很快就会进驻延东油田采油八厂开展工作。

听完汇报后，杨明轩问赵佳明、秦文强还有什么看法，有没有补充的。也许是由于对大漠油田公司的情况并不熟悉，他们只是简单地提了些想法。赵佳明说："据我了解，这个案子说小也小，说大也大。说小是因为从前期我们自己的审计、巡视等反映的情况来看，管理漏洞是造成成本超支的主要原因，可能牵扯到方方面面的人；说大确实也大，同样是项目组，大部分项目组的投资都有结余，唯有延东油田采油八厂项目组超投资，而且超了十几个亿，平均每年两三个亿，让人触目惊心。从前期了解到的情况来看，给施工单位多结算了一个多亿，虽然有的已经追回来了，但并不等于这里边不存在问题，以我多年办案的经验来看，这里边一定存在利益输送。听说主要负责人辞职了，我们不能因为他的辞职，就让数额巨大的国有资产白白流失。另外，我想这么大一个问题，恐怕不仅仅是一两个人的问题，会不会还有人被牵扯进去？一旦检察院介入，可能会拔出萝卜带出泥，大漠油田会不会又一次成为全省甚至全国媒体关注的焦点，我们一定要想好对策，不要因为这件事情，把我们当前发展的大好形势给破坏了。我们要及时掌握案情动态，以便更好地处置。这是我个人的意见，说得不一定对，还请杨总批评指正。"

赵佳明说完，杨明轩问秦文强："秦书记是什么意见？"

秦文强说："我没什么意见，我和组织纪检监察处的同志，全力以赴配合好专案组的工作，并按照两位领导的要求，把握好大局，尽量减少对我们大漠油田造成的负面影响。"

杨明轩对包新军说："包处长有没有意见？"

包新军说："没有，我会按照领导要求，全力以赴，把这件事情处理好。"

杨明轩听完几个人的简短发言后说："赵书记讲得很好，我也是这么考虑的，这个问题事关重大，希望秦书记、包处长多动脑子，一定要和专案组保持良好的关系，以便我们能够掌控局面。这件事情对我来说，也是迫不得已啊。你们想想，所有的项目组都有结余，唯有延东油田采油八厂这个项目组超支，而且超得很多，这些钱到现在怎么处理，还没想出个好办法。特别是负有主要责任的两位同志，一个辞职了，一个不但没有受到处理，还被提拔了。现在很多领导干部、职工，尤其是那些处级领导，都在看着我们，就看我们怎么办。如果我们这届班子也糊里糊涂，久拖不决，我想就会失去这些中层领导干部对我们的信任。我知道，在很多人眼里，这件事跟我们这届领导班子的关系不大，特别是我们三个，但如果都不去处理，这件事情会久拖不决，现在我们几个在大漠油田领导班子里排前几名，我想省委就是让我们把这件事一抓到底。所以，不管有多难，不管有多复杂，不管会牵扯到谁，我们都必须去正确面对，这就是我为什么最后下定决心，一定要把这件事情处理了，而且要处理好。我很欣赏朱镕基总理，他1998年3月任总理的时候，已年近七旬，他面对中外记者，慷慨激昂地向全世界发表履新感言。他说不管前面是地雷阵还是万丈深渊，都将一往无前，义无反顾，鞠躬尽瘁，死而后已。我们虽然不是政治家，但我们要按照习总书记的要求，也应该把个人的生死荣辱置之度外，要有壮士断腕的勇气，坚决把反腐败斗争进行到底。从今天开始，秦书记和包处长，要把这件事情作为当前最重要的工作，要认真负责，多动脑子，既不能影响大漠油田公司发展的大局，还要把这件事情查清楚。对于那些违法乱纪的人，我们决不能手软，要不然，这么大一个企业，一年有几百个亿的投资，管不好还会出问题。如果在工作中有什么困难、有什么问题，要及时沟通，及时汇报。我们解决不了的事情，可以通过省纪委，甚至省委，帮助我们解决。我想，当前这个形势，是有利于我们处理好这件事的。我今天就讲这些，看你们还有没有需要补充的。"

包新军看了看秦文强，说："秦书记，要不要把延西油田采油一厂的事情给杨总和赵书记也汇报一下？"

还没等秦文强说话，杨明轩就说："那就说吧，现在还有点时间。"

包新军说："那你们等一下，我下去取一下汇报材料。"

杨明轩说："不要取了，你口头汇报一下吧。"

包新军说："那好，说得不对的地方，请领导们批评指正。首先，举报信所举报的内容是属实的，确实存在虚假结账的问题，一共虚结四百六十万，而这些钱用于四个人的死亡补偿、医院花销、后事处理等。二是从调查的结论看，还是农民偷油引发火灾事故，但明显存在集体隐瞒真相的疑点，既然是偷油引发的事故，为什么烧死的全是现场修井队工人？既然是偷油引发的事故，为什么延西油田采油一厂还要给死者如此高的补偿？这不符合常理。三是对于乙方死亡的人员，延西油田采油一厂作为甲方，给予如此高的补偿，不仅损害了企业的利益，而且也为今后类似的事故，包括职工伤亡的处理，带来严重的负面影响。针对以上几个问题，我们的意见是，对参与虚假结账的科级干部，责成延西油田采油一厂拿出处理意见，对于处级领导干部，既要进行党纪处分，还要给予行政处理。我们还建议，按照党政同责的原则，给予厂长莫景杰党内严重警告处分，同时给予降级处分，由正处级降为副处级；给予党委书记谷志俊党内严重警告处分；主管安全生产的领导舒宏才，他作为主管领导，却参与了虚假结账，给予舒宏才党内严重警告处分和行政降职处理。这就是我今天要汇报的内容。如有不妥之处，请三位领导指正。"

杨明轩说："赵书记有没有什么意见？"

赵佳明说："没有。"

杨明轩接着问："秦书记什么意见？"

秦文强说："没意见，我们一起商量过的。"

杨明轩笑了笑说："单位大了，问题确实也不少。我原则上同意包处长的意见。包处长分析得对，其实这就是一起安全事故，有些人可能为我着想，认为一次死亡三个人以上的事故，我作为企业的主要负责人，也要受到责任追究的。但这起事故已经过去将近一年了，而且他们一口咬住说是偷油引发的事故，如果我们要认真地调查，一定能够查清真相，该我负责的我毫不含糊，不然有失公平。你俩来得迟，还有一个采油厂也发生了类似的事故，死了两个人，几个处级领导都受了处分，如果我们不认真对待延西油田采油一厂的事情，不仅有失公平，也起不到震慑作用。因此，这件事就按包处长的意见处理，但要上党政领导联席会通过才能最后确定。下去以后，你们纪检监察处和组织部进一步完善资料，不要我们前面刚处理，后面有人再举报是安全事故，那个时候我们就被动了。我倒觉得要处理，就一次性处理到底，免得节外生枝。如果需要安全环保处配合，秦书记可以直接安排，因为这件事是安全生产事故，可能有人会为了我不去认真调查，我觉得大可不必，我最见不得说假话、不实事求是的人。这是我的意见，希望秦书记负责处理好。"

秦文强说："好的，我们下来再仔细研究研究。"

第八章

现在虽然是和平年代，但由于方方面面的因素，保密工作对各行各业仍然比较重要，尤其是公安、法院、检察院等执法和司法部门，案件的相关细节一旦泄漏出去，就会严重影响办案的质量。

关于延东油田采油八厂项目组成本超支的问题被省上有关领导批示后，有关方面立即组建了专案组，准备立案调查。不知道是谁走漏了风声，关于成立专案组的消息，很快就被总经理助理关明伟知道了。他在第一时间就把情况通报给了刘春华。尽管刘春华心理上已经有了准备，但暴风雨真正到来的时候，他还是心惊胆战，头脑发胀，浑身发软。过了半天，他才缓过神来，对关明伟说："从现在开始，你不要随便给我打电话，你的电话有可能已经被监听了，你把这个消息立即告诉宁永瑞，让他做好各种准备。"

过了一会儿，刘春华用另外的手机给关明伟打来了电话，他问关明伟说："成立专案组的信息你是从哪听到的？"

关明伟说："纪委的人说的，这信息绝对准确。"

刘春华说："专案组是哪来的，尽快将这些人的情况弄清楚，看我们能不能想想办法。"

关明伟说："这个还不知道。一旦有了消息，我第一时间给你汇报。"

刘春华说:"好了,不说了,以后打电话要小心。"

关明伟说:"好的,我知道了。"

没几天时间,很多领导,包括一些科室长,已经知道了延东油田采油八厂项目组成本超支的问题要交给地方检察院调查处理,大部分领导干部对严肃查办延东油田采油八厂项目组成本超支的问题持肯定态度,认为这届领导班子是对企业、对职工负责的班子。但对于那些安排自己亲戚、朋友在延东油田采油八厂项目组干过工程的领导们而言,心里多多少少有点害怕。

就在人们议论纷纷的时候,专案组的同志在大漠油田公司纪检监察处副处长沈万红的陪同下,悄无声息地展开了调查。

延东油田采油八厂位于鄂尔多斯盆地的东北,处于沙漠和黄土高原交界地带。对于长期在长安地区工作生活的专案组组长周志新、侦查员黄玉萍、万生华、于胜利来说,由于大漠油田纪检监察处给他们提供了详细资料,他们虽然心中有数,但不像侦查其他案件那样轻松,仍感到工作压力很大。尽管如此,他们坐在车上,仍然谈笑风生,一路向北。进入黄土高原以后,感到气候与关中平原大不一样。他们让司机把车停在高速公路的停车点上,一方面让大家休息休息,更主要的是想呼吸一下新鲜空气。

湛蓝湛蓝的天空,飘着朵朵白云。漫山遍野的绿色,空气中弥漫着青草与花的味道。公路两边的山梁、沟壑,长满了各种树木和杂草,绿油油的。远处山峦上不时传来布谷鸟的叫声,近处的树丛里,可以听到野鸡和一些不知道名儿的鸟雀的鸣叫。他们仿佛走进了天然氧吧,周志新对黄玉萍开玩笑地说:"玉萍,我不知道你对黄土高原的印象是什么,在我的印象里黄土高原到处是光秃秃的山丘。没想到十几年的退耕还林让山绿了,水清了。"

黄玉萍笑着说:"习总书记不是说了嘛,绿水青山就是金山银山。环境就是民生、青山就是美丽、蓝天也是幸福。我觉得总书记说得太好了,我站在这儿,看到这蓝天白云,真是感到幸福啊。"

周志新说:"估计我们出来少说也得一个月吧?"

黄玉萍笑着说："那不挺好嘛，长安城里再过几天，就真正进入了夏季，把人往死里热，我想越往北走，天气会越凉爽，我们刚好可以避暑。"

周志新也笑着说："我也觉得挺好，如果不是办案，我们就当出来旅游吧。"

黄玉萍笑着说："是啊，你就把它当旅游吧。"

休息了一会儿，大家先后上车，车子继续向北走。没过多久，车子已经下了高速。经过三个多小时的颠簸，他们有些累了，一个个或闭目养神，或思考什么问题。不知不觉中，已经来到了肤施城，负责配合这次侦查任务的大漠油田公司纪检监察处副处长沈万红把大家叫醒说："各位领导，现在已经到了肤施，看大家中午想吃什么饭？"

周志新说："找个干净点的饭店，随便吃什么都行。"

沈万红说："我知道有个饭店叫沙家浜，饭店看上去不够高档，里边也没有山珍海味，只有地地道道的陕北小吃和陕北菜，但味道确实不错，饭馆也很干净。"

周志新说："你安排，现在上面有规定，我们都干一个事情，不要因为吃饭，别人的问题还没查出来，我们自己先出个问题，那多不好！"

沈万红说："没事，又不进城，是老百姓开的饭店，不存在违反八项规定的问题。"

他们来到饭店，服务员推荐了八个菜，有蒜泥猪头肉、蒜泥碗托、子长煎饼、干锅羊杂、土豆条炒猪肝、农家炒豆腐等，都是当地特色菜，主食点的是蒸饺，另外还点了一盆麻汤饭。这些家常便饭，不仅吃起来可口，而且也不贵。吃完以后，大家都同意到什么地方就该吃什么地方的饭。有人说，长安城里，也有陕北饭店，但吃不到这样好的味道。

沈万红笑着说："不知道你们有没有感觉，在我吃过的猪头肉里，这家饭店做得最好吃。"

于胜利说："你不说我还没感觉到，听你这么一说，我也觉得人家做得好吃。"

周志新说:"我也有这种感觉,这家的豆腐炒得也好,吃起来软软的,不像我们平时吃的,总有点硬。"

黄玉萍说:"看来以后我们要多来几趟肤施,等孩子放暑假了,也带他们出来转转,顺便领略陕北风情。到时候,周局长可不要不给我假啊。"

周志新笑着说:"看我们的案子办得快慢,如果顺利,可以给你多放几天假。"

黄玉萍说:"说话算数,不准再给我安排其他案子。"

周志新笑着说:"好的,我们该出发了吧。"

午休是许多机关干部养成的一种习惯,但对于公安系统的人来说,尤其是像他们这些搞侦查的人,在什么地点、什么条件下,他们都能睡得着。

上车以后,只有沈万红跟司机在聊天。没多久其他人已经闭着眼睛,迷迷糊糊地睡着了。此时此刻,沈万红也有点睡意,但他害怕司机瞌睡,只好跟司机继续聊天。

走了两个多小时,来到了沙漠边缘。沈万红让司机把车停到一个宽敞的地方,对大家说,大家下车休息休息,再过一个小时,就到达目的地了。

坐长途车确实也是很累人的,大家听说要下车休息,不管是睡醒的还是没睡醒的,都从车上下来了。上卫生间的上卫生间,不上卫生间的可以活动一下筋骨。

接近沙漠的地方,已经隐隐约约呈现出大漠风光,那些还睡眼蒙眬的人,在微风的吹拂下,已经清醒了许多。他们眼前的景色已经不再是之前苍翠欲滴的树林和杂草了,而是高低不平的沙丘。沙丘上一丛丛沙柳和沙蒿草,给原本荒凉静谧的田野注入了生命的活力。对于城市中长大的黄玉萍、于胜利来说,他们从来没有到过沙漠,更不知道这种叫沙柳和沙蒿草的植物有着多么顽强的生命力。

沈万红说:"这种叫沙柳的植物,为了能在缺水的沙漠中生存,凭借自己顽强的毅力,把根深深地扎在沙土之中,长达几十米,一直伸向有水源的地方。我有时候在想,我们石油工人,跟这沙柳差不多,在农民都拥向城市、追求美好生活、幸福指数的今天,我们的石油工人一年四季仍然坚守在这大山深处、荒漠戈壁,一年又一年地重复着一样的生活。他们长期坚持,甘愿寂寞,任劳任怨。有的年轻人刚刚结婚,就忍受着长期分居的痛苦。陕北民歌里唱的是'见个面面容易拉个话话难',现在我们的石油工人是拉个话话容易见个面面难。有时我在想,他们真的不容易,甚至感到他们很伟大。尤其是当我们开着私家车,在全国各地旅游的时候,会不会有人能够想起,正是因为有这么一个特殊的群体,在无私地、默默地奉献,才能让飞机起飞,让大车小车飞奔。"

黄玉萍被沈万红的话感动了,她问:"你们石油工人就在这种环境里上班吗?"

沈万红笑着说:"像这样的环境都是好的,有些地方山大沟深,荒无人烟,一个人在井场看单井,一住就是一个月。时间长了,有些人下班以后,连正常的语言表达能力都退化了。"

周志新说:"有那么严重吗?"

沈万红笑着说:"等你们把案子办完了,你们一定会对石油工人有一个新的认识。"

周志新看着这广袤的大漠,逶迤的沙山,像是大海掀起的波澜,蜿蜒起伏、雄姿奇伟;俯瞰足下,大漠中的沟沟壑壑、点点滴滴,宛如精心雕琢的艺术品,千姿百态。受到沈万红的感染,在他的眼里,死寂般沉默的沙丘,虽然雄浑、静穆,却给人一种单调的颜色,除了黄色还是黄色,而且是灼热的黄色。仿佛大自然在这里把汹涌的波涛、排空的怒浪,刹那间凝固了起来,让它永远静止不动。

这不仅仅是周志新的感觉,任何一个有良知的知识分子,都会被沈万红的话感动,包括黄玉萍、万生华、于胜利他们都会被石油工人这种精神所感动。他们在那首《我为祖国献石油》的歌里听过，但没有真正见到过石油工人，到底是什么样子。现在，他们已经对石油人有了一个初步的了解。

上车以后，他们萌发了对石油工人的兴趣。周志新问沈万红说："听说你们石油工人的待遇挺好的，一个月能挣多少钱？"

沈万红笑着说："你猜一下。"

黄玉萍插嘴说："一个月一万块钱总有吧？"

沈万红笑着说："我是副处长，把什么养老金、住房公积金、失业保险、企业年金、医疗保险等扣过，一个月拿到手上的工资不到两千块，如果没有奖金，养家糊口都困难。"

周志新说："你们的奖金有多少？"

沈万红说："奖金要看完成任务的情况了，任务完成得好，奖金多一些，任务完成不好，奖金就少了。"

黄玉萍说："那也比我们收入高吧。"

沈万红笑着说："你们是公务员，现在我们的收入是比你们多一些，但我们的钱不经花，假如我和周局长同样的收入，但我的日子过得肯定不如周局长的。"

黄玉萍笑着说："不可能吧，那是为什么？"

沈万红想了想说："这么说吧，周局长认识的人多，社会资源一定比我多，比如买房、买车、孩子上学干什么都比我省钱，你说我的生活能比他好嘛！"

大家都会心地笑了。周志新说："那是过去，现在我们都一样了。"

沈万红笑着说："表面上一样，实际上可能永远都不一样，周局长你说对吗？"

周志新笑着说："不要拿我们俩比，你说说你们工人的收入。"

沈万红笑着说："我这个人有时候比较反动，老说领导不爱听的话。我们虽然并不熟悉，但你们想了解石油工人的情况，我可以给你们讲一讲石油人的真实故事。"

周志新笑着说:"挺好,我们作为办案人员,就应该实事求是才对,只有实事求是才能了解事物的本质。"

沈万红说:"我们大漠油田公司有时候连国家的法律都不遵守。劳动法中明确规定同工同酬,可这么多年,我们把职工分成三六九等,什么合同制A、合同制B、劳务合同工等等,因为身份不同,干同样一件事情,工资待遇差距很大。我有一个老乡的女儿陕西师大中文系毕业,被分配到延西油田采油一厂当工人,也就是我前面给你们说的合同制B。由于孩子的文笔不错,在招聘机关人员时,她被招聘到办公室工作。而与她一同进入办公室的另一个孩子是西京石油大学毕业,学的是石油工程专业,是合同制A。两个人同样在办公室工作,待遇却有着很大的差别。我老乡的女儿工作比较细致,领导还让她兼任了办公室的核算员,发工资的时候,她的工资是最低的,把养老保险、失业保险、住房公积金等扣除以后,她的工资只剩一百二十多块,其中有一百块还是夜班津贴。为此,她一个人坐在办公室里掉了半天眼泪,她的同事还以为她家里出什么事了,其实是伤心了,干的活比谁都多,拿的钱比谁都少。"

黄玉萍好奇地问:"一百二十元,不可能吧。那么一点钱怎么生活啊?"

沈万红说:"除了工资,有一千块的月度奖金,还有一千多块钱的生产兑现奖,全部收入还不到三千块钱。而同她一起进入办公室的另一个孩子比她多拿一千块钱,因为那个孩子是合同制A。"

周志新说:"什么是合同制A、合同制B?"

沈万红说:"简单说合同制A是干部,合同制B是工人。干部的工资要比工人的工资多一些。"

黄玉萍不解地问:"进入办公室工作,不就都是干部了,怎么还会这样?"

沈万红说:"大漠油田公司本来是个综合性企业,方方面面都需要人才,但每年除了学石油工程、石油地质的大学生按照干部分配,其余的一律都是工人。我听说有一个复旦大学中文系的毕业生,也被当工人分配了。你说这是不是有点亏人啊！"

周志新说："那他们还为什么要来石油公司工作呢？"

沈万红笑着说："我也想过这个问题，由于我们这个年龄的人大多是独生子女，作为老石油，总希望孩子在身边工作。那个复旦大学毕业的孩子，听说他父亲非让他回石油单位工作不可，结果就成这样了。"

黄玉萍说："这么说，到你们油田当工人还不如在外面打工呢！"

沈万红说："是啊，这就是石油工人。他们只知道在大山里默默工作，哪里知道外面的世界！近几年，从地方上分配的大学生，有的干上几个月就辞职了，只有石油职工子女，就是再苦再累、待遇再低，仍然子承父业，继续为祖国献石油。"

周志新问："你们总经理不知道这些事情吗？"

沈万红说："他才来一年多，也许不完全知道。但我们杨总这个人挺好，跟以前的领导大不相同，他对工人好，尤其是对一线生产岗位上的职工。最近，出台了一些政策，主要是惠及一线岗位职工，他心里装着工人。"

周志新说："你们杨总在省上工作的时候，口碑就很好，我相信用不了两年，你们大漠油田公司在他的带领下，一定会大有起色。"

沈万红笑着说："我也相信，一个能把老百姓装在心里的人，一定会赢得民心，受到老百姓的拥护。老百姓支持，就没有什么办不好的事情。"

是啊，"水能载舟，亦能覆舟"。杨明轩是个善于读书的人，他当然知道其中的道理，一心想着为最基层的职工办实事。

在沈万红的陪同下，没多大工夫专案组一行人就到了延东油田采油八厂所在地靖安县。为了办案方便，专案组的同志并没有直接去延东油田采油八厂，而是来到了离延东油田采油八厂不到一公里的靖安石油公安分局。

靖安石油公安分局有正式民警五十人，辅警八十多人，其职责主要是油区的石油保卫、综合治理和治安等。他们没有独立办案的职能和条件，遇到刑事案件，需要交地方公安部门处置。公安分局领导和正式民警的编制属于地方公安序列，业务上也归地方公安部门指导，人员工资奖金、业务费用支出由油田负责拨付。

靖安石油公安分局虽然没有独立办案的能力和条件，但在硬件建设上还是不错的。分局院内有三栋楼，坐北朝南的六层楼为办公楼。办公楼左右两侧的四层楼房是宿舍和职工食堂、活动场所，南边是大门。如今，围墙周围的松柏树、杨树、柳树，已经长成参天大树，院子里边栽种的桃树、杏树以及各种花草长得很茂盛，给人一种进入花园的感觉。

周志新一行人来到靖安石油公安分局，经纪检监察处副处长沈万红介绍，认识了分局局长李立平、政委常正新。离下午吃饭还有一段时间，为了尽快投入工作，在沈万红的建议下，他们来到分局的小会议室，对接和沟通相关工作。

会上，为了加深印象，沈万红又一次对周志新一行和分局领导做了介绍，然后把大漠油田公司党委、纪委的要求简单地进行了传达。专案组组长周志新为了保密，对前期掌握的情况什么也没有说，只是要求靖安石油公安分局在案件侦查阶段，积极给予配合，并对参与配合的民警，提出了相关要求，希望把素质高的人员抽调来参与，特别在保密方面，提出了严格的要求。分局局长李立平代表分局对吃住、工作等方面如何进行配合做了安排。

吃过晚饭，从来没有来过油田的几名专案组成员，在大漠油田公司纪检监察处副处长沈万红的陪同下，绕着靖安石油公安分局的周边散步，他们一边散步一边了解油田的基本情况。不知是为了侦查的需要，还是出于对大漠油田公司的好奇，他们对从油田的发展、规模、产量、油价，到职工的工作、生活、家庭、住房等等问题，都比较感兴趣，当然最感兴趣的还是油田的产能建设问题。因为他们这次侦查的主要对象是产能建设过程中造成的超支。作为配合、协调侦查工作的负责人，沈万红也毫不隐瞒地向专案组的同志介绍情况。他说："十八大以前，项目长的权力确实很大，他们手里掌握着少则几个亿、多则几十亿甚至上百亿的建设资金，而且在那个时候很少招标，即使招投标也是走走过场。项目长手握大权，工程想让谁干就给谁干，公司个别领导的亲戚、朋友也参与其中。有的项目组由于管理混乱，为了谋求个人利益，确实存在利益输送等问题，一些跟项目长关系好的，领导安排的一些施工队，干上一百万的活在结账时可能结二三百万。尽管如此，百分之九十以上的项目组基本上不会超投资，像延东油田采油八厂这种情况绝无仅有，不仅十八大之前超，十八大之后的两年里仍然超，真不可思议。"

周志新说："看来项目长这个岗位确实是个肥缺啊！"

沈万红说："当然了，不仅自己可以挣钱，而且还可以利用手中的权力，让他们认为有用的人从中获利。因此，凡是当过项目长的人，百分之九十五在卸任一两年内都被提拔为正处级领导，而且很多人在党委书记的岗位上，过渡上一两年，就被调整到厂长岗位上了。"

黄玉萍觉得沈万红这个人有意思，就开玩笑地对他说："你当时为什么不弄个项目长当当？"

沈万红笑着说："你以为谁想当就能当得上啊！据我的观察，当项目长主要是那些学地质、采油专业的副处长，像我们这些杂牌军，除非你有特殊关系，一般情况下是不可能的。"

周志新笑着说："看来在这方面的用人上，还是比较严格的嘛。"

沈万红说："这方面大家也能理解，关键是当完项目长之后，就被提拔，有些让人不可思议，而且有的人能力很差，仍然被提拔重用，这一点不仅我想不通，而且很多干部职工也想不通。"

黄玉萍笑着说："看来沈处长比我们这些人还榆木啊，那些年的官场不就是拿钱买官、当官挣钱，再用钱买官嘛，你如果舍得花钱，也许你也把厂长当上了。"

周志新接着黄玉萍的话说："不要在这儿胡说了，说着说着就没原则了。"

沈万红笑着说："像我们这种人虽然官也没当上，钱也没挣到，但心里坦然,不像有些人,可能天天睡不着,吃不香。"

周志新笑着说:"你说得对,我们作为党员领导干部,不能被金钱所俘虏。老一辈共产党人,他们抛头颅、洒热血为了什么?他们就是为了一种信仰,为了让劳苦大众过上幸福生活。我们现在的生活已经很幸福了,我们应该知足才行,把组织交给我们的任务完成好,对得起组织、对得起群众、对得起家人、对得起自己就行了,最好不要好高骛远、贪得无厌。"

是啊,一个人只要知足,就不会被金钱所俘获,就不会把党纪国法放在一边。贪污腐败,违法乱纪,不仅损害党的形象,也害己害人,既对不起组织的信任和培养,更对不起家人。

周志新对沈万红说:"我们专案组进驻延东油田采油八厂有多少人知道?"

沈万红说:"从组织程序上看,知道的人很少,但现在没有什么可保密的,我估计很多人都知道。"

周志新说:"你们资料里那些多结账的民工头知道不知道?"

沈万红说:"这个不一定,也许已经有人给他们通风报信了吧,怎么了?"

周志新说:"没什么,随便问问。"

周志新觉得这话问得有点多余,尽管他对沈万红比较放心,但作为一个老公安,不应该将一些核心内容告诉无关人员,这是一个优秀侦查员应有的素质。

散完步回到宿舍的周志新,心想明天开始必须将一些重点人员叫来谈话,免得夜长梦多。他知道,只要把那些多结账的民工头们找来,用不了几天,有些事情就会水落石出。于是,他打开从大漠油田公司纪检监察处带来的所有资料,把多结了账的十几个人进行了认真的比对,找出丁玉华、楚江南、向阳光、夏收四个民工头,进一步核查相关资料,想从中找到突破口。

晚上九点多钟,周志新打电话把专案组成员黄玉萍叫来。他对黄玉萍说:"我想找你商量个问题,可觉得你也坐了一天的车,怕你累了,但为了尽快把这个案子弄清楚,只能委屈你了。"

黄玉萍笑着说："没一句真话，你要是怕我累，你就不要让我来嘛！"

周志新开玩笑说："谁让你那么出色呢，能者多劳嘛！"

黄玉萍说："我知道你会这么说。难道能者还成了给你加班干活的理由了！发工资、发奖金的时候你怎么就不能给你所谓的能者们多发一点？"

周志新笑着说："顾全大局，大家都辛苦啊，谁让我们是领导嘛，领导就意味着要领着大家干活，领导不带头，群众哪有劲头啊？不过，我想这次把大漠油田公司这个案子处置好了，他们一定会给我们奖励的，到时候给你算头功。"

黄玉萍笑着说："再不要给我许愿了，开始说正经事。"

周志新说："我决定尽快将丁玉华、楚江南、向阳光、夏收这几个人找来，也许从他们身上就能够找到我们所需要的东西。我的想法是从明天开始，让靖安石油公安分局出面，让万生华、于胜利配合，把这几个人带回来，我们俩分头对他们审讯。另外，我觉得还要把延东油田采油八厂当时主管地面工程的项目长、钻井项目长叫来，从他们身上，也能得到我们想要的东西。"

黄玉萍说："是啊，这个案子不复杂，只要把多结账的那些工头们找来，用不了几天，我们就能掌握很多有用的证据。在掌握证据的情况下，把当时的项目长带回来采取留置措施，也许项目长就会把他掌握的情况讲出来，事情不就结了。"

周志新说："要是这么简单就好了。现在的人，也不好对付。"

黄玉萍笑着说："你老是把问题想得复杂，周永康、周本顺那些人什么阵势没见过，结果呢，全部认罪。很多人做贼心虚，你把他带回来，按照我们办案的基本程序走，只要他真的有问题，连两天都用不了，该说的不该说的他们都会说，尤其是这种参与人数多的窝案，每个人都想争取宽大处理，不信等着看吧。明天我们从地面建设工程项目长、对外协调项目长开始，看他们怎么说，然后根据他们的供述，再开始对相关人员采取措施，不然一下子把那么多人带回来，一方面是我们人手不够，另一方面那些民工头有些人是刺头,现在抓回来不一定有用,我倒是觉得应该先从他们内部突破。"

周志新想了想,觉得还是黄玉萍说得对。他笑着对黄玉萍说:"那就按照你的思路来,你回去早点休息吧,明天我们就开始,油田内部的人,让靖安石油公安分局的民警去带人,我俩直接讯问。"

黄玉萍说:"好吧,你也早点休息吧。"

黄玉萍走后,作为侦查阶段的主要负责人周志新,进一步对相关资料进行研究,力争让自己对整个案件有一个清晰的轮廓。

这段时间,周志新一直在研究这些资料,特别是下午与大漠油田公司纪检监察处副处长的闲聊,让他对案情有了进一步的认识。他觉得像这种案子,一定是窝案,一定会牵扯出许多人。他知道,大漠油田公司在十多年的发展中,每年投入的资金都在三四百亿,不仅油田内部领导的亲戚、朋友参与工程建设,油区内一些地方政府领导的亲戚、朋友也参与其中,这个案子到底会牵扯到多少人、牵扯到哪些人他不清楚,只有在侦查过程中才能逐步掌握情况。对于牵扯的人是如实反映,还是先给相关领导进行汇报,这需要一定的智慧,不能因为这个案子,让更多的人身陷囹圄,到时候自己也不好收场。但他作为一名公安、老侦查员,尤其是在高调反腐的大背景下,仍然得多动动脑筋。他作为这个案子调查的主要负责人,首先给自己定了个规矩,一定要保持共产党人的本色,坚持实事求是,绝不冤枉一个好人,也绝不会放过一个坏人。

至于案件怎么办,也不是自己说了算的事情,他的任务是把侦查阶段的工作做好,这是职责所在。他想到侦查工作,就想起了黄玉萍。黄玉萍虽然是个女同志,但在案件的侦办过程中,思维缜密,心细如发,善于观察,善于与犯罪嫌疑人交流沟通,一些棘手的案件,只要她上手都能很好地完成任务,像这种案件,就像她说的那样,应该不会遇到太大的困难。想到这儿,他摇了摇头,他觉得有些对不起这个事业心极强的女人。她上有老、下有小的,可每次遇到一些棘手的案子，他都要把她带出来。这么多年来，尤其是这几年，她办了很多大案要案，也立了不少功，但在提拔干部的时候，却一次次与她无缘。等这个案子结束了，他一定要大力推荐她。如果还是因为干部职数的问题，他宁可提前退出岗位，让她来接替自己担任经侦局副局长，这样不仅对她本人有好处，对工作也有好处……

专案组在奔赴延东油田采油八厂的当天，总经理助理关明伟就得到了信息。他给刘春华打电话汇报了以后，刘春华好像对此心里早有准备。刘春华叹了口气说："以后不要给我汇报了，你们的事情，你们自己处理就好，我已经离开了大漠油田公司，我也管不了你们的事情了。"

关明伟听了，发现刘春华说话的口气跟以前大不一样，但他仔细想来，刘春华也只能这么说。因为他知道，在刘春华看来，自己作为时任采油八厂的厂长，电话有可能已经被公安部门监控了，刘春华这么说，即使公安部门监听到了，通话中也没什么有用的东西。他一想起自己的电话可能被公安部门监听，就心如乱麻，不知道该怎么办！他坐着发呆，过了一会儿，他又想起了宁永瑞，立即给宁永瑞打了电话，可宁永瑞的两个电话都没打通，都处于关机状态。此时此刻，他很无助，真有点上天无路、入地无门的感觉。他把手机往沙发上一扔，心想，自己的好日子已经不多了，也许某一天，自己就会被公安部门带走，从被带走的那一天起，可能就永远失去了自由，永远也回不来了。坐了半天，他突然想，应该赶快把自己藏在城里的现金全部转移，至于自己名下的房产等无法转移的东西，与自己的收入相比，不会有太多的出入。他在想，五千多万元啊，一车都拉不下，放哪儿呢，放哪儿都不安全。于是，他又一次回想起电视里那些贪官们藏钱的地方，他想到了老家，也只有老家可能安全一些。

他又一次想到现在能用得上的朋友只有丁玉华了，但他不敢打丁玉华的电话，他知道丁玉华的电话也可能被监听。在他看来，跟自己关系好的人中，几乎没有可用之人。与其叫丁玉华，还不如自己一个人回去，这个时候，多一个人知道就多一份危险。

关明伟在当项目长、厂长的近十年时间里，那些个体老板们给他送了多少钱，他已经记不清楚了，只记得每年少则二三百万，多则四五百万。除此之外，他自己也想办法套取油田建设的资金，为了掩人耳目，他给参与套取资金的相关人员说外协方面需要大量资金，便让他放心的施工队伍进行虚假结算，同时还借助一些工程，多给施工单位结算一部分费用，施工单位将多结算出来的现金再交到自己手中。他将这些资金大部分占为己有，少部分用于外部协调和逢年过节看望上级领导或地方领导。

人常说欲壑难填！人们很难想象一个人在面对大堆大堆钞票的时候，心里是一种什么样的滋味，尤其是这种不义之财。然而，像关明伟这种胆大妄为、贪赃枉法的人，却觉得钱越多越好。他想在首都买房子，他想让自己的儿子在美国定居，有时甚至想跟某些明星一样，也去买一架私人飞机。在这种畸形思维的作用下，关明伟变得越来越贪婪，恨不能把所有的建设资金，都据为己有。当官时间一长，关明伟家里的钱越来越多，他想这么多的钱放在家里，不仅不安全，也占了很大空间。于是，他就让一直跟着自己干工程的个体老板丁玉华，用谁都没见过的假身份证，在长安城南给他买了一套一百六十多平方米的花园洋房。在房子装修期间，通过精心设计，将一个小卧室的墙体拆掉，做成柜子、衣橱等，让人看不出里边是一个卧室。这个只有通过衣柜才能进入的卧室，变成了他存放大量现金的秘密金库。

关明伟觉得这个密室如果被发现，很难保全。丁玉华一旦被公安机关带走，也许在很短的时间里，就会将他知道的事情全部供出，这些钱将会成为给自己量刑的重要依据。

关明伟来到密室，看到整捆的人民币，现在的感觉跟从前大不一样。从前，他每次来到这里打开密室，在灯光的照耀下，他看到这些人民币，感到无比的激动和欣慰。那一捆捆崭新的人民币，让他想起小时候自己为了几块钱，要辛辛苦苦在大山里挖一个暑假的药材。自己的书没有白读，正因为自己读书好，才考上了大学，才有了工作，才有了前途，才有了自己挣钱的机会。他觉得自己聪明，自己能干，自己会和领导打交道，每当这个时候，他心里充满了无比的喜悦和自豪。可这一次，那些感觉一点都没有了，他觉得每一捆人民币就会让自己在监狱里多待上一年，他真想把这些钱一把火烧了，但又舍不得。他用脚把放在地上的钱狠狠地踢了几下，瘫软在旁边的沙发上，不知道该怎么办。一个人坐了很长时间，他才从沙发上起来，数了一数装钱的箱子，然后把放在地上的现金，一捆捆地装在自己带来的纸箱里，然后又不知道该怎么办了。过了很长时间，他才想起自己是干什么来了。他强打起精神，把装着人民币的几个箱子一个一个地搬出卧室，然后又搬到停在楼下的自己那辆越野车上。不知道是因为他最近休息不好，还是因为担惊受怕，干了这么一点活，他已经满头大汗，筋疲力尽，气喘吁吁。他坐在客厅的沙发上，突然觉得全搬完也不好，万一丁玉华把自己供出来了，总不能说这里什么也没有吧。他心想，剩下的就不搬了，如果真正东窗事发，把剩下的钱交给办案人员，也许其他的钱就保住了。过了一会儿，他再次来到密室，将剩下的几十个装有现金的箱子，堆放得整整齐齐，看着那些箱子，又傻傻地站了一会儿，他才离开。

趁着夜深人静之际，他胆战心惊地离开长安，一路向西，直奔自己的老家。当他把车子开到黄河大桥上的时候，他真想把车子停下，把这些钱全部扔进黄河销毁证据。可是，对于一个贪婪的人而言，即使是死了，也想将这些钱带进坟墓，以便在阴曹地府里，继续过奢华的生活。

当关明伟开车回到自己的老家山南县关家沟村时，已经是凌晨三点了。这几年，由于青壮年大都在外打工，挣了钱的年轻人都会开着私家车回家，不管是白天还是晚上都不会引起注意。他把车开到自家院子里，尽管声音很小，年迈的父亲关占山还是听到了。关占山立即从炕上起床，来到院子，看到是儿子回来了，而且没有司机，心里就有一种不祥之兆。他问："明伟，你怎么这个时候回来了,你是不是出什么事了?"

关明伟看着年迈的父亲,内心的压抑突然变成泪水,差点从眼眶里流了出来。他说:"没事,爸,我们进屋睡觉吧。"

由于天黑,上了年纪的关占山,并没有看见关明伟眼里含着泪水。关占山说:"肯定是有事,不然为什么深更半夜突然回来了。"

关明伟说:"真的没事,我出差路过,想回来看看您,我就让司机在县城休息,我一个人回来了。"

尽管老人家心里疑虑重重,也不好再问什么,对关明伟说:"那就上炕睡觉吧。"

关明伟躺在炕上,心里有一种说不出的滋味。他知道,这也许是自己最后一次回关家沟村了。看着年迈的父亲,他想,自己如果有个三长两短,父亲可能无法承受,也就成了最后一次见面了。关明伟想到这里,早已泪流满面。过了一会儿,他觉得父亲并没有入睡,就问:"爸,明涛在家不?"

关占山说:"在啊,今天晚上还过来了。"

关明涛是关明伟的哥哥,由于盖了新房,就搬到新房去住了。老院子的三间房子就住着父亲关占山一个人。在别人看来,关明涛有这样一个弟弟,根本不需要继续住在老家农村,但对关明涛来说,他和父亲一样,认为农民就不能离开土地,离开土地,就无法生活。即使有吃有穿有钱花,离开了土地心里总不踏实,基于这种想法,他就和父亲一直住在农村。

修新房的时候,关明伟给了他十万块钱。刚开始,说什么他都不愿意要,他想弟弟虽然在外做官,但一个人在外闯荡也不容易。后来关明伟硬把钱送到家里,他才勉强收下。

虽然关明涛是个农民,但农民也有农民的本分。他从来不向自己当官的弟弟开口。儿子高中毕业以后,村上很多人说让他找弟弟想办法安排工作,但他始终没有。他觉得自己的儿子学习不好,不能拖累弟弟,再说了儿子身体好,在外打工混碗饭吃还是可以的。因此,这么多年,儿子在外打工,他和媳妇在家里伺候父亲，从无怨言。

关明伟说："爸，我也睡不着，我想找明涛说说话去。"

关占山突然觉得，是不是孙子在外打工出什么事了，不然明伟为什么深更半夜不睡觉，急着去找大儿子关明涛。他说："不会是亮亮在外面出什么事了吧？"

关明伟说："什么事都没有，您老人家好好休息吧。"

关占山说："有什么事你明天再去找他吧，深更半夜的你去找他，一定会把他吓坏的。"

关明伟说："没事，你睡吧，我过去待一会儿就回来了。"

关占山也没再说什么，一个人躺在床上，闭着眼睛在想，关明伟一定是出事了，不然怎么会这样反常呢！他作为老人，本应该问问清楚，但他知道自己的儿子已经不是小孩子了，问也没用，自己的事情就让他自己想办法处理去吧。

这几年，随着反腐败的深入，大大小小的官员一批批落马被抓，关占山一直在担心，就怕关明伟出事。因此，关明伟每次回来，他都要给关明伟说公家的钱财不能动，动了迟早人家会找你算账的。关明伟也经常给父亲说，自己一定会小心，绝不做出格的事情。但在关占山看来，关明伟这种人迟早是要出事的，尤其是前几年，每次回家都会男男女女地带上一群人，耀武扬威，生怕别人不知道自己当了官似的。这两年不知道是年龄大了，还是公家管得严了，不像过去那么张扬，但他骨子里透着的那种习气，自己仍然放心不下。

关明伟去找哥哥关明涛后，关占山也从炕上爬了起来，悄悄来到大儿子关明涛家的大门口。由于大门紧闭，他没好意思进去，一个人在大门口徘徊。过了半个多小时，关明伟从关明涛家出来，正好碰到了关占山。他对关占山说："爸，你怎么也过来了？"

关占山说："我怎么能睡得着啊？"

关明伟苦笑了一下说："没事了，我们回去休息吧。"

关占山说:"到底出什么事了嘛,你把我都能急死。"

关明伟说:"真的什么事情也没有,不信你可以问明涛。"

关明涛听见父亲和弟弟在外面说话,为了安慰父亲,他出来说:"没什么事情,你们赶快回去睡觉吧,天都快亮了。"

关明伟和关占山回去休息的时候,已经是凌晨四点多钟了,之前关明涛已经睡了五个多小时,加上弟弟给他安排的事情,他哪还有睡意?他按照弟弟关明伟的安排,准备在自家院子后面的半坡上挖一个坑,将关明伟交给他的东西埋进去。

夏天农村的清晨,空气中弥漫着浓浓的雾霭,给闷热的天气带来丝丝凉意。关明涛拿着铁锹,来到离自己家不到五十米的庄稼地里,选择了一处地势高、比较隐蔽的地方,开始挖坑。由于是庄稼地,土地也松软,不到一个小时,就挖出一个很大的坑来,等着藏弟弟准备给他的东西。

早晨五点钟多钟,趁大部分人还没有起床,关明伟把车开到关明涛给他说的位置,弟兄俩将十六个封存的纸箱子搬进坑里后,关明伟告诉关明涛说,自己还有急事,然后就匆匆忙忙开车走了。关明涛看着这装过苹果的箱子,心里有一种说不出的滋味,他不想知道箱子里装的是什么,但他知道这些箱子里的东西都很珍贵。他没再犹豫,按照弟弟的吩咐,很快将这些箱子埋入土中。然后,按照弟弟的要求,把新挖过的地收拾得像菜地一样,准备在上面种上白菜之类的蔬菜,以掩人耳目。

关占山起床以后,发现二儿子关明伟已经走了。他来到大儿子关明涛家,问关明伟给他说了什么,为什么这么匆忙就又走了。关明涛怕老父亲担心,就给父亲说:"也没说什么,说他梦见你殁了,又不敢给你说,就给我说了,让我好好照顾您老人家。"

尽管老人家半信半疑,但他也不想再说什么,一个人拿着旱烟袋,一直在抽。

所有的贪官在事发之前，尤其是这几年，都会想办法隐藏自己捞取的不义之财。刘春华虽然不像关明伟有那么多的现金，但也有一千多万现金，加上自己在首都、长安等地的五处房产，就是原值也值三四千万，再加上家里的现金，加上自己老婆的收入，他细细算了一下，最少还有两千多万不是合法收入。这一千多万现金有少部分是前几年帮助亲朋好友打招呼承包工程所得，剩下的是包括关明伟、宁永瑞这些处级、副处级、科级干部，在得到他的提拔重用后，逢年过节送给他的。就这些钱，一旦出事，自己难免遭受牢狱之灾，就他这个年龄和身体，有可能死到监狱里。当他把当前的处境给夫人柳玉说了以后，柳玉吓得脸都白了，随后就是泪流满面，不知道该怎么办。过了大半天，他对柳玉说："趁现在案件还没有什么进展，你赶快把你弟弟叫来，把家里的现金让他全部拿走，以防不测。"

柳玉说："让他拿走，万一他以后不给咱怎么办？"

刘春华不知道跟夫人说什么好。他说："你想什么呢，你现在就给你弟打电话，他来了我给他说。"

柳玉的弟弟叫柳明，也是年过半百的人了，就一个女儿还去了美国。柳明虽然是个一般干部，但他一边工作一边做生意，家境比较殷实。年轻的时候，两家来往比较密切，后来由于各忙各的事，除逢年过节外，平时很少来往。在刘春华看来，把这些钱放在柳明家里是最保险的，一方面柳明自己做生意，而且也没有做石油方面的生意，另一方面，他们两家平时交往少，不会引起别人的注意。

柳明来到刘春华家后，刘春华先是给柳明说了一大堆好听的，甚至是道歉的话，柳明不知道这个平时看不上自己的姐夫，葫芦里到底卖的什么药。他笑着说："那都是过去的事情了，现在我们都快六十岁的人了，还提过去那些旧事有什么意义，过去的已经过去了，我们现在都挺好的，好好生活就是了。"

刘春华说："今天求你一件事，希望你不计前嫌，看在你姐姐的面上，能够答应我。"

柳明心里想，你还有求人的时候！前几年找你，想通过你在你们油田上做点生意，你总是这个不行、那个不能的，硬是不管我，现在可好，竟然能求到我的头上。他笑着说："姐夫还有能用得着我的地方，只要我能做到的，我哪敢不答应你呢？"

刘春华说："以前不是姐夫不帮你，如果姐夫帮了你，也许你现在跟我的处境一样。这是姐夫留的一条后路啊。"

柳明一脸茫然，他觉得刘春华可能要出事了，所以也不再跟他计较，说："姐夫，到底怎么了？"

刘春华说："你也知道，这几年反腐力度越来越大，大漠油田公司有个单位在工程方面出事了，很可能会牵扯到我，所以我今天把你叫来，想把家里的一些钱放在你那儿。"

柳明想了想，万一出事了，他会不会因为窝藏罪也被拉下水。他很认真地说："有多少，放我家里你放心吗？"

刘春华说："怎能不放心呢，关键的时候才能知道谁最放心。"

柳明说："那好吧，你准备好，你看什么时候方便，我过来拿。"

刘春华说："已经准备好了，往楼下搬的时候，我和你姐不能出面，只能麻烦你一个人去搬了。"

柳明说："没事，我身体好着呢，我自己搬吧。"

刘春华说："在小卧室，我和你姐帮你搬到门口，你慢慢往下搬吧。"

说完，柳明跟着刘春华、柳玉一起进了卧室。柳明一看有十几个箱子，他感到非常惊讶，就问："姐夫，这都是吗？"

刘春华说："是的，一共一千六百万。"

柳明心想，这个看上去道貌岸然的姐夫，原来也是个大贪官。他说："这么多钱要不要数一下？再说了，我觉得这么多钱放我家里也不安全啊！"

刘春华说："不用数，这是你姐数过的。至于怎么保管，你自己看着办吧。

如果这次我没事了，给你两百万保管费。"

柳明心里想，姐夫竟然如此大方，我一定要确保这些钱平安无事。他说："我知道姐夫也不会亏我的，钱就不数了。"

刘春华说："我们平时基本不联系，以后不管我有没有事，也尽量不要联系。即使我有事，你可以偶尔过来陪陪你姐，但尽量不要打电话。"

柳明说："我知道了，希望姐夫平安无事。"

柳明和姐姐、姐夫把所有装钱的箱子先搬到客厅的门口，由柳明一个人分几次搬到电梯口，然后又搬到自己那辆丰田越野车上。

柳明走了以后，柳玉说："你也太大方了吧，一出口就是两百万。"

刘春华说："妇人之见，你懂什么！只有这样，也许才能够保住这些钱，如果给的少了，他愿意全力以赴保这些钱吗？再说了，如果真的能保住，就算再多给他两百万也没啥。"

柳玉听了以后，不再吭声。她现在又一次被刘春华带到那个可怕的未来。她说："到底会不会出事啊？"

刘春华说："我估计一定会牵连到我，如果牵扯到我，公安局的人会把你也带去问话，你要有心理准备。你尽量不说话，他们问什么你都说不知道，尤其是今天的事情，更不能说，不然，我们这一辈子就真的完了，恐怕以后连养老的钱都没了。"

柳玉听完刘春华这些话，又开始哭了。她说："我们怎么就这么倒霉，老都老了，还遇上这么个倒霉的事情。"

刘春华说："好了，你想开点，他们不会把你怎么样的，你又没有干啥坏事。"

柳玉说："那我也害怕。"

刘春华说："害怕有什么用，我们应该好好想想怎样面对当前的形势和可能出现的局面，哭没有用。"

柳玉坐在沙发上，不再说话，她觉得头好痛，过了很长时间才说："你能不能找找领导，看能不能给你想想办法。"

刘春华说："我该想的办法都想了，关键是看宁永瑞、关明伟会不会出事，他们出事后会不会把我供出来，如果不供出来，也许什么事都没有。"

柳玉说："那你赶快给他们俩说说啊。"

刘春华说："他们又不是孩子，如果是条汉子，不要你教，他们也不会说的，如果是草包，你再怎么教也无济于事。"

柳玉又哭着说："那怎么办呀？"。

刘春华说："从现在开始，就像什么事也没有，不要让别人发现我们不正常，你懂吗？"

柳玉说："我懂。"

刘春华说："那就好，不要哭哭啼啼了，该怎么生活还怎么生活，天塌下来有我顶着。"

远在海南的宁永瑞并不知道由他引发的腐败窝案的盖子即将揭开，自从上次接到关明伟的电话以后，他已经做好了准备。只要哪天公安局把他抓进去，他就准备如实地向公安部门坦白，他不想再过这种提心吊胆、没有朋友的日子。他和情妇刘慧慧深居简出，除了外出采购吃的、用的，一般不出门，并要求刘慧慧也不要开手机，以防被别人知道。

第九章

　　杨明轩最近几个月的工作，赢得了大漠油田公司大多数职工的拥护，尤其是给一线职工增加收入的政策，不仅让一线干部职工感动，就连原来不理解他的一些机关、后勤人员，也慢慢理解了。一方面是杨明轩自己力促这件事，另一方面是一些有良知的领导干部经过思考以后，认为增加一线职工收入，在一定程度上是对前线职工和后勤职工在待遇上的一种平衡。只要大家理解了，好事就能真正成为好事，就能够调动起广大干部职工的积极性。关于延东油田采油八厂项目组超投资的问题，由于专案组的进驻，广大干部职工认识到，杨明轩不仅是一个爱职工群众的好领导，也是一个敢于真正动真碰硬的好干部。因此，大漠油田公司广大干部职工不再像过去那样，得过且过，在工作岗位上不求有功，但求无过，而是按照公司领导的要求，全身心地投入到工作之中，各项工作都有了很好的进展。

　　苗文哲到新岗位以后，虽然职务上没有提升，但他的工作态度和能力大家有目共睹。长期养成的认真、负责的作风，让他主持的井下作业调整改革工作进展顺利，不仅完成了前期的方案设计、基层的调研工作，而且召开了几次有基层单位主管领导、个体修井公司代表参加的会议，为在新的一年顺利实现由大公司经营油井小修、由本公司职工参与措施、大修等技术含量较高的井下作业的工作目标奠定了基础。

总体方案得到主管领导，特别是总经理杨明轩的认可，苗文哲多次下基层与基层领导和乙方代表座谈。他知道，当前这种修井作业机制，困扰的不仅仅是基层采油单位，乙方单位也感到非常不满。他得出的结论是采油单位认为现有的修井队伍不仅技术能力差、管理水平低，还存在着较大的安全隐患，主要表现是：很多油水井不能发挥应有的能力，部分油井在施工过程中发生井下落物等事故后不上报，资料缺失导致井筒附件不清，不认真丈量油管杆导致井下数据不准确，在作业工程中野蛮作业导致大量油管丝扣损坏，油管杆清理不干净导致井筒污染等等。这些问题严重影响到油水井的正常生产，必然导致原油产量出现被动。同时由于对队伍管理不到位，井下作业安全环保事故频发。对于乙方单位来说，由于大多数修井队是"散兵游勇"，管理成本和人工成本高，经营修井队的老板们不愿投入，这成为一种恶性循环。要解决这个问题，就必须进行改革，确保提升队伍能力，真正起到为甲方服务的作用，进而实现双赢互利的目标。

在跟基层采油单位和井下作业服务单位面对面沟通的同时，他已经起草了新一年井下作业队伍运行方案。其核心内容是在新的一年里井下作业小修队伍招标时，少于十支小修队伍的公司不得准入；准入的队伍在管理上，每个公司必须配备两名以上有专业技术职称的技术人员，配备两名以上具有安全管理资格证的管理干部；在设备方面必须配备足够数量的专用值班车、锅炉车或多功能专用车；在结算价格上不低于原有修井价格体系，并按照队伍资质上下浮动百分之十。这些内容虽然没有以正式文件下发，但把这些内容透露出去，有利于现有的修井队早做打算，不至于影响到正常的工作。

大漠油田公司延西油田采油一厂的问题，在总经理兼党委书记杨明轩的亲自督促下，对火灾事故的真相进行了进一步调查，起火并非由偷油引发，而是一起典型的安全责任事故。由于早晨施工井场油气浓度大，作业设备没有按要求佩戴防火帽，造成突然爆炸引发火灾。当时之所以没有按照安全事故上报，是出于多方原因考虑，其中也包括怕影响到刚到位的总经理杨明轩。问题虽然过去一年了，但因延西油田采油一厂的职工不断举报，只能按照事故"四不放过"的原则进行处理。

在事故发生后，厂长莫景杰不仅隐瞒事故真相，而且指使本单位部分干部职工，采取了结假账支付事故赔偿金的做法，给油田后续工作造成不良影响，给予行政记大过处分，由正处级降为副处级，并按照要求收回上年度所有奖金；党委书记谷志俊按照党政同责的原则，给予行政记大过处分，收回上年度所有奖金；主管安全环保的副厂长舒宏才由于管理不到位，给予行政记大过处分，由副处级降为科级，并按照要求收回上年度所有奖金。同时，还责令延西采油一厂对安全总监、安全科长等七名相关人员给予相应的处理。

为了教育大家，大漠油田公司专门召开有科级以上领导干部参加的视频会议。会上，大漠油田公司安全环保处对事故的调查、处理结果进行了通报，延西油田采油一厂厂长莫景杰在会上做了深刻检查。在总经理兼党委书记杨明轩讲话的时候，他说："这起事故性质非常严重，不仅造成多人死伤，而且在事故的处理中，违反原则进行了赔偿，给油田今后的工作带来很多麻烦。在这里，我也向大家检讨，我作为总经理，哪怕是上任一天，该我负的责任我必须负，这次会议完了以后，我会亲自向省委相关部门做出检查。同时，我也要对负责这起事故调查的安全环保处、生产运行处、油田开发处、油田保卫处，提出严肃的批评。今后，在安全环保工作中，不管发生什么事情，都要严肃认真对待，实事求是开展工作，要严格按照事故'四不放过'的原则进行处理，该撤职的撤职，该处分的处分，对于隐瞒真相，在事故调查处理过程中徇私舞弊的人员，也要进行严肃的处理。"

延东油田采油八厂项目组成本超支专案组在组长周志新的带领下，按照预先制定的工作方案，有条不紊地开展工作。

专案组到达的第二天，就将时任地面建设工程项目长的胡先明带到靖安石油公安分局接受调查。

胡先明，男，汉族，中等个头，年龄四十八岁，大学文化，经济管理专业毕业。不知道是长相老还是其他什么原因，看上去年龄像有五十多岁。

靖安石油公安分局的民警按照大漠油田公司纪检监察处副处长的要求，并没有直接去找胡先明本人，而是通过现任延东油田采油八厂的领导把他找来，然后从单位直接带到公安局。胡先明与来带他的公安民警认识，路上问了好几次为什么要带他去公安局，民警们按照要求没有回答他的问题。

胡先明心里想，肯定是跟他在项目组当地面项目长有关。他看到平时跟自己熟悉的民警满脸严肃，也不敢再问。到了公安分局以后，由分局局长李立平领着胡先明去见专案组的组长周志新和经侦科的科长黄玉萍。周志新在确认来人就是当年任油田地面建设工程项目长的胡先明后，把他和黄玉萍的工作证给胡先明看了一下，并要求胡先明认真回答他们提出的问题，并特别提示，如果不如实回答，要负法律责任。

胡先明一看周志新和黄玉萍是地方公安局的，心里就开始发怵，不再像近一两年油田内部审计、内部巡查的时候，对调查人员的问话，想回答就回答，不想回答就不回答。

黄玉萍看了看周志新和李立平，说："那我们就去审讯室吧？"

靖安石油公安分局的审讯室是按照公安部新的要求和标准建设的，房间虽然不大，但设施比较齐全，房间安装了防撞软包，配备了视频监控、全景摄像机、特写摄像机、防爆拾音机、审讯主机等，同时还有一间审讯指挥中心，配有三十二英寸监视器，具有远程监控和指挥的功能。如果你是一个真正的违法犯罪分子，坐在专用的审讯凳子上，当你看到各种各样的设备、灯具以及威严的、面无表情、穿着警服的公安人员，一种无形的震慑作用，会让你感到恐惧。对于那些胆子小、没有这种经历的人，心理上一定会崩溃。胡先明就属于这一类人，坐在凳子上，还没等黄玉萍开口，他已经满头大汗，浑身发软，低着头蜷缩在凳子上，满脑子一片空白。

按照惯例，黄玉萍先对胡先明的基本情况进行了审讯，然后就直奔主题，对胡先明说："你作为当时的地面建设工程项目长，所有的地面建设结算你应该都知道吧？"

胡先明头也没敢抬，有气无力地回答说："知道。"

黄玉萍说："那我问你，为什么会给有些施工单位多结算或虚假结算？"

胡先明想了想说："可能是当时预算有错误。"

黄玉萍严肃地问："是吗？希望你实事求是地回答我的问题，你一个大学毕业生，如果在工作中有一次半次失误是可以理解的，但在费用结算上是不能失误的，失误就意味着国有资产的流失，难道你不懂吗？你别以为我们没人记录，你说的每一句话都会被录下来。希望你想好了再说，不要忘了，你现在是跟谁在说话，更不要忘了，你说的每一句话都是要负法律责任的。"

胡先明抬起头看了看这位严厉的女警官，然后又把头低下，回答说："我知道了。"

黄玉萍说："那你好好想想，当时到底是怎么回事儿？"

胡先明说："时间长了，有的我记不清了，有的是确实弄错了，有的是领导有意安排的。"

黄玉萍说："领导安排的，哪个领导安排的，领导又是怎么安排的，想好了再回答。"

胡先明说："当时的领导叫宁永瑞，他给我说年底要慰问地方土地、林业、环保等部门的领导，所以给一些施工队多结一些费用，然后再从施工队那里把钱拿回来。"

黄玉萍问："每年能多结多少，又从施工队那里拿回来多少，这些钱是由谁拿回来的？"

胡先明看了看黄玉萍说："具体的我说不清楚，据我所知，施工单位从前年开始，已经陆续退回来五六千万吧。"

黄玉萍说："资料上有的东西就不要说了，你应该知道，我要问的是资料以外的事情。你可以想清楚了再回答，但一定要实事求是。我现在问你，项目组一年给施工单位多结算的金额有多少？这是第一个问题。第二个问题是有没有虚假结算，也就是说根本就没干，而是用假资料进行结算的，这些有多少？"

胡先明回答说："我是2012年至2014年在项目组工作，在我的记忆里每年多结算的或结算错了的有一千多万。"

黄玉萍又问："是给每个施工单位都多结算，还是给个别的，另外我前面说的问题，你只回答了一个问题，另一个怎么不回答？"

胡先明看了看黄玉萍，由于紧张，已经想不起来黄玉萍问他的问题，无精打采地说："另一个是啥，麻烦你再说一遍。"

黄玉萍说："那好吧，先回到有没有虚假结算，也就是说根本就没有干，而是做了些假资料就进行结算了。"

胡先明说："有，但我记不清了。"

黄玉萍问："是记不清了还是不敢说、不想说？"

胡先明说："真的记不清了。"

黄玉萍说："那好吧，那我问你一些你能记得清的事情。你在项目组当了三年地面建设工程项目长，你每年都给施工队多结费用，那些施工队的老板们，逢年过节给你送过礼品和现金没有？"

问到这个问题，胡先明的心跳突然加快，不知道该怎么回答坐在自己对面的女警官。他低着头，满头大汗，不敢再看严厉的黄玉萍。他沉思了几分钟，知道不说肯定不行，还不如给她说了，但绝不能实话实说。过了很长时间才说："送过。"

黄玉萍问："有哪些人给你送过？"

胡先明知道，这个问题对于他来说很重要，是决定他后半生前途命运的事情，他不能随便乱说。过去在审计、巡察时，有人也问过，而且问的方法、语气都不一样，可现在坐在他面前的是专案组的人员，问题回不回答自己也已经回不到单位去了，怎么回答对他有利也不清楚，清楚的是说得越少，可能对自己越有利，说得越多，可能对自己越不利。他看了看黄玉萍，说："我记不起来了。"

黄玉萍问："记不起来不要紧，我可以提醒你，也可以给你足够的时间，让你慢慢回忆。"

黄玉萍看了看眼前的审讯提醒记录，她接着问："丁玉华、楚江南、向阳光、夏收你都认识吧，他们给你送没送过？我希望你实话实说，今天下午，也许这些人就到了，如果你说的跟他们说的不一样，这叫对抗组织或不配合调查，你应该知道后果的严重性，我希望你好好想想。"

胡先明说："我真的想不起来了。"

黄玉萍说："那好吧，想不起来你慢慢想，我们先休息吧。"

黄玉萍离开审讯室，进来的是两位民警。

胡先明抬头看了看，觉得这两个警察有点面熟，就问："你们是咱们油田上的吧，能不能给我一杯水喝？"

两名民警谁也没有回答他的话，其中一名给另一名使了个眼色，意思让他出去问问专案组，同不同意给他喝水。

过了几分钟，出去的那名警察端着一杯温水，递给了胡先明。

胡先明一口气就喝完了，然后才说了声谢谢。

黄玉萍来到观察室，与周志新交换意见。周志新说："这个胡先明还算老实，待会儿你接着问，我想他撑不了多长时间。现在，关键是要看他受贿的情况，把他拿下了，很多事情就可以顺藤摸瓜了。你给配合你的民警交代下，可以给他喝水，也可以让他上厕所，但一定要看护好他，绝对不能出安全问题。"

黄玉萍说："我知道，作为警察都应该知道这些常识吧。看来，我们还得上一些人，不然就我们几个，人手不够。"

周志新说："是啊，这是个牵扯多人的案子，根据情况看，要么再上几个人，要么有些人可以直接带回我们公安局进行审讯。"

黄玉萍说："不知道我们监控组的人，发现什么有价值的电话没有？"

周志新笑着说："现在的人很聪明，我们监控的电话什么也发现不了。现在必须尽快找到相关人员，找到一个突审一个，只要有突破就收监，先收监再审查，不能让他们互通信息，给我们带来工作上的困难。"

黄玉萍说："我知道，就是他胡先明不说受贿，现在也有收监的理由，他作为工作人员，将几千万虚结给他人，这一条就够了。"

周志新说："好，我们继续开始吧。"

黄玉萍来到审讯室，一改刚才严肃的态度，跟聊天似的对胡先明说："想起来没有？"

胡先明抬头看了看黄玉萍，没有回答。

黄玉萍看出来胡先明的心思，她用一种聊天的口气对胡先明说："你不要紧张，我都忘问你了，你孩子多大了？"

胡先明抬起头，已经是泪流满面。他哽咽着说："才十九岁，去年刚上大二。"

黄玉萍又问："男孩还是女孩，在哪个学校啊？"

胡先明想了想，不说又不行，说了更不行，但人家迟早会知道的，只能实话实说了。他说："是男孩，在加拿大呢。"

黄玉萍笑着说："在加拿大上学，一年各种费用得多少啊？"

胡先明回答说："十七八万吧。"

黄玉萍继续笑着说："看来你还是挺有钱的啊。你老婆在哪儿上班？"

胡先明说："也在我们单位。"

黄玉萍又问："父母亲在哪儿呢？"

胡先明回答说："在老家。"

黄玉萍问："有没有工作，身体怎么样？"

胡先明回答说："没工作，身体还可以。"

黄玉萍笑着说："看来你父母亲挺伟大的，农村人供个大学生也不容易啊！你说你一个大学生，凭你两口子的工资奖金，也能过上不错的生活，为什么还要干那些违法乱纪的事情啊？"

胡先明说："不是我主观上想干，你们也知道，那几年你只要在那个岗位上，就是你不想干，也没办法。当时的环境就那样，我还是好的，从来没主动去干，都是被迫的。"

黄玉萍说："那说说，怎么被迫的？"

胡先明坐在那儿，想起那些往事，心里有着说不出的辛酸。

是啊，那个年代，有些事情确实存在被迫和无奈。胡先明只是个业务主管，领导让你给哪个施工队多结算几十万、上百万，你敢不给结算嘛，除非你不想干了。胡先明主管业务，难免要和那些施工单位打交道，而且在那个年代，与施工单位吃吃喝喝是经常的事情，时间长了，难免就会建立起一种利益关系。尽管这种关系是利用与被利用的关系，但在当时确实是很正常。

胡先明说："我只是个业务主管，任何事情都是领导说了算，有些事情明明知道违纪，但又不得不干，你说这不是被迫嘛。"

黄玉萍笑着说："我知道，有些事情跟你关系不大，但有些事情是你自己没做好。比如收受施工单位送给你的礼金。"

胡先明说："这在一定程度上讲，也是无奈啊。"

黄玉萍说："这也叫无奈啊，你不要，我就不信他还非给你不行！"

胡先明说："我从来没主动要过，都是他们自己硬要给我，我推辞过几次，别人还说我这人难打交道。"

黄玉萍说："那后来呢？"

胡先明说："以后，觉得大家都这样，也就收了。"

黄玉萍说："收了多少？希望你老老实实地说，即使你不说，我们照样有办法把这些事情搞得清清楚楚。我觉得你还是主动说吧，主动总比被动要好。你也是个老实人，在这个问题上，不要存在任何侥幸心理。"

胡先明仔细地回忆，那些大大小小的老板们，给他送钱的经过和数量。

过了好几分钟，他才说："大概有六七十万吧。"

黄玉萍心想，算你明智，几年时间十几个亿都不见了，你们这些重要岗位上的人，谁能相信你们没有利益输送！她笑着说："我理解你，也同情你，也知道你们当时的处境，但毕竟已经违反了党纪国法，我希望你好好回忆一下，把你知道的事情，实事求是地给我们说了，争取组织对你的宽大处理。"

胡先明说："我知道了。"

……

经过一上午的审讯，黄玉萍觉得有点累了，她最后对胡先明说："你好好回忆一下，丁玉华、楚江南、向阳光、夏收，他们每个人给你送了多少钱，都是什么时候送的，等会儿我给你纸和笔，你尽量写得清楚一些。今天上午，我们就谈到这儿吧，你还有没有要补充说明的？"

胡先明想了想说："我想给我老婆打个电话行不行？"

黄玉萍想了想说："可以，但必须按照我说的来打，不能说其他的。"

胡先明给老婆把电话打通，说他这几天忙，回不来了，要配合纪委调查前几年超成本的事情。

黄玉萍来到观察室，周志新说："我正要制止你同意他打电话呢，你已经同意人家了。"

黄玉萍说："这叫以人为本嘛，他已经回不去了，应该给他老婆说一声。再说了，关于配合调查前几年超成本的事情，已经有好几次了，这样一来，不仅不会泄密，还能起到稳定其他相关人员的作用。"

周志新笑着说："专家就是专家，跟你一起办案感到很愉快。"

黄玉萍说："感觉怎么样？"

周志新说："挺好。他已经承认受贿六七十万，我们留置他的理由已经很充分了。下来给分局李局长说，一定要把胡先明看护好，不能走漏半点风声。你让他自己写挺好的，中午我们好好睡上几个小时，下午夏收和向阳光就能带到。如果到了，我们连夜审讯。另外，我已经通知局里了，让他们尽快将宁永瑞、楚江南、丁玉华等重点人员进行监控，而且要尽快传唤。"

黄玉萍说："老警察就是老警察，安排得滴水不漏啊！"

周志新笑着说："还是你们年轻人厉害，思维敏捷，反应又快，今天又一次证明了你的能力，我们得好好向你学习啊。"

黄玉萍笑着说："又给我戴高帽子了，能不能来点实际的？"

周志新笑着说："这儿是别人的地盘，回到局里了好好请你吃一顿。"

黄玉萍说："我就要你这句话。"

黄玉萍已经四十岁了，由于她气质高雅，谈吐得体，仍然讨人喜欢。她个头虽然不高，身段却起伏有致，标准的瓜子脸上，一双杏仁眼透出智慧，神秘冷酷的气质，使身边那些调皮的男人们都小心翼翼。但很多男人，包括周志新这样的领导干部，也喜欢跟她在一起，不管是工作还是生活，她总能让人感到快乐。黄玉萍也喜欢跟这些有事业心的男人们在一起，除了在工作中能够配合默契，在一块吃吃饭、喝喝茶、聊聊天，也都感到很快乐。尤其是一个案子侦办结束以后，她总会要求带队的领导请大家吃上一顿，放松放松。现在有了新的规定和要求，即使是去大排档吃顿饭，仍然能够找到快乐。

在上大学的时候，她就是一个非常优秀的学生。侦查学专业有公安学基础理论、刑事侦查学、侦查讯问学、侦查技能、司法会计、金融犯罪对策等二十几门课程，她跟所有的大学生一样，对自己感兴趣的课程，学得特别认真，尤其是犯罪心理学、现场勘查学、侦查学原理等课程，每次考试基本上都是满分。毕业后，她来到经侦科工作，为了把工作搞好，将学过的经济犯罪对策学、经济案件侦查、经济案件司法鉴定、经济案件防范实务等课程进行再次学习，努力提高自己的业务能力。后来，随着科技的发展，犯罪的类型也日趋复杂，她又自学了C语言程序设计、计算机组织与结构、公安信息系统分析与设计、信息网络安全技术与监察、计算机犯罪侦查与取证等课程，在经侦科是业务最好的警察。因此，只要有大案、要案，都会让她去参与，有了她的参与，很多案子的侦查，都能够提前完成。

她在阅读完大漠油田公司延东油田采油八厂超成本的相关资料后，早就预判，这个案子不仅仅是个成本超支的问题，成本超支的背后隐藏着的是巨大的腐败，而且是多人参与的腐败。对胡先明的初步审讯，证明她的判断是正确的，这让周志新又一次见识到这个看上去弱小的女人的能力。

中午吃完饭，周志新把沈万红和李立平叫到一起，对他俩说："今天工作开展得很顺利，希望你俩能够进一步配合好我们的工作，尤其是对叫来审讯的人员，不仅要保密，更要注意他们的人身安全。这一点我想你们都懂，但我还必须给你们强调到位，因为在过去，确实发生过这个方面的事情。"

大漠油田公司纪检监察处副处长沈万红说："这个没问题，分局已经开了几次会了，从方方面面都进行了严密的布置和安排。最近一段时间，分局的主要工作就是配合你们办案，不会有什么纰漏的，请你们放心。"

靖安石油公安分局局长李立平也说："保证完成任务，如有不妥的地方，请周局长及时批评指导。"

周志新笑着说："你也不用多心，你们安排得很到位，给你们强调一下是我的职责所在，我希望大家都能互相理解，都是为了工作嘛。"

李立平笑着说："挺好的，我们在业务上，尤其是在案件的侦查、审讯方面，还得好好跟着你们学习。"

周志新笑着说："谢谢你们，我们休息吧。"

很多人对案件在侦查阶段的法律条文并不清楚。胡先明自从看到从外地来的公安人员，他就知道自己已经无法脱身了。于是，在经过激烈的思想斗争之后，他准备将自己知道的事情，实事求是地给办案人员交代，希望最终得到宽大处理。胡先明想，自己一个小小的业务主管科长，一年都能得到六七十万的好处，那些大领导，尤其是宁永瑞、关明伟他们，少说也在五六百万以上，加上虚结工作量，他们可能每年得到的好处费在千万元以上。想到这些，他就觉得如果把宁永瑞、关明伟他们抓起来，他收受的这点钱就不足为奇了，而且他的逻辑是牵扯的人越多对他来说可能越有利。

胡先明自从进入公安局以后，基本上失去了自由，吃饭、上厕所都有民警跟着他，这是他一辈子都想不到的。

中午吃过饭后，在两个公安民警的监视下，胡先明被带到了审讯室。他坐在那个专门为犯罪嫌疑人准备的凳子上，真想放声大哭，但他又哭不出来。他看到监视他的那两个警察，都在打瞌睡，他也想睡上一会儿，但他一点睡意也没有，脑子里一团乱麻。他一会儿想，如果让自己的老婆、孩子、老爸、老妈知道自己已经被关起来后，他们会是多么的痛苦！一会儿又想起那几年在项目组当地面项目长时是多么的疯狂，他跟着宁永瑞和那些民工头们到处吃喝玩乐，醉生梦死！现在可好，已经被抓了起来，这不是正应了古希腊历史学家希罗多德说的"上帝欲使之灭亡，必先使之疯狂"的话了嘛！他痛苦地回忆着，觉得人生真是会开玩笑，此一时彼一时啊！他想，他和老婆这二十多年挣的钱，减去家庭开销、房产、小车等花费，家里有一百五十万应该是合法收入，多出来的可能就没法说清楚了。多出来的那些钱，应该就是那几年当地面项目长时，别人送的。回忆了好长时间，他寻思承认多少才对，如果说七八十万，显然对不上，到时候警察会说自己不实事求是，说多了，罪行就大了，他不知道该怎么办，整整一个中午，他一个字也没写。

下午三点多钟，周志新和黄玉萍休息起来后，就去审讯室，看胡先明写得怎么样了。黄玉萍说："胡科长，你写好没有？"

胡先明说："不好意思，我脑子乱得很，不知道怎么写。"

黄玉萍说："我看你还是有侥幸心理，谁给你送钱，你就写谁啊，这才几年啊，我不信你就忘了。"

胡先明说："忘是没忘，但具体时间想不起来了。"

黄玉萍说："大概时间应该知道吧？哪些人给你送钱、送了多少你应该知道吧！我警告你，还是尽快写吧。"

胡先明说："好的，我这就写。"

黄玉萍离开审讯室的时候，对那两个监视的警察说："胡科长如果想喝水，你们就给他水，不能不管。"

黄玉萍走后，胡先明才想起要喝水。他对监视他的警察说："麻烦你们给我多倒两杯水行不？"

警察按照黄玉萍的要求，及时给胡先明倒水喝。胡先明喝了一杯水，然后开始按照黄玉萍的要求，写受贿情况及当地面项目长时的问题。

胡先明在上午已经承认自己受贿六七十万，于是他就顺着自己当地面项目长的时间开始写。他写了两个方面的内容，主要有：在他当地面项目长第一年的春节前后，收了丁玉华、楚江南、向阳光、夏收等十个人分别送给他的两万、一万、五千不等的礼金共计十二万元；在第二年中秋节、春节前后，收了丁玉华、楚江南、向阳光、夏收等十五个人分别送给他的十万、五万、两万、一万、五千不等的礼金共计四十二万元；在第三年中秋节、春节前后，收了丁玉华、楚江南、向阳光、夏收等九人分别送给他的十万、五万、两万、一万、五千不等的礼金共计二十六万。在关于多结算的问题上，他写到，按照副厂长兼项目长宁永瑞的指示，第一年给丁玉华、楚江南、向阳光、夏收等八家单位多结算八百多万元；第二年给丁玉华、楚江南、向阳光、夏收等十家单位多结算一千二百多万元，并通过丁玉华、楚江南、向阳光、夏收等人的施工单位虚假结算了一千一百多万元；第三年给丁玉华、楚江南、向阳光、夏收等六家单位多结算一千二百多万元，并通过丁玉华、楚江南、向阳光、夏收等人的施工单位虚假结算了一千五百多万元。后面他还写到，由于时间长，脑子乱，写得不一定准确，等想起来了，再补充。

写完以后，他就让警察去找黄玉萍。

黄玉萍看后，心里特别高兴，对胡先明说："你写得很清楚，希望你继续想想，回忆起来了，直接给我说也行，拿笔写也行，总之，只要你好好配合，在处理的时候，我们会考虑你的态度的。"

黄玉萍仔细看了一遍，不解地问："为什么第一年和第三年送你钱的人少，送的钱也少？"

胡先明回答说："第一年我刚当地面项目长，认识的人少，第三年那些施工单位知道我任期已经满了，可能觉得我也没用了吧。"

黄玉萍笑着说："你说得有道理，我知道了。"

黄玉萍正准备走，胡先明突然说："你们能不能让我回一趟家？"

黄玉萍说："你应该知道，你是这个案件的关键性人物之一，既然我们把你叫来了，暂时是不能放你出去的。这既是法律规定的，也是对你个人的一种保护，请你理解。"

黄玉萍说完，转身走了。

胡先明这个时候，才觉得自己已经成为一名真正的犯罪嫌疑人了。他坐在凳子上，看着黄玉萍离开的门口发呆。

一名监视他也认识他的警察，看到胡先明发呆的样子，同情心油然而生，对胡先明说："胡科长，你想不想喝水？"

胡先明看都没看他一眼，下意识地摇了摇头说："不喝了。"

黄玉萍把胡先明写的交代材料拿到周志新的办公室，笑着对周志新说："胡先明已经把一些重要情况写出来了，你看看，这对我们很重要。我们应该立刻部署，尽快将宁永瑞、丁玉华、楚江南、向阳光、夏收等重点人员收监，防止他们互相勾结，给我们后续工作的开展带来困难。"

周志新看完胡先明写的交代材料后，对黄玉萍说："没想到这个案子会进展得这么顺利。"

黄玉萍说："是啊，一方面说明胡先明这个人并不坏，是个老实人。另一方面，按照我的分析，胡先明一定会觉得他受贿的那点钱是冰山一角，早交代早主动。现在，我们暂时不要对延东油田采油八厂的其他人采取措施，明天如果有时间，应立刻将胡先明的前任地面建设项目长带回来审查。从我们了解的情况来看，延东油田采油八厂成本超支最严重的是2010至2014年这五年，胡先明是后三年的地面建设项目长，前一任项目长叫郝世杰，现在是延东油田采油八厂计划科的科长。丁玉华、楚江南、向阳光、夏收等个体老板，在延东油田采油八厂干了多年，据我的判断，2010至2011年，这几个人也许以同样的办法，套取了资金。2009年至2011年的项目长叫关明伟，现在已经被提拔为大漠油田公司总经理助理了，这个人是重点，但在没有确凿证据的情况下，我们暂时不要动他，但也要对他进行监控。等我们把宁永瑞、郝世杰、丁玉华、楚江南、向阳光、夏收等人审讯完以后，也许所有的事情就清楚了。"

周志新说："你分析得很对，我得尽快给咱们周怀兴局长汇报一下，让他为我们增加警力，尽快将这些人员监控起来，并协助我们把这些重点人员抓捕归案。"

黄玉萍问："怎么了，这些人员都没消息吗？"

周志新说："根据目前掌握的情况，宁永瑞连一点消息也没有，丁玉华最近也没消息了，楚江南、向阳光可能晚上能到，夏收也能找到。"

黄玉萍说："你给局长说，让他们继续对这些人进行监控，尤其是要尽快找到宁永瑞的下落，这个人抓不到，我们下步的工作可能就要停止了。"

下午刚吃完饭，在靖安石油公安分局民警的协助下，万生华把楚江南带了回来，晚上九点多于胜利把向阳光带了回来。

不管干什么事情，成果越大，人的信心就会越高。

黄玉萍看到万生华把楚江南带回来后，她对周志新说："组长，我有个想法给你汇报一下。我们现在马上对楚江南进行审讯，像楚江南这种在社会上混的人不好对付。今晚，你和万生华在审讯室对他进行审讯，我在观察室观察，让我看一下这个人到底是个什么样的人，如果顺利，你俩一直问下去，如果不顺利，我们轮番上阵，我就不信他能扛过去！"

周志新说："好，就按照你的思路办，我们随时再调整吧。"

楚江南，五十岁，祖籍江苏无锡，出生在长江以南的一个小镇上，所以大名就叫楚江南。这个人确实不好对付，当过兵，开过饭馆，见多识广。

二十一世纪初，他从南方来到鄂尔多斯盆地做石油生意，先开始推销石油物资，认识了油田上的一些领导干部，就开始做油田工程施工服务。在油田上挣钱以后，他不仅继续承揽油田工程施工项目，而且还在鄂尔多斯市承包了一个酒店，起名"江南酒店"。酒店虽然不大，但他做得很精细，无论是住宿条件还是饭菜质量，在当地都是数一数二的。这几年，虽然中央八项规定落实得比较到位，但一些当地的领导干部想吃吃喝喝，泡个脚、洗个澡，还是去江南酒店。与其说江南酒店是个酒店，还不如说是个私人会所。万生华和两名石油公安分局的民警找到他后，刚开始他极不配合。万生华亮明身份以后，对他说："我是延东油田采油八厂专案组的，希望你积极配合。"

楚江南竟然说："我又没犯法，我配合你们什么！"

万生华严厉地对他说："我不想让你的员工知道你被警察带走了，如果你没事，明天你就可以回来。"

这个时候，楚江南才老实了。

他说："那我能不能回去取个东西？"

万生华说："可以，但我们必须和你一块去。"

楚江南本想背着万生华打电话，但觉得已经没有希望了，就说："那好吧，我跟你们去。"

一路上，楚江南多次与万生华等两名警察套近乎，想从中得到点什么有用的信息，但三个警察谁也不去理他。

楚江南被警车直接拉进靖安石油公安分局的院子，刚下车，院子里的两个警察就站在他的前后，并把他带到一间专门为犯罪嫌疑人设置的房间。随后，一名警察给他端来饭菜，让他吃饭。

楚江南这个时候哪有心思吃饭，看了看饭菜，说："我不饿，你们端走吧。"

负责看管他的一名警察说："你还是吃点吧，免得晚上挨饿。"

楚江南看着米饭上面的炒土豆丝、白菜粉条，他慢慢地端了起来。没吃几口，他就觉得心里堵得慌，他对警察说："能不能给口水喝？"

警察说："可以，我马上给你倒。"

一名警察看着他，另一名警察给他倒了一杯水后，继续看管着楚江南。

吃完饭后，按照周志新、黄玉萍的安排，他们将楚江南带进了审讯室，并让他坐在专用的凳子上，等待周志新他们的审讯。

按照预先安排，周志新和万生华来到审讯室，又一次给楚江南亮明身份后，就开始审讯。

按照程序，一开始要了解嫌疑人的年龄、身份、籍贯、从业等情况，这些程序性的问题问完以后，就可以直奔主题了。

周志新问他说："2010年至2014年期间，你在延东油田采油八厂项目组承揽了多少工程？这些工程是通过招标承揽的还是领导直接安排给你的？"

楚江南对周志新的问话没有直接回答，沉默了一会儿说："这些事情我不知道，合同的签订、结算都是我手下人干的。我们是守法经营，至于多结算的那些钱前年就让他们退了，你们还找我干什么？"

周志新觉得这个人真有些不好对付，他想了想对楚江南说："你不是守法经营吗？怎么还多结算呢？"

楚江南回答说："那也不关我的事，那是他们项目组的人算错了。"

周志新说："笑话，怎么没给你少算呢！多算了你不知道吗？"

楚江南看周志新发火了，他虽然不再狡辩，但用很不在乎的表情看着周志新。

周志新接着说："楚江南，你不要敬酒不吃吃罚酒！把你在延东油田采油八厂多结算、虚假结算的情况好好想一想，如实回答。另外，你好好想想，你在延东油田采油八厂承揽工程期间，有没有给相关人员行过贿？"

楚江南直接说："没有。"

周志新笑着说："看来你是准备好硬扛了是不是？那好，你先待着，你什么时候想好了，我们再说吧。"

楚江南说:"你别走,我没有犯罪,你们凭什么把我弄在这儿来,你们有证据吗?"

周志新笑着说:"看来你还是懂法的嘛,没证据我敢抓你吗!所以你不要有任何侥幸心理,你如果老老实实交代,可能你的罪行还能轻点,如果你不老实,想跟我们对抗,那你就等着看吧!像你这样的人我见多了,你好好琢磨琢磨吧。"

周志新说完,转身就出门了。

周志新对站在门口的两名警察严肃地说:"你俩给我灵醒点,把他给我看好。"

周志新来到观察室,笑着对黄玉萍说:"看来你的判断是对的,这小子确实不把我们放在眼里。"

黄玉萍笑着说:"这种人我们又不是没见过,你用不着跟他生气,他是不见棺材不落泪,等会儿我再去审讯。如果他还不老实,直接拘留起来再说。"

周志新说:"够拘留的条件吗?"

黄玉萍笑着说:"看来你是被这小子给气糊涂了,仅凭胡先明的证词,拘留他一点也不过分。刑事诉讼法规定,适用拘留的情形主要有实行犯罪或者在犯罪后及时被发觉的,或者在场亲眼看见的人指认他犯罪的就可以拘留。你说他假结算套取国有资金是不是犯罪,胡先明亲自参与而且指认他了,这还不够拘留的条件嘛!"

周志新说:"真让这小子把我气糊涂了,你问也问不出个名堂来,要不直接拘留,带回黄庆县公安局再审。"

黄玉萍说:"当然得把他带回黄庆,这些人我们都得带回黄庆,这个地方我感觉对我们办案不是太好。"

周志新说:"你发现什么了吗?"

黄玉萍说:"没有,我是直觉。"

就在这个时候,侦查员于胜利把向阳光也带回来了。于胜利对周志新说:

"组长,向阳光带来了,准备连夜审讯吗?"

周志新问:"你觉得向阳光这个人怎么样,会不会也跟我们对抗?"

于胜利说:"不知道,自从上车以后,就没说过一句话。感觉这个人还比较老实。"

黄玉萍说:"周局,我们一定要把胡先明这个人利用好,他不是已经承认给这些民工头虚假结算了嘛,今晚上让他把虚假结算工程的名称、结算了多少、主要有哪些人参与了等问题靠实。只要这些问题靠实了,他们嘴再硬,在事实面前总得开口吧。因此,今天晚上不能让分局的人看管胡先明,让万生华和于胜利看管,不能让他们把消息透露出去,不然我们就被动了。我的想法是我们一边落实胡先明交代的问题,一边把郝世杰抓回来,看是不是跟胡先明交代的问题性质一样。如果2009年至2011年也存在虚假结算等问题,对郝世杰交代的问题,我们也要一件一件地靠实,那个时候我们就主动了,至于这几个民工头抓一个拘留一个,直接送到我们黄庆县拘留所,免得出现意外。"

周志新听了黄玉萍的想法后说:"我觉得还是你有经验,就按照你的想法来办,我马上给怀兴局长汇报。"

周志新给周怀兴汇报以后,周局长对他们的想法给予充分肯定,并让他转达对其他同志的问候。

周志新突然决定,应立即召开由大漠油田公司纪检监察处副处长沈万红、靖安石油公安分局局长李立平、政委常正新参加的碰头会,在会上进一步强调保密纪律,安排对已经到位的犯罪嫌疑人的看管等工作。

黄玉萍认为也很有必要,让沈万红立即通知开会。

开完会,已经是晚上十一点多了,黄玉萍带着万生华直接进了审讯室,准备再次审讯楚江南,让周志新在观察室提醒。

黄玉萍坐在审讯的位置上,对楚江南说:"楚江南,你用不用看我的工作证?"

楚江南抬起头看了看，心里想，你一个女人，你能把我怎么样，他有点不屑一顾地说："不用。"

黄玉萍说："那好，你的公司在延东油田采油八厂项目组有没有虚假结账？"

楚江南连考虑都不考虑，直接说没有。

黄玉萍笑着说："你既然不想跟我们配合，那好，今晚你还可以在这儿住上一个晚上，明天我直接带你去黄庆县公安局，直接拘留你，我们有的是时间。"

楚江南说："你们凭什么，你们这是知法犯法。"

黄玉萍严厉地说："你不想说，你就给我闭嘴。我既然敢拘留你，就有拘留你的理由。"

黄玉萍说完以后，直接走了。

第十章

第二天，按照黄玉萍的思路，在靖安石油公安分局民警的配合下，由侦查员万生华带队，将楚江南、向阳光直接送回黄庆县公安局，暂时拘留关押在黄庆县公安局看守所。周志新、黄玉萍、于胜利继续留在靖安，按照黄玉萍的思路开展工作。

黄玉萍和于胜利继续对胡先明审讯，周志新在观察室观察。这次的审讯，把重点放在了对胡先明交代的材料里虚假结算的内容，而且对每一项内容的细节都进行详细的询问，并做了笔录。由于楚江南、向阳光、丁玉华、夏收等几人虚假结算的次数多、费用高，对他们进行了重点了解。楚江南先后虚假结算两笔，共计结算一百八十七万元；向阳光先后虚假结算三笔，共计结算二百六十九万元；丁玉华先后虚假结算四笔，共计结算三百五十六万元；夏收先后虚假结算五笔，共计结算三百五十五万元。

黄玉萍参与侦查过许许多多的经济案件，像这样目无党纪国法的案例少之又少。从招投标、施工监督、工程验收、费用结算等资料全部造假。甲方在这些资料上签字的除了副厂长兼项目长宁永瑞、地面建设工程项目长胡先明外，还有一个叫赵军民的人。这个叫赵军民的人，当时是地面建设现场管理人员，现在是延东油田采油八厂工程项目室的现场施工人员。

黄玉萍觉得这个叫赵军民的证人也很重要,她从审讯室出来,来到观察室,对周志新说:"你都听清楚了吧,现在又出来个很重要的证人赵军民,你让沈万红通知他,今天下午来这儿,通过他进一步佐证虚假结算。"

周志新说:"好的,我立即让沈万红通知他。"

黄玉萍又问:"你顺便问一下,郝世杰什么时候能到案?"

周志新说:"据沈万红说,郝世杰估计下午才能到。"

黄玉萍说:"你再催一下,越快越好,我们争取用一周的时间,把延东油田采油八厂的相关人员审讯完,重点要放在对那几个个体老板的审讯上。"

周志新笑着说:"我知道,我们争取吧。"

通过对胡先明一个上午的连续审讯,黄玉萍对大漠油田公司延东油田采油八厂项目组成本严重超支的问题越来越清楚,除了管理上的漏洞,腐败其实是罪魁祸首。

下午三点钟,郝世杰准时来到了靖安石油公安分局,等待接受专案组的调查。

三点半左右,继续由黄玉萍询问,于胜利记录,周志新观察。

黄玉萍见到这个叫郝世杰的人,发现这个人很从容,没有一点害怕的感觉。让她没有想到的是在审讯过程中,问什么郝世杰回答什么,很顺利地完成了所要掌握的问题。

郝世杰说,他当地面项目长的那个时候,方方面面正处于混乱状态,多结算、虚假结算的问题确实存在,楚江南、向阳光、丁玉华、夏收等人和当时的项目长、后来的厂长、现在的总经理助理关明伟关系好,这些人结的多一些。还有像什么张高峰、邱建兵、刘红军、杨占喜等人,也给多结算过。这些人不是大漠油田公司领导安排来的就是县上领导安排来的,他们来的目的就是挣钱,加上当时的项目长关明伟又是个重义气、喜欢和大领导交往的人,当然要照顾这些人的。他还交代说,关明伟在延东油田采油八厂干了很多让人匪夷所思的事情,但人家是项目长、厂长,有权有钱又有势,虽然大家有看法，但一点办法都没有。他要是不走，再干上几年，延东油田采油八厂的情况可能会更糟。

黄玉萍心想，大多数人在审讯过程中，要么是沉默寡言，要么是问一句答一句，郝世杰却不一样，他像讲故事一样，全面、客观地讲述着厂里过去所发生的各种各样事情。

周志新在提醒黄玉萍，意思说不要让郝世杰说与案件无关的问题，但黄玉萍并没有制止郝世杰，而且还在不断地引导郝世杰。周志新提醒以后，他看黄玉萍还在像聊天一样跟郝世杰交谈，他也不再提醒，想看看黄玉萍到底想要什么。

黄玉萍笑着说："你们厂长现在是总经理助理了，你这样说他，你也不怕他以后给你穿小鞋！"

郝世杰说："当然怕，但我相信你们。在你们来之前，又是检查、又是审计、又是巡视，来了一拨又一拨，我一看就知道，他们都是假检查、假审计、假巡视，我跟他们什么也不想说。我们现在这个总经理好，爱憎分明，爱我们这些普通群众，憎恨那些不干实事、干坏事的人。你们今天能来专门调查这个问题，仅凭这一点，我就佩服，佩服我们总经理，大部分领导都不会这么做，只有我们杨明轩总经理。我有时候觉得，我们杨总还真有壮士断腕之豪气。"

黄玉萍觉得这个叫郝世杰的男人还真有些与众不同，他个头中等，肤色略黑，戴着眼镜，面无表情，思维清晰，表达能力好。她说："你主要讲讲你们厂里的事情。你说原来的厂长干了很多匪夷所思的事情，那怎么还能被提拔为总经理助理呢？"

郝世杰说："这个事情不用我说，你们想都能想到。拿钱铺的路啊，那些年不都是这样嘛！"

黄玉萍觉得郝世杰这个人直爽，说话直来直去，一点也不忌讳。她接着说："那你继续说，怎么拿钱铺的路？"

郝世杰说:"我们大漠油田公司有采油厂二十多个,你们听说过哪个项目组的成本超支过,像我们厂这种情况还需要调查嘛,一年超两个多亿,谁能信啊,但事实确是如此,这里边没有贪污腐败可能嘛!"

黄玉萍说:"你能不能说具体点?"

郝世杰想了想,不知道说什么了,他问黄玉萍:"你让我说什么?"

黄玉萍笑了,心想这个郝世杰挺逗的。她说:"就说你们的事情吧。"

郝世杰说:"我说得不一定完全对,但我个人认为,管理是一个方面,但主要是腐败造成的。大领导敢多结算一百万,小领导就敢多结算十万,一般人员也不是傻瓜,给那些工头们多结算一两万,最起码抽两条烟不用自己掏钱买。你说大家都这样,一年超支一两个亿不就正常了嘛。"

黄玉萍说:"那你呢,你的岗位那个时候可能是除项目长以外,最重要的岗位了,你没捞到好处吗?"

郝世杰说:"警察同志,我今天之所以还是个科长,其实跟我这个人的性格有关,我过去总认为前途是干出来的,其实我现在才真正明白,前途是送出来的。你不给领导送钱,你干得再好,也没任何希望。"

黄玉萍说:"这话说远了,说你自己。"

郝世杰说:"对不起,我这个人可能发牢骚发习惯了,希望你谅解。我当时的岗位确实很重要,那些施工单位为了堵我的嘴,也确实给我送过钱,但我觉得我家又不缺钱,我没必要为了那点钱,让自己活得人不人、鬼不鬼的。"

黄玉萍说:"你父母亲是干什么的?"

郝世杰说:"都是农民。"

黄玉萍笑着说:"你不是说你不缺钱吗?"

郝世杰说:"这个事情是我家的事,本来没必要给你们说。但为了证明我的清白,我可以给你们讲讲我家的故事。我老爸没文化,但他智商、情商都不低,在我们村是第一个出去做生意的,也是我们村甚至是我们周围几个村第一个万元户,你们也知道,我们神木有煤,我老爸就是第一个开煤矿的,你想想我们家有没有钱。"

黄玉萍心里想，看来这小子确实不缺钱。黄玉萍说："那你为什么还要到石油上工作？"

郝世杰说："我考学考的呀，我上的是石油大学，学的是石油工程专业，当时也没个好单位，我就来石油上了。"

黄玉萍说："你真的没有拿过那些私人老板的钱？"

郝世杰说："我以人格担保，我老爸就我这么一个儿子，他经常给我说，好好工作，如果需要钱，要多少给我多少。我老爸有的是钱，他不希望我喜欢钱，他希望我在仕途上有所作为。我真的不喜欢钱，我老爸该给我买的东西都买了，我要他们给的那三万五万、十万八万的有什么意思。"

黄玉萍说："希望你认真点，说话是要负责任的。如果别人供出你来，到时候你可别后悔。"

郝世杰说："我没拿，他们总不能胡说吧。"

黄玉萍笑着说："但愿你说的全是实话。"

郝世杰说："我再说一遍，我以人格担保。"

黄玉萍说："那好吧，你详详细细地说说多结账、虚假结账的事情。"

郝世杰说："这样吧，这事已经过去五六年了，你得让我想一想，然后再给你们说，或者你们要是放心我，我回单位给你们弄得清清楚楚，完了再给你们汇报。"

黄玉萍说："赶明天中午能弄清楚不？"

郝世杰说："应该没问题。"

黄玉萍说："那好吧，回单位以后，不要乱说，说严重一点，对你的人身安全都会构成危险。"

郝世杰说："我知道，我又不傻。"

黄玉萍笑着说："那好吧，今天就到这儿，我相信你，但你也不能食言。"

郝世杰说："我这个人除了性格不好，做人做事还行，男人嘛，连说话都不算数，那还叫什么男人！"

黄玉萍说："那好吧，你回去吧。"

郝世杰说："好的，明天中午见。"

黄玉萍从审讯室出来，感到前所未有的轻松，她没有想到郝世杰会这样积极地与他们沟通与交流，对于他们想要的东西，郝世杰几乎是完美地予以配合，这让她对拿下这个案子更有信心。她来到观察室，周志新笑着说："不错，看来这个职工还比较老实。但你把郝世杰放回去，我还真有点担心。"

黄玉萍说："对于有些人你要信任。"

还没等黄玉萍把话说完，周志新就笑着说："像郝世杰这样的人。"

黄玉萍笑着有些调侃地说："你真聪明！"

郝世杰从靖安石油公安分局出来以后，心里有一种说不出的快感。心想，人常说君子报仇十年不晚，现在终于有机会给自己报仇了。他想起老领导关明伟，心里就有一种痛苦、甚至是仇恨，但他总不能因为一个女人，毁了自己，毁了家庭，让自己的孩子没有了爸爸，让自己的父母失去儿子，让几个家庭因此而痛苦或者破损。

十五年前，郝世杰也是个热血青年，他带着对未来美好的憧憬，来到了大漠油田公司。当他被分配到延东油田采油八厂时，艰苦的自然环境和单调的工作生活，让他后悔不已。看到和他一起分来的大学生纷纷离开的时候，他也准备辞职，想到城市里找一份工作。就在这个时候，有一个女孩进入了他的视线，这个女孩叫童婷婷。

童婷婷当时是采油二队的一个资料员，郝世杰正好分配到采油二队当实习技术员。在他的眼里，童婷婷是一个非常漂亮的女孩，她天生丽质，活泼开朗，皮肤白皙，眉毛浓密，眼睛很大，鼻梁挺拔，嘴唇性感，乌黑的长发齐肩，看上去像天仙。在他的眼里，童婷婷是一首优美的诗，是一支动听的歌，是一个耐人寻味的故事。正是童婷婷的出现，才让他打消了辞职的想法，继续留在大漠油田延东采油八厂工作。

童婷婷自小在油田长大，一口标准的普通话。由于高考成绩不是太好，上了个三本，学的是计算机专业。按照大漠油田公司的用工形式，尽管她是大学生，仍然被分配去当了工人。在采油队上干了不到半年，或许是因为她长相不错，或许是因为她学的是计算机专业，或许是因为她有一个开朗的性格，采油队的队长把她调整到队部，当了一名资料员。

资料员要服从技术员的领导。郝世杰虽然是个实习技术员，但由于工作关系，两个人接触的机会比较多，久而久之，童婷婷觉得郝世杰这个人不错，尤其是在花钱方面特别大方，同事们之间一起吃饭、买东西，总是抢着付钱。郝世杰虽然性格直爽，但在谈恋爱方面，却比较含蓄，有点润物细无声的感觉。他每次到城里或者到市里开会、办事，总要给童婷婷买一些她爱吃的水果和零食。

一年之后，童婷婷问他说："你喜欢不喜欢我？"

郝世杰笑着说："当然喜欢呀，难道你还感觉不到吗？"

童婷婷说："我看你是书读多了吧，喜欢就直接说啊！现在都什么年代了，还羞羞答答的。"

从此以后，郝世杰和童婷婷正式确立了恋爱关系。半年之后，也就是郝世杰上班一年半之后，他俩领了结婚证，在春节期间举行了结婚仪式。

结婚以后，郝世杰和童婷婷继续在采油二队上班。还不到半年时间，童婷婷就怀孕了。郝世杰知道，虽然童婷婷在队部当资料员，但空气中弥漫的油气味，会对孕妇和婴儿带来一定的伤害。他就让童婷婷请假。队上看到郝世杰工作认真，又是技术干部，同意童婷婷请假在家养胎。直到孩子上幼儿园的时候，童婷婷才返回单位上班。这个时候，郝世杰已经是毕业六七年的老员工了，早已被调往厂工艺所工作了。

童婷婷上班以后，郝世杰心里一直比较牵挂，家里又不缺钱，她却非要去上班，让他很想不通。但他又想80后的女孩，让她全职在家带孩子也不现实。

过了一年，由于郝世杰出色的工作表现，被提拔为副科级，调整到工程项目管理室当副主任，那一年郝世杰才三十三岁。

在工程项目室当了一年副主任，正赶上项目组主要岗位人员调整，郝世杰就被任命为项目组地面建设工程项目长。当时，项目长是后来被提拔为厂长、总经理助理的关明伟。

关明伟给郝世杰的印象是胆子大、能力强，只要他想办的事情，没有办不成的。于是，他为了得到关明伟的认可，在工作上全力以赴，对于关明伟给他安排的事情，他毫无条件地去办。

郝世杰在项目组工作了一年，确实赢得了关明伟的好评。那个时候，很多单位的主要领导为了笼络人心，打着感谢班子成员的幌子，春节前，都会组织班子成员及家属一起聚餐，并且给贤内助们发少则一万多则两万元的红包。项目组虽然是厂里的单位，但在运行上基本是独立的。关明伟是项目长，他就把分管地面的、钻井的、试油的、外协的、经营的、地质的项目长以及他们的家属请来聚餐，并给家属们发红包。

关明伟早就听说郝世杰的老婆童婷婷长得好看，百闻不如一见，这个叫童婷婷的女人果然名不虚传！在关明伟的眼里，这个三十出头的女人如兰花般幽雅，水仙般恬静，百合般清纯。因为她走过了春的浪漫、秋的成熟、夏的火热、冬的冷峻。在四季的轮回中，她走出了少女的羞涩，走出了青春的靓丽，步入了一个瑰丽的季节。他感觉到眼前的这个女人如清纯的美酒，有着淡淡的芳香，让他情不自禁地浮想联翩。他笑着对童婷婷说："早就听说你是个大美女，但一直没见过，今天见了果然名不虚传啊！"

郝世杰听了关明伟的赞美，心里很开心，笑着说："关厂长这么夸奖你，你赶快给关厂长敬酒啊。"

童婷婷笑着说："谢谢领导表扬，敬领导一杯。"

关明伟说："今天你不能敬我，今天把你请来，感谢你对郝世杰工作的支持和理解，只有你们这些贤内助支持了，项目组的工作才能干好。"

童婷婷笑着说："应该的，谢谢领导。"

说完，站在旁边的郝世杰端着酒杯，一起和关明伟喝了一杯。

打那以后，童婷婷的音容笑貌让关明伟常常想起，但这毕竟是自己下属的老婆，再漂亮也不能异想天开。可事情坏就坏在童婷婷还在采油队上班，郝世杰作为一个男人，总不能不管吧，可要管就得借助别人的力量，在郝世杰的心中，这个力量只有关明伟。

春节期间，郝世杰出于对自己的直接领导关明伟的尊敬，同时想通过关明伟把童婷婷的工作予以调整，便买了两瓶茅台酒、两条中华烟，还给关明伟的孩子包了一个两万元的红包，领着童婷婷一起去关明伟家拜年，并就童婷婷工作的问题给关明伟说了，关明伟二话没说，就答应帮助童婷婷调整工作。

关明伟在这一点上，也是个比较义气的男人。答应别人的事情，就一定要想办法给别人办成，而且他对童婷婷比较喜欢，所以找厂长直接将童婷婷调整到延东油田采油八厂机关档案室工作，这让郝世杰和童婷婷感激不尽。从此以后，郝世杰为了报答关明伟，为了把工作干好，有时一两个月都不回家，而且一有机会，就带着童婷婷与关明伟一家一起聚餐，两家关系好得像亲人一样。过了两年，关明伟卸任项目长之后，直接被提拔为厂长，这对于郝世杰和童婷婷来说，也是件好事。事情果然如此，一年以后，郝世杰就被提拔为采油大队的党总支书记了，也就在这期间，有人说郝世杰的提拔，不仅仅是因为他郝世杰有能力，更重要的是郝世杰有一个漂亮的老婆。

人常说，若要人不知除非己莫为。人与人之间，只要时间长了，就会产生感情。童婷婷很爱自己的老公郝世杰，却为什么会和关明伟产生感情呢？

四十出头的男人，尤其在事业上飞黄腾达的男人，对于女人、尤其是爱慕虚荣的女人来说，有着很大的吸引力。本来就与关明伟比较亲近的童婷婷，自从关明伟当了厂长以后，见了关明伟，总是笑语盈盈，本来就特别喜欢童婷婷的关明伟，已经感觉到了童婷婷对他特殊的笑容。一个周末的下午，关明伟知道郝世杰在生产一线上班，打电话把童婷婷叫到办公室，本想跟童婷婷聊聊天，但在他看到童婷婷的刹那间，他突然改变了主意，他对童婷婷说："婷婷，你嫂子这几天不在，今天晚上我请你到外面吃饭吧。"

童婷婷高兴地说："好啊，你想吃什么呢？"

关明伟是"项庄舞剑，意在沛公"啊！吃什么对他来说并不重要，重要的是想试试童婷婷是不是真的对他好。

关明伟笑着说："你想吃什么我就吃什么。"

童婷婷想，自己一个人和厂长怎么去吃饭呀！是让厂长坐自己开的私家车呢还是自己坐厂长的车，她不知道了。她笑着说："那好吧，我们什么时候走？"

关明伟说："你不是自己开车嘛，我们现在就走。"

童婷婷笑着说："你坐我的车吗？"

关明伟说："怎么了，不可以吗？"

童婷婷说："可以啊，只要你不嫌弃。"

关明伟笑着说："我哪敢嫌弃啊，宝马对于我来说，想坐也坐不上。"

童婷婷笑着说："那就走吧。"

关明伟说："你去开车，把车开到大门外等我。"

童婷婷说："那好吧。"

童婷婷从关明伟办公室出来以后，觉得非常开心。她回到办公室，给办公室的同事打了个招呼，就去停车场开车。

童婷婷把车开到大门外，有意识地将车停在离大门口远一点的地方，等着关明伟。她想，她和关明伟一起吃过很多次饭，但单独吃饭这还是第一次。她不知道该吃什么，要不要喝酒，万一要喝酒，那就惨了，关明伟酒量大，自己又不能不陪。尤其是现在，人家已经是厂长了，尽管关系很好，但职工就是职工，厂长就是厂长，该有的尊重和礼貌还必须有，总不能让厂长失望吧。

这个时候，她看见关明伟从大门口出来了，她立即将车开了过去，停在离大门口不到二十米的地方，关明伟打开车门坐了上来，童婷婷随即开车向前走。

童婷婷一边开车一边笑着问关明伟说："我们俩去哪儿吃啊？"

关明伟说："你看到哪儿我们就去哪儿吃。"

童婷婷笑着说："像厂长这种有身份的人，我怎么敢随便呢！"

关明伟笑着说："婷婷，这你就生分了吧，不要老是厂长厂长的。"

童婷婷笑着说："那我叫你什么？"

关明伟说："单位上你当然要叫厂长了，私下，我觉得你也应该叫我明哥。"

童婷婷笑着说："那是你们男人们叫的，我觉得我叫不出来。"

关明伟说："多叫几次不就习惯了嘛。"

童婷婷笑着说："习惯了才不好，万一在单位上叫上一声，那不就成最大的笑话了嘛！"

关明伟故意说："看来你还挺在乎的嘛。"

童婷婷说："我无所谓，关键你是厂长呀。"

关明伟说："那有什么，厂长也是人啊。"

童婷婷笑着说："光聊天了，也不说去哪吃呀？"

关明伟说："聊天不挺好的嘛，坐在美女的豪车上，聊天其实是件很开心也很浪漫的事情。"

童婷婷说："就我们俩，干脆去吃牛排吧。"

关明伟说："我早就说了，今天是你做主，你说吃什么就吃什么。"

童婷婷问："你今晚要喝酒吗？"

关明伟说："你陪不陪我喝？"

童婷婷笑着说："我又喝不了，再说喝酒是不能开车的。"

关明伟说："现在不是到处都有代驾嘛。"

童婷婷说："那我也不想喝，万一喝多了多丢人的。"

关明伟笑着说:"我怎么会让一个美女喝多呢,宁可我喝醉也不能让你喝多。"

不知不觉中,已经来到了吃牛排的地方。

这个叫塞纳风情的咖啡店,从外表来看并不豪华,但来到店里,环境优美,而且放的音乐很有情调。童婷婷和关明伟来到一个相对僻静的地方坐了下来,童婷婷让关明伟点餐。关明伟笑着说:"到了这种地方,还是你来吧,我真的不太懂。"

童婷婷笑着说:"那好吧,我来点,你审批。"

童婷婷点了两杯塞纳风情咖啡、四季果盘、水果沙拉和两份黑椒牛排,征求关明伟的意见。关明伟笑着说:"我到这些地方,就是个土包子,你说吃什么就吃什么。但我想喝几杯啤酒,不知道可不可以?"

童婷婷笑着说:"当然可以。"

关明伟说:"那好,你给我要两杯啤酒。"

童婷婷笑着说:"啤酒是卖瓶的,给你要两瓶吧。"

关明伟说:"好的。"

十八大之前的那些年,大凡事业上成功的男人,只要你愿意,身边美女如云。关明伟这个人,在这方面还算做得好的。他跟那些所谓的哥儿们丁玉华、楚江南等人,喝多了也会去高档次的KTV,叫上一些美女,陪他们唱歌、跳舞、喝酒,但他只是玩玩而已,从来不会和这些大众情人过夜。因为在他的脑海里,这些人不干净。这些人为了钱,这会儿跟你在一起,用娇滴滴的口气,哥呀哥呀地叫着你,也许在前一小时,和肝炎患者在一起接吻或上床。因此,他从来不嫖外面的女人。有时候他也想,想感受一下老婆以外的女人是什么滋味。可那些年为了事业,他几乎一直在山里,山里的女人穿着打扮一个样,统一的红色工服、大头皮鞋,再漂亮的女人也看不出漂亮了。自从见了童婷婷,他就有了某种想法,想法归想法,但他不敢贸然去找她,后来他隐隐约约觉得童婷婷对他好像有了这个意思,但老是觉得没时间,也没机会。今天下午，工作干完以后，也没人约他应酬吃饭，他本想让郝世杰把童婷婷带上一起去吃饭，但郝世杰说他去了前指，下一周才能回来。于是，他就给童婷婷打电话，让童婷婷来他办公室。

童婷婷到他办公室以后，他觉得童婷婷越来越漂亮了。童婷婷穿了件粉红色的薄毛衫，在蓝色连衣裙的衬托下，线条显得更加柔美，尤其是那丰腴的胸部，让他浮想联翩。一头乌黑的头发披在肩上，五官长得匀称而有棱角，那双大眼睛让人感到喜欢，本来就白皙的脸蛋，今天仿佛更加灿烂，加上微笑中透出的那种诱惑，让他鼓足了勇气，去试探这个他既熟悉又陌生的女人。

几杯啤酒下肚，面对童婷婷，尤其是看到她灿烂天真的笑容，他几乎没有胃口，他真想把她揽在怀里，亲上一口，这样也许才能让他的内心平静下来。童婷婷似乎感觉到了什么，仍然笑着对关明伟说："明哥，你怎么不吃呀？"

关明伟笑着说："我吃好了，咱们回去吧。"

童婷婷说："慢慢吃，才八点钟，要不让我陪你再喝几杯？"

关明伟说："不用，你开车还是保险点，不要找代驾。"

童婷婷说："那好吧，我去买单，你等会儿。"

十月的长安，感觉不到一点深秋的味道，最明显的是白天在逐渐变短，夜晚的时间逐渐变长。

关明伟坐在童婷婷的车上，由于心里有鬼，他反而不知道该怎么跟童婷婷聊天了。童婷婷笑着说："领导，你是不是有事啊，好像不开心似的。"

关明伟尴尬地笑了笑，说："没事啊。"

童婷婷笑着说："不对吧，来的时候可不是这样！"

关明伟心里想，看来这个女人也不简单，竟然能看出自己心里有事。他笑了笑说："没事。这会儿还早，可不可以去你家坐坐？"

童婷婷笑着说："那有什么不行的，不过，我家里比较乱，你可不能笑话我。"

关明伟说:"上班的人都一样,除了周末大扫除,平时谁顾得上收拾房子。"

童婷婷住的房子是城北最好的小区。郝世杰家有钱,在郝世杰还没有找对象的时候,郝世杰的父亲已经把房子买好了。一百八十多平方米的房子,除了逢年过节家人团聚的时候,热闹一点,平时小两口住这么大个房子,显得有点空旷。特别是现在,由于前指工作繁忙,郝世杰一个月只有十多天在家里,大多数时间是童婷婷一个人在家。

关明伟来到童婷婷家以后,心里不知道是什么滋味。他为了让自己的心情尽量得到平静,穿着童婷婷给他的拖鞋,在没有得到童婷婷邀请的情况下,就开始参观别人家的每一个房间。

参观完以后,童婷婷给关明伟沏了一杯茶,两个人坐在沙发上一边聊天,一边看电视。

作为一个单位的人,尽管一个是厂长,一个是普通的职工,要聊天,还是有很多话题的。当聊到干部的时候,关明伟有意识地说:"我觉得郝世杰这小子不错,能吃苦,将来一定前途无量啊。"

童婷婷笑着说:"他唯一不好的就是大男子主义,总是自以为是,别人说什么他都听不进去,只有你的话,他才比较重视。他对你比较信任。"

关明伟心里想,不是信任,应该是感激。不仅帮着把你调到了机关,而且还提拔了他,如果我要是把你睡了,他还能信任我嘛!他看着童婷婷诡秘地笑了笑说:"童婷婷,你俩竟然在家里议论我啊。"

他一边说着,一边往童婷婷跟前靠了靠,并把手伸过去,搂住童婷婷的肩膀,想看看童婷婷的反应。

童婷婷只是下意识地躲闪了一下,但并没有强烈的反对。对他说:"没有啊,我一直觉得他对你挺信任的,你以后多教教他。"

关明伟看童婷婷没有过激的反应,他放在童婷婷肩膀上的手不知道是收回来,还是继续放着。

童婷婷看着关明伟说:"领导,我给你添点水吧。"

童婷婷正要站起来的时候,关明伟一把把童婷婷拉到自己怀里,对童婷婷说:"婷婷,明哥太喜欢你了。"

童婷婷一边挣扎,一边说:"不能呀领导,你是不是喝多了?"

关明伟把童婷婷抱得紧紧的,对她说:"明哥自从见了你,就喜欢上你了。"

童婷婷知道挣扎是没有用的,就对关明伟说:"你先把我放开,不然我就生气了。"

这个时候,关明伟哪肯听她的,不仅把她抱得更紧,而且还在亲吻她,嘴巴不停地亲吻她的脸颊。

童婷婷知道这个时候自己说什么也没用了,她只能像一只小绵羊,任凭关明伟宰割。

关明伟一边亲吻,一边用手使劲地抚摸童婷婷的乳房。

当他觉得童婷婷不再反抗的时候,他把童婷婷一把抱起来,直接抱到床上,开始脱童婷婷的衣服。

也许是由于过于激动,他竟然不知道怎样才能将童婷婷的外套脱下来。童婷婷心里想,既然已经没法摆脱,与其让他强奸还不如主动予以配合。童婷婷说:"你把我放开,我自己来吧。"

尽管关明伟已经迫不及待,但他听了这句话以后,还是把童婷婷给放开了,并对她说:"你愿意了?"

童婷婷有点撒娇地说:"人家不愿意又有什么用,我又没你劲大。"

关明伟这个时候,反而冷静了许多,他坐在床上,把童婷婷抱住,在她的脸上亲了一下,笑着对她说:"明哥真的是很喜欢你呀。"

童婷婷把外套脱了下来,对关明伟说:"我去洗一下吧。"

关明伟笑着说:"我也想洗一下。"

童婷婷说:"那不行,我洗完你再去洗。"

童婷婷去卫生间把脸洗了，牙刷了，并把下身也进行了仔细的清洗，完了之后，才来到卧室。并对关明伟说："你去洗吧。"

关明伟洗完以后，来到卧室，看到童婷婷穿着睡衣，那种迫不及待的欲望又一次燃烧起来。他把自己的衣服三下五除二脱了下来，上到床上，开始抚摸童婷婷。童婷婷竟然笑着说："看把你急的，你又不是第一次跟除了嫂子以外的女人睡觉！"

关明伟一边抚摸着童婷婷，一边说："婷婷，我不骗你，你真是我在外面接触的第一个女人。"

童婷婷尽管有点不信，但从关明伟着急的样子看来，还真有点可能。她笑着问："你真的喜欢我吗？"

关明伟说："那还有假，我要是不喜欢你我能亲自找厂长把你从采油队直接调到机关吗？"

童婷婷知道，所有的男人都一样，在那次宴会上，她就发现关明伟对她有了意思，但之后，她也没在意。

在关明伟的抚摸下，童婷婷慢慢地进入了状态。她躺在床上，任凭关明伟亲吻、抚摸，直至进入她的身体……

童婷婷皮肤白皙光洁，她虽然是生过孩子的女人，但她的身体几乎没有变形，乳房仍然挺挺的，腹部也没有赘肉。他不仅觉得这个女人漂亮，而且还很性感，他便产生了欲把这个女人揉碎的冲动。

童婷婷说："今天晚上你就别回去了吧。"

关明伟故意逗她说："我明天都不想回去，我想天天跟你在一起。"

童婷婷笑着说："男人就是会哄女人。"

打这以后，只要郝世杰上了前指，关明伟经常和童婷婷约会。

童婷婷与关明伟好了以后，不知道是因为她觉得愧对郝世杰还是出于对自己男人的爱，她经常在关明伟跟前吹耳边风，要求提拔郝世杰。

在关明伟眼里，提拔个人不是什么大事，不知道是为了进一步让童婷婷对他好，还是出于掩人耳目，他和童婷婷好了两年之后，才将郝世杰提拔为正科级。

郝世杰被提拔到正科级也是情理之中的事情，无论是工作、学历，还是资历，都符合干部提拔的条件。但在有些人看来，认为是童婷婷在其中起了作用，那些出于嫉妒和没有得到提拔的人，就在外面嚼舌头，时间长了，风言风语就传到郝世杰的耳朵里。郝世杰本来就有大男子主义，哪能容得下"绿帽子"！

为此，他和童婷婷吵过很多次，但童婷婷怎么也不承认。

最后，也只能不了了之。

现在，他终于有机会报复关明伟了，他要把关明伟干的那些坏事，一件不落地举报给黄玉萍警官。他也知道，经济犯罪判不了死刑，但只要他如实地把关明伟给那些施工单位多结账、结假账的事情提供给专案组，关明伟这一辈子可能只有在牢房里度过了。

下午，黄玉萍根据胡先明供述的关于丁玉华、楚江南、向阳光、夏收等进行多结算、虚假结算的线索，对当时在资料上签字的赵军民进行了审讯。

这个叫赵军民的现场施工监督员胆子非常小，一进审讯室，吓得脸都白了。黄玉萍对赵军民说："赵军民，我们是黄庆县公安局的警察，受有关部门指派，来调查延东油田采油八厂项目组前几年成本超支的问题，希望你能积极配合。"

说完，她把自己和于胜利的警官证给赵军民看。赵军民吓得看也没敢看，就说："好的。"

黄玉萍看到赵军民满头大汗，笑着说："赵军民，你也不要害怕，我们问你什么，你只要如实回答就行了，决不能撒谎，如果撒了谎，最后被证实了，你是要负法律责任的，你听清楚了没有？"

赵军民说："清楚了。"

黄玉萍问："你认识丁玉华、楚江南、向阳光、夏收这些人吗？"

赵军民回答说:"认识,他们在我们厂干过工程。"

黄玉萍问:"你是哪一年认识他们的?"

赵军民回答说:"在我到项目组当施工员以后。"

黄玉萍问:"他们给你送过东西没?"

赵军民回答说:"送过,给我送过烟酒。"

黄玉萍又问:"送过钱没?"

赵军民回答说:"没有。"

黄玉萍说:"你可想好,决不能撒谎。"

赵军民想了想,回答说:"真没给我送过钱。"

黄玉萍严厉地问:"那你为什么给他们多结的费用上签字?"

赵军民回答说:"是领导让我签的。"

黄玉萍问:"哪个领导?"

赵军民回答说:"胡先明让签的。"

黄玉萍问:"多出来的工作量你知道吗?"

赵军民回答说:"不知道,我没看。"

黄玉萍问:"那你为什么没看!有你这样工作的吗?"

赵军民吓得低下了头,不知道该怎么回答眼前这位漂亮、严厉的警官的问题。过了一会儿,他才说:"当时胡先明说是宁厂长让签的,而且胡先明也签了,所以我也就签了。"

黄玉萍说:"我再问你,虚假结账的事情你知道吗?"

赵军民说:"知道。"

黄玉萍说:"结了多少你知道不?"

赵军民回答说:"不知道,也是胡先明让我签的,我当时确实有点害怕,但胡先明说宁厂长让签,说逢年过节要去看望领导,所以我就签了。"

黄玉萍觉得这些石油工人也太没责任心了,那么多钱,连看都不看就敢签字。她厉声说:"赵军民,你知道你这样做是犯法吗?"

赵军民说:"我知道,但领导让签,我又不敢不签啊。"

黄玉萍一看就知道这个叫赵军民的施工人员是个老实疙瘩,就对他说:"现在,我跟你对几个数字,看你有没有印象。"

黄玉萍按照她从胡先明那里核实的数据,一笔一笔与赵军民核实,不知道他是真知道还是被吓着了,核实的每一笔,赵军民都说有印象,但具体数字他确实不知道。

通过对赵军民的讯问,黄玉萍觉得赵军民也不像在说假话,她按照程序,让赵军民该签字的签字,该压手印的压手印,一切程序走完了之后,就把赵军民给放了。

黄玉萍跟周志新商量以后,觉得胡先明提供的证据基本靠实,当务之急,必须通过沈万红将相关凭证的原件借出来,并进行复印、拍照,以便在审讯丁玉华、楚江南、向阳光、夏收等人时所用。

第二天上午十一点左右,郝世杰很守信用地按照黄玉萍的要求,提供了丁玉华、楚江南、向阳光、夏收等人多结账、虚假结账的清单,与胡先明所交代的大致内容相同,所不同的是多结账、虚假结账的金额不同,让他们做假账的领导不同。

掌握这些主要证据之后,周志新、黄玉萍、于胜利在沈万红的协调配合下,针对胡先明、郝世杰提供的证据,到延东油田采油八厂进行了认真的核实。完了之后,周志新、黄玉萍等专案组一行人员,在沈万红的陪同下,直接回黄庆县公安局了。

周志新、黄玉萍、于胜利等专案组一行人回到黄庆县公安局以后,局长周怀兴认为他们工作很出色,就给他们放了两天假,然后开始针对已经带回的犯罪嫌疑人楚江南、向阳光、夏收三人进行进一步讯问。同时,黄庆县公安局根据专案组提供的关于宁永瑞、丁玉华的线索,在陕甘宁蒙以及海南等省区,展开对宁永瑞和丁玉华的抓捕行动。

随着专案组的深入调查，延东油田采油八厂项目组成本超支的问题，又一次成为大漠油田公司职工们议论的热门话题。有的说宁永瑞已经被抓起来了，有的说公司前任党委书记刘春华和总经理助理关明伟也被抓走了，还有的说前几年干过项目的郝世杰、胡先明、赵军民等人也被抓走了等等。这些传说是真是假暂且不论，但大家对这件事情的看法是积极的，是充满正能量的。大多数人认为，干了坏事的人就应该被绳之以法，不然对广大干部职工太不公平了。同时，总经理杨明轩已经成为职工心目中的英雄，成为很多一线职工的偶像。当然，职工对总经理杨明轩的赞扬不仅仅是因为他对这些违法乱纪的人敢于硬碰硬，更主要的是杨明轩对一线职工的政策，已经让职工们感到了实实在在的温暖。

大漠油田公司前党委书记刘春华自从知道了延东油田采油八厂由专案组调查以后，除了对自己的财产进行藏匿，更主要的莫过于对宁永瑞和关明伟的关心，他知道，只要这两个人有一个出事了，他肯定完蛋。

关明伟给他通报了专案组开始调查的事情以后，他表面上显得很平静，但内心却感到前所未有的恐慌。他不得不冒着被公安部门监听的风险，拿着他们在专案组开始调查之前准备好的电话，经常跟关明伟打听消息，研究对策。

关明伟毕竟只是总经理助理，案件进行到什么程度他并不完全清楚，但谁被带走调查，谁被抓走了，还是有人给他通风报信的。因为他毕竟在项目长、厂长、总经理助理这些岗位上干了十多年，也有不少关系好的人，这些人对他的情况还是比较关心的。

尤其是听说前两任地面项目长郝世杰、胡先明以及与他和宁永瑞关系密切的楚江南、向阳光、夏收等人被带走以后，关明伟一下子就紧张了。他知道郝世杰、胡先明对多结账、虚假结账的情况清清楚楚，一旦他俩如实提供了证据，再加上丁玉华、楚江南、向阳光、夏收等人的承认，那他和宁永瑞就彻彻底底地完了。他知道丁玉华已经跑了，郝世杰被带走以后又被放回来了，胡先明被带走以后到现在也没回来，宁永瑞的电话从来都没打通过，不知道是被抓走了还是也跑了。

当关明伟把这些情况通报给刘春华时，刘春华后悔自己这辈子唯一做错的事情就是交友不慎，交了像关明伟这样一个不靠谱的人！

刘春华想起这些事，就后悔不已。

在关明伟当项目长、当厂长的时候，不仅给他送钱、送物，还给自己的亲朋好友在工程的承揽、结算等方面都给予了照顾。同时，关明伟还不断给他介绍一些新的朋友，让他一步步进入泥潭。

在宁永瑞的提拔上，刘春华认为，这是他这一辈子干得最愚蠢的一件事。他原来对宁永瑞只是认识，但并不了解。后来通过关明伟的牵线，经常在一起吃饭、喝酒、打牌，他觉得宁永瑞这个人跟关明伟一样，重感情、讲义气。宁永瑞只要到大漠油田公司办事，都会到他的办公室去看他，逢年过节总会在第一时间给刘春华发条问候的短信。那个时候，刘春华还只是个副厅级干部，当时，很多领导都在想办法挣钱，他当然也不想袖手旁观，因为他需要钱，他也想在北京、上海买房子，可就凭他和老婆柳玉那点工资、奖金，在长安也只能买个一般的房子。

于是，刘春华就让他高中时的同学鲁玉平去找宁永瑞，希望在延东油田采油八厂项目组承揽工程。当时宁永瑞并不认识鲁玉平，而刘春华又不想亲自出面给宁永瑞打招呼，就让鲁玉平找关明伟协调。已经是厂长的关明伟，给副厂长兼项目长的宁永瑞安排个人，按理来说也是不成问题的，可宁永瑞并没有给鲁玉平比较挣钱的工程，而且在结算等方面，也没有给予特别关照，这一年，按照鲁玉平的说法，几乎没有挣到钱。即便是如此，春节期间，鲁玉平为了感谢刘春华，仍然给刘春华送了二十万。在当时比较混乱的背景下，多数领导通过安排自己的亲戚、朋友、同学、老乡等，到油田各项目组承揽工程、供应材料、承包油井、拉油拉水等给自己挣钱，刘春华认为自己安排鲁玉平到宁永瑞那儿承揽工程，也不是什么违法乱纪的事情。于是，第二年项目组刚刚启动，刘春华就放下厅级领导的架子，亲自给宁永瑞打电话，让宁永瑞对鲁玉平予以关照。这一年，鲁玉平不论是工作项目的承揽，还是工程量的结算，方方面面都得到了宁永瑞的照顾。

很多生意人之所以能够做大做强，他们最大的特点就是拿挣来的钱，按照规矩，给相关人员分成。鲁玉平也一样，除了平时给刘春华小恩小惠，春节期间，又给刘春华送去五十万。刘春华心里特别高兴，他觉得自己辛辛苦苦工作一年，也挣不了多少钱，随便安排几个人，到项目组承揽工程，一年挣来的钱，比他几年的工资都多。于是，他想让鲁玉平在其他项目组也承揽工程，可今非昔比，反腐风暴突然爆发，首先出事的就是刘春华的前任总经理，他当时确实也有点害怕，但在整个调查、处理过程中，来大漠油田公司的专案组并不针对其他问题和其他人，仅仅对总经理、与总经理有过买官卖官的个别人，做了简单轻微的处理。在这次事件的调查处理中，刘春华展示了他处理复杂问题的能力。刘春华因祸得福，那么大的问题，不仅没有牵连到他，而且还被提拔为党委书记，这让很多人、包括班子的其他成员，都对他刮目相看，佩服有加。

刘春华当了党委书记后，有些事情不用他亲自打招呼，那些聪明人也会主动帮他办理。就拿鲁玉平来说，有的项目长知道鲁玉平是刘春华的高中同学，而且和刘春华关系密切，所以鲁玉平不管到哪个项目组承揽工程，都会得到项目长的照顾。鲁玉平为了报答刘春华，不但逢年过节给刘春华送钱送物，还提出要给刘春华在长安秦岭北麓买一套别墅。刘春华虽然想要，但他知道要了的后果，就断然拒绝了鲁玉平的好意。这是因为当时的形势所迫，省委已经按照有关要求，对领导干部的亲人、朋友、同学、特定关系人经商开始登记并核查。刘春华知道，如果自己要了鲁玉平的别墅，鲁玉平会继续打着他的旗号，在大漠油田公司的项目组和采油厂继续承揽工程，这可能给他带来巨大风险。他不但没有要鲁玉平给自己买房子，而且还做工作让鲁玉平尽快离开大漠油田公司，另谋他途。在这件事上，刘春华认为他做得比较妥当，但在后来的工作中，随着他权力越来越大，以权谋私已经到了放纵的地步。大漠油田公司连续两年的干部提拔调整，基本上都是他一个人说了算。在这种情况下，干部的选拔原则，只是幌子而已，提拔干部已经与任人唯贤、德才兼备、注重实效等基本原则没关系了，刘春华看重的是那些曾经给予过自己好处的人或者通过其他方式给自己送过钱财的人。刘春华分批分期地把那些他认为该提拔的人、该重用的人，几乎一个不落地全部安排到位。就在总经理杨明轩上任以后，他仍然卖官，持续破坏着大漠油田公司的政治生态，这才导致他现在的处境。

刘春华清楚地记得，宁永瑞在当项目长的时候，通过关明伟创造条件，一次又一次给他送钱，其目的就是希望在关明伟得到重用以后，他来当厂长。人常说，吃人家的嘴软，拿人家的手短。刘春华直接或间接地从宁永瑞那儿得到很多好处，尽管形势已经发生了变化，但他还得想办法把宁永瑞的事给办了。刘春华为了把事情办得稳妥一些，在宁永瑞还当项目长期间，就把宁永瑞提拔为常务副厂长，正处级，以便将来关明伟提拔后，宁永瑞能顺利接班。可刘春华万万没有想到，关明伟和宁永瑞的胆子确实太大，在关明伟离开延东油田采油八厂被提拔为总经理助理后，离任审计时发现，在他们两人当项目长的五年时间里，项目投资竟然能超十几个亿，这等于给了刘春华一记响亮的耳光。那两年，很多人对大漠油田公司干部的提拔有意见、有看法，认为他刘春华任人唯亲，这不成了最好的例证了嘛！刘春华把关明伟和宁永瑞叫到办公室，对他俩进行了严厉的批评。刘春华说："你俩胆子也太大了，你们看一看大漠油田公司有那么多的项目组，有超投资的嘛！你们这些年在项目组捞走了多少钱？"

关明伟和宁永瑞吓得谁也不敢说话。刘春华摇了摇头，有些无可奈何地说："我确实没想到你俩会这样啊！你们说说，准备怎么办？"

关明伟和宁永瑞还是不说话。

刘春华知道发火已经没什么用了，他又语气平缓地对关明伟和宁永瑞说：

"你们是怎么超的,你超上一两亿、甚至是四五个亿都能说得过去,你们说超了十几个亿,公司怎么给省上领导交代!老实说,你们个人在里边捞钱没有,能不能经得起相关部门、特别是纪检监察或公安检察院的调查?"

关明伟说:"我干的时候觉得没什么问题,不知道永瑞这几年什么情况。"

宁永瑞口里没法说,但心里想,你关明伟还好意思说你没问题,其中有几个亿就是你手里留下的,有些事情我不想说而已,今天弄到这个地步,在一定程度上也都是你造成的。

宁永瑞刚当项目长的时候,很多情况他不了解,也不知道该怎么办。关明伟从项目长一步步走到厂长这个位置,宁永瑞打心眼里比较佩服,甚至认为他是自己的偶像。关明伟当时是宁永瑞的厂长,不管有事没事宁永瑞总爱和关明伟在一起,尤其在遇到困难和问题时,他多次请教关明伟寻求帮助。关明伟也不把宁永瑞当外人,经常给宁永瑞讲一些在他看来做人做事的道理,刚当处级领导不久的宁永瑞,听了觉得还真有道理。后来,只要是关明伟安排的工作,他都不折不扣地执行,但在金钱方面,他觉得关明伟胆子太大,让他有些害怕。后来,他发现确实没事,胆子也越来越大,甚至超过了关明伟,这大概就是造成现在成本严重超支的主要原因。

刘春华看宁永瑞不说话,他说:"宁永瑞怎么不说话,有没有问题啊?"

宁永瑞也算实在,说:"超那么多,肯定有问题。"

刘春华说:"那好,你如实地把情况说一说,我们好想办法把这个事情摆平。"

宁永瑞叹了口气说:"成本之所以能超那么多,有将近五个亿是在我当项目长之前就超的,另外这几年给一些施工单位,尤其是领导们安排来的工队多结出去可能在一个多亿吧,剩下的主要是管理不当,到处都不严谨造成的,现在可能出问题的主要是多结算的问题。"

刘春华说:"有没有虚假结算的?"

宁永瑞想了想说:"有,不多。"

刘春华说:"不多是多少啊?"

宁永瑞觉得这个数据绝对不能告诉他,要是他知道了,肯定不会放过自己,他说:"大概就一千多万吧。"

刘春华看了看宁永瑞说:"一千多万还不多!多少才算多啊?"

宁永瑞低着头,没有吭声。

关明伟也没有吭声。

刘春华对关明伟说:"老关,你说怎么办?"

关明伟竟然说:"超就超了,那又不是我们自己拿走了。"

刘春华听关明伟这么回答,气得不知道怎么跟他们俩说了。心里想,常常教育别人说要慎重交友,没想到自己却交上了这么些人!简直就是些无耻之徒啊!

过了好长时间,刘春华终于憋不住了,把自己早就想好的办法说了出来。他对宁永瑞说:"永瑞,这些年你也不容易,对我也很好,但是你捅的娄子确实太大,我想了很长时间,只有一个办法,就是你辞职,然后再看怎么办,不然确实不好交代。"

宁永瑞听了以后,感到非常惊讶。他觉得自己好不容易混到正处级,现在还没有感觉到正处级的滋味就让自己辞职,亏你老刘能想出这个办法。他抬起头,对刘春华说:"没有其他办法了?"

刘春华说:"这也不是最好的办法,只是没办法的办法啊。"

宁永瑞说:"我不想辞职。"

刘春华看了看宁永瑞,有点恨铁不成钢地说:"永瑞啊永瑞,你真是太不成熟了,只要你辞职后没事就算烧高香了,你不知道有多少双眼睛在盯着我们,就看我怎么处理你!难道你还非要等把你撤职了,或是移送纪检监察部门你才善罢甘休吗?"

宁永瑞低着头不吭声,刘春华把关明伟瞪了一眼,关明伟才反应过来,他对宁永瑞说:"刘书记这也是没办法的办法,你就辞职吧。"

宁永瑞心里想，你怎么不辞呢！真是站着说话不腰疼。过了几分钟，他说："让我考虑考虑再说。"

刘春华说："行，你回去考虑吧，但要尽快做出抉择。"

过了一周，宁永瑞还没有给刘春华回话，刘春华就急了。他把关明伟叫到自己办公室，让关明伟给宁永瑞做工作，让他必须尽快辞职，因为没有别的路可走。同时，他还让关明伟转告宁永瑞，说他已经把宁永瑞这几年给他的钱准备好了，让宁永瑞过来取走。

关明伟听完刘春华的话，就知道事情的严重性了。关明伟虽然是总经理助理，但他并不是领导班子成员，对延东油田采油八厂项目组超成本一事，他并不知道大漠油田公司领导班子成员对这件事情的态度。但他知道，刘春华一再要求宁永瑞辞职，说明刘春华也没有更好的办法。所以，他也觉得宁永瑞辞职了，或许对大家都好。他就找到宁永瑞，把刘春华给他说的话，一句不落地转达给宁永瑞，并按照刘春华的要求，给宁永瑞做工作，让宁永瑞辞职。

在这种情况下，宁永瑞辞职了。

第十一章

宁永瑞辞职以后，大漠油田公司准备将延东油田采油八厂成本超支的问题给省上主管领导汇报，其目的是想让省上认可，把这十几个亿的缺口给补上。那么，要给省上汇报，总得把问题搞清楚，不然，怎么给省上汇报？按照公司领导班子会议决定，组织一个由财务部门牵头，计划、审计等部门参加的联合调查组，对延东油田采油八厂项目组超成本一事进行一次专项调查。通过近一个月的调查，发现延东油田采油八厂项目组仅账务方面就存在很多漏洞，有些资料一看就知道多结算了。按照大漠油田公司要求，让这些施工单位在三个月内将多结算的费用退回，否则将把这些施工单位从大漠油田公司清理出去，而且永远不再合作。

要求退钱的老板们，纷纷找到宁永瑞，要求宁永瑞退还他们送给宁永瑞的钱，否则，就要对簿公堂。

宁永瑞这个时候才知道什么叫人走茶凉啊！他当项目长的时候，这些所谓的老板们，见了他总是笑脸相迎，毕恭毕敬，现在他刚辞职，就翻脸不认人，还要跟他对簿公堂，让他感到非常懊恼和沮丧，他只好把从别人那里拿来的钱，一笔一笔还给别人。

关明伟在得知专案组进入延东油田采油八厂以后，他就通知丁玉华，让丁玉华立即离开长安城，到老家或其他地方避避风头，以免让他措手不及。

在关明伟看来，丁玉华既是自己最好的朋友，也是最有可能置自己于死地的人，因为他手里的钱大部分都是通过丁玉华倒手的。

在关明伟当项目长的第一年，他就认识了丁玉华。有一次，他请对外关系处的领导赵处长吃饭，丁玉华也跟着来了。丁玉华给他留下的第一感觉是聪明，舍得花钱。本来是他请领导吃饭，可吃饭时喝的茶、喝的酒、抽的烟都是丁玉华带来的，饭还没有吃完，丁玉华已经把账结了，这让他很感激。尽管所有的私人老板都具有这个特点，但丁玉华与众不同，对谁他都是笑脸相迎，热情地跟你打招呼，给你倒茶，给你敬酒，给你留电话号码，最后还要说上一句："如果有需要兄弟的地方，随时听候安排。"

关明伟当项目长后，项目组可以说要钱有钱、要人有人，但很多事情不是单位内部协调或者花钱能解决得了的，有些事情必须借助外部力量。尤其是在井站用地审批、环保环评等方面，社会上有些人能力很大，他们水平很高，几乎没有解决不了的问题。

过了两个月，丁玉华来延东油田采油八厂项目组拜访关明伟。他知道关明伟不抽烟，就给关明伟带了两盒茶叶，一盒安吉白茶、一盒龙井，并给他拿了十万块钱。要是一般人，可能还没把礼物放下，就会提出这样那样的要求，可丁玉华只字不提要求，就是来看朋友。他对关明伟说："我知道你不抽烟，我就没给你拿烟。这两盒茶都是今年的新茶，春天喝点绿茶挺好，你如果觉得好喝，我下次再给你拿。"

这让关明伟很感动，他以为丁玉华跟所有的私人老板一样，套近乎后就开始说他能干这个、能干那个的，好像什么事他都能干，目的只有一个，就是来找你要工程干。可丁玉华不一样，他知道领导，尤其是刚上任的领导都很忙，他坐了一会儿，把装在档案袋里的十万块钱给关明伟放下，说："你刚当项目长，外面有很多事情需要处理，这个你先拿着用，如果还需要，随时给我打招呼。"

作为刚刚当上项目长的关明伟，看到丁玉华给他送这么多的钱，还真有点不敢要，推辞了半天，丁玉华却坚持要给他，并说："就算我借给你的，等你工作顺当了再还我也行。"

丁玉华最终还是把十万块钱留下了，但并没有给关明伟提任何要求，只是说回长安城了，要请他吃饭。

丁玉华走后，由于项目组工作刚刚启动不久，确实有许多工作要干，关明伟并没有在意，也没有对丁玉华的言行、举止想太多，直到过了很多天，再一次打开办公室的柜子的时候，看到丁玉华给他送的那个档案袋，他才想起了丁玉华。

关明伟在想，赵处长跟丁玉华到底是什么关系，赵处长并没有详细地介绍，只是给大家介绍说这是丁总，是个很不错的朋友，希望大家以后常来常往。他感觉到，赵处长与丁玉华的关系不一般，也许是赵处长在对外关系协调中认识的朋友，但不管怎么说，这个丁玉华也许值得交往。

过了几天，关明伟回长安休息，他想看看这个丁玉华到底是个什么角色。他就给丁玉华打电话说："丁总，我回长安了，你如果有时间，把赵处长约上，我们一起坐坐。"

丁玉华接到电话以后，高兴地对关明伟说："那没问题，您还有没有其他要求。"

关明伟说："没有，你看赵处长有没有要求，你自己看着安排，到时候你通知我一声，我就来了。"

丁玉华说："您看放哪一天，是中午还是晚上？"

关明伟说："如果赵处长有时间，就放明天晚上吧。"

丁玉华说："好的，就明天晚上。"

第二天晚上，关明伟让司机把他送到长安南郊一个叫"苏南会馆"的酒店。去了以后，他只看到丁玉华和赵处长两个人，他笑着对赵处长说："好长时间没见你了，最近忙不？"

赵处长笑着说："我们关大项目长回来了，就是再忙也得一块坐坐啊。"

关明伟笑着说："不敢当，还得多向你老兄请教，以后可能还有许多事情需要请你老兄帮忙呢。"

赵处长说："以后有事，你还可以找丁总帮忙，丁总在这方面挺厉害的。"

关明伟说："那好呀，以后请丁总多关照。"

丁玉华笑着说："关照谈不上，跑个腿还是可以的。"

关明伟说："就咱三个？"

赵处长笑着说："怎么了，你嫌不热闹，要不让丁总给你叫两个美女，陪你多喝几杯。"

关明伟说："那倒不用，我们仨刚好喝喝酒，说说话。"

他们仨一边喝酒一边聊天。聊天中关明伟才知道，丁玉华和陈副省长是很近的老乡，陈副省长主管全省工业，大漠油田公司是延吉省重要的大型企业，赵处长作为外协处长，能够跟丁玉华建立良好的关系，在一定程度上讲也是为了工作。

打这以后，关明伟和丁玉华的交往多了起来，他只要回长安就会主动约丁玉华一起吃饭、喝酒、洗澡、去KTV。在吃喝玩乐的过程中，他俩建立了良好的个人关系。

关明伟是项目长，项目组有很多工作量是需要社会化施工队伍来完成的，关明伟心里想，让谁干都是个干，既然丁玉华有这个能力，让丁玉华干不是更好嘛！于是，只要是丁玉华有能力完成的施工项目，就尽量安排他来干。在关明伟当项目长的三年时间里，除了第一年少一些，随后每年给他的工程量都在一个亿左右，不仅如此，每年多结、虚结的工作量也有好几百万。后来，关明伟当厂长以后，他引荐丁玉华和宁永瑞认识，由于宁永瑞除了喜欢钱，还喜欢美女，丁玉华就投其所好，在宁永瑞手里也承揽了很多工程量，挣了不少钱。

丁玉华接到关明伟让他出去避风头的电话后,把这个情况告诉了已经离开延吉省的陈副省长。陈副省长了解了事情的前因后果后,对他说:"你这个情况还是比较复杂,从前面看,你送给他十万块钱,已经构成行贿罪了,后面他给你多结的钱和虚假结算的钱你都给他了,在一定程度上讲,等于帮助他人套取国有资产,而且数额较大,这也是犯罪,涉嫌诈骗罪,但具体情况还得问律师。他让你出来避避风头,怎么避,现在国家的侦查手段非常多,只要想抓你,你是跑不了的。我倒建议你不用跑,可以出去转转,如果接到公安部门的通知,你最好还是积极配合调查,也许没什么大问题。"

丁玉华咨询完陈副省长以后,他又通过朋友,找了一名律师咨询。律师听了他的实际情况后,认为他只要积极配合公安部门侦查,问题虽然有,但不会太严重。

丁玉华在北京、上海、海南等地边旅行、边思考怎样对待眼前这件让他感到头痛的事情。丁玉华想,从朋友的角度来说,关明伟是朋友也是他做生意的贵人,自己通过他少说挣了有四五千万,如果他如实将关明伟通过自己套钱的事情说出去,他自己立了功,关明伟可就惨了。这不是他做人的原则,他也不想这么做。即使自己没事,一旦传出去以后,自己也将颜面尽失,以后也没办法在江湖上混了。但他也知道,即使自己不说,那些参与假结账的相关人员也会说,到时候谁也保不住,还不如说了,至于怎么说,他得好好思考一下,既能让自己顺利过关,也不至于对不起朋友。

丁玉华在外地转了十几天,他又回到自己的日月山庄。他刚回去,他的小老婆朱红就给他说:"你出去这么多天,也不给我打个电话,现在好像出事了,公安局的人到处找你,说一旦有你的消息了,让我立即告诉他们。"

丁玉华说:"手机坏了。你现在就给他们打电话,打通了让我给他们说。"

朱红把侦查员于胜利留给她的电话找到,拨通电话,直接说:"于警官,丁玉华回来了,他说他要和你通话。"

丁玉华从朱红手里把电话拿过来,对于胜利说:"最近我出差去了,手机坏了，我刚回来，听说你们找我。"

于胜利说："回来就好，你立即到黄庆县公安局，我们有事找你了解。"

丁玉华说："我今天刚回来，明天去行不行？"

于胜利想了想，觉得丁玉华既然已经回来，而且主动给他们打电话，说明丁玉华已经准备好了投案自首，今天来和明天来都一样，就同意了丁玉华的请求。

于胜利把丁玉华回来的消息告诉了周志新和黄玉萍，黄玉萍笑着说："很好，看来这个丁玉华更狡猾。"

接着她又笑着说："这叫大势已去，人人自保啊！"

通过近一个月对近百人的侦查和审讯，专案组对延东油田采油八厂项目组成本超支的问题已经理出了清晰的脉络，如果宁永瑞到案后，能够承认相关人员的举证，侦查阶段就基本结束。现在丁玉华回来了，如果丁玉华能够积极配合，将郝世杰等人提供的举证材料予以证实，对总经理助理关明伟就可以抓捕了。由于关明伟是大漠油田公司的总经理助理，为了慎重起见，专案组的同志们在案件取得重大进展的情况下，仍然没有对关明伟采取措施，他们现在就等丁玉华的口供了。

丁玉华和于胜利通完电话以后，他本打算给关明伟打电话，但他又一想，打电话不知道该说些什么！与其打电话，还不如认真想一想明天见了公安局的人，怎么回答他们更好。

第二天，丁玉华按照侦查员于胜利的要求，一大早就来到黄庆县公安局。

丁玉华找到于胜利后，于胜利直接将他带到周志新办公室。周志新说："直接带到审讯室吧，然后通知黄玉萍，准备审讯。"

丁玉华也是见过大世面的人，但到审讯室这个地方还是头一次，他看到审讯室的各种监控器材和防撞措施等，心里有点不寒而栗，特别是在审讯之前，他旁边站着的两名穿制服的警察，让他深深地感到，自己已经成为一名罪犯了，他心里有种说不出的、莫名其妙的感觉，这种感觉是害怕、是忏悔，还是无助，他说不清楚，但他清楚也许从此以后，就要坐牢了，能坐多少时间，他不知道，但他知道的是应该好好配合警察的调查，以便将功补过。

黄玉萍和于胜利坐在丁玉华的对面，丁玉华的心理已经开始发生变化，不像他在家里时计划的，哪些该说哪些不该说，而是准备老老实实地说，把他知道的事情，全部告诉调查人员。

黄玉萍按照程序，对丁玉华的基本情况了解清楚以后，直截了当地对丁玉华说："丁玉华，今天主要是想了解你在延东油田采油八厂项目组干工程期间的事情，希望你能够积极配合，实事求是地回答我们的提问，如有意隐瞒是要负法律责任的，你听清楚没有？"

丁玉华抬起头，回答说："听清楚了。"

黄玉萍问："你在延东油田采油八厂项目组干活期间，你给哪些人送过钱财？"

丁玉华想了很长时间才说："具体情况我不清楚，我只负责承揽工程，剩下的事情都是由手下职工具体负责。"

黄玉萍问："你给宁永瑞和关明伟没送过钱？"

丁玉华仍然想了一会儿才说："送过，但我觉得那不是我的钱，只是从我手里过了一下，然后就给他们了。"

黄玉萍觉得这个丁玉华确实会说话，她笑着说："你还真会狡辩，什么叫'从我手里过了一下'，你是在帮助他们套取国有资产，是典型的共同诈骗，你懂吗？"

黄玉萍为了进一步让丁玉华感到法律的威严，有意提高嗓门，带有训斥的意味，让丁玉华进一步感到他问题的严重性，以便更好地回答下面的问题。

黄玉萍接着问："你这几年一共给关明伟多少钱？给宁永瑞多少钱？"

丁玉华想了几分钟，说："具体的我记不清了，给关明伟有一千二百万左右，给宁永瑞可能有九百多万吧。"

黄玉萍说："这些钱是不是你的？"

丁玉华想了想说："这些钱不是我的,是通过工程多结算和虚假工程结算给我,然后我再还给他们的。"

黄玉萍问："那你为什么要这样做呢?"

丁玉华回答说："你们也知道,那些年办事情需要花钱,逢年过节需要看望方方面面的领导,他们说让我帮他们倒一下,我在他们那儿干活,我也不能得罪他们,所以就按照他们的要求,给他们倒了一下。"

黄玉萍问："你不给他们送钱,他们凭什么要给你工程呢?"

丁玉华想了想说："我认为一方面我们是朋友,他们觉得我办事比较可靠,另一方面他们需要很多社会化施工队伍。他们觉得用我比较可靠,因为我这么多年在干活上大家是有目共睹的,从来不偷工减料。"

黄玉萍又问："你这些年,一共在延东油田采油八厂项目组承揽了多少工程量,利润是什么情况?"

丁玉华想了想说："项目一共干了六年,可能有三个多亿吧,利润一般是百分之十五左右。"

黄玉萍问："你指使你的工人给延东油田采油八厂的相关人员送过钱没?"

丁玉华回答说："具体的我真的不清楚,我把工程项目拿到后,交给项目负责人具体实施。为了较好地开展工作,我每年拿出项目总费用的百分之二作为外协费,至于怎么花我不管,可能他们给相关人员送过钱的吧,但并不是我指使。"

黄玉萍为了进一步核实相关问题,把郝世杰、胡先明以及丁玉华下属的工作人员交代的问题,也进行了一一核实。最后,黄玉萍说："你下去好好想一想,今天就向你了解这些情况,如果还有什么要主动交代的,你给警察说,随时可以给我们反映情况。"

对丁玉华审讯完以后,黄玉萍回到监控室对周志新说："你都听清楚没,这个丁玉华和楚江南、向阳光、夏收不一样,竟然没有给宁永瑞和关明伟送过钱，你觉得可能吗？"

周志新笑着说："河南人聪明，也许真的没有送过，但到底送过没送过要看宁永瑞和关明伟怎么说，如果这两个人也说没送过，那还真跟一般商人不一样。"

黄玉萍说："现在已经过去一个多月了，大部分事情已经清楚了，我们应该立即抓捕关明伟，如果让他跑了，问题就复杂了。"

周志新说："他已经跑不了了，我们早就部署好了，他要是有出逃的迹象，我们会立即抓捕的。"

黄玉萍问："宁永瑞的情况怎么样，连个宁永瑞都抓不到，我们也太丢人了吧！"

周志新笑着说："怀兴局长比你还着急，估计快了，已经在海南找到他的住处了，但他并不在，只有一个小姑娘给他看房子，表面上是保姆，据说是他的情妇。我们的民警一边盯着海南，一边也在他可能出现的老家、前任妻子以及亲戚朋友家等地方全面搜捕，我就不信他能上天入地。"

黄玉萍说："这个家伙会不会出逃国外？"

周志新说："应该不会，我们进驻延东油田采油八厂之前，我和局长就已经对宁永瑞、关明伟等重点人员进行关注。尤其是出国，我们通过公安系统协调，联系各机场，已经禁止他们通关了。"

黄玉萍说："这小子会跑到哪儿呢，他能吃得了到处躲藏的苦吗？"

周志新说："这个事情我俩不管，这是他怀兴局长的事。现在我俩需要把侦查的情况做一个总结，尤其是对丁玉华的口供，与前面调查了解到的情况，需要进一步归纳整理，以便给上级领导汇报，也为抓捕关明伟提供更加充足的证据。"

黄玉萍说："好的，我们明天就开始整理，争取在一周内达到汇报的要求。"

就在专案组准备给省纪委汇报的时候，宁永瑞在海南被专案组派出的民警抓获归案。

通过审讯，宁永瑞对相关证人提供的证据，供认不讳，并愿意进一步配合专案组的调查。

专案组将前期侦查工作给省纪委汇报以后，省纪委同意对大漠油田总经理助理关明伟实施抓捕，进行调查。

关明伟被带走调查，在大漠油田公司引起了巨大反响。大多数人认为关明伟是罪有应得，但有少数与关明伟关系密切而且在关明伟当项目长、厂长期间，得到他照顾的人，心里多少有些担心，害怕关明伟把他们之间的一些事情说出来，让他们也受到牵连。

关明伟以及延东油田采油八厂的两名科级干部被专案组带走接受调查，对于大漠油田公司来说也是一件不小的事件。大漠油田公司为了稳定职工队伍，不影响正常工作，立即召开了领导班子会议。会上，传达了省纪委对大漠油田公司总经理助理关明伟接受调查的通报，要求大漠油田公司领导干部要统一思想，坚决拥护省纪委的决定，不听信谣言，更不能传播不利于团结、不利于稳定的信息，要集中精力、全力以赴、全身心投入到各项工作中。并立即派出工作组进驻延东油田采油八厂，帮助延东油田采油八厂稳定队伍，确保延东油田采油八厂各项工作的正常开展。

会后，总经理兼党委书记杨明轩把纪委书记秦文强叫到办公室，想通过秦文强了解整个案情的具体情况。秦文强说："具体的情况省纪委也不太清楚，只有黄庆县公安局专案组的同志知道。省纪委的同志说案件牵扯的人比较多，那几年在项目组工作的领导、科室长，还有个别职工，多多少少都有受贿问题，但最严重的是关明伟和宁永瑞，据说受贿、套取项目建设资金高达两千多万。"

杨明轩问："不知道牵扯到班子成员和一些处室长没有，你再去一趟省纪委，找一下李书记，把我的一些想法给他汇报一下，争取得到他的理解和支持，如果需要我出面，我和你一起去也行。"

秦文强说:"你的想法是什么?"

杨明轩说:"我的意思是除了当事人关明伟和宁永瑞,其他人员如果牵扯的资金数额不是特别大,尤其是十八大以前出的问题,尽量由我们油田公司内部进行处理,这样有利于教育职工,有利于队伍稳定,也有利于油田生产建设。最近我也在反思,为什么会出现这么严重的问题?除了个人因素,与当时的社会背景、油田领导的管理是分不开的。你也知道,中央在处理一些问题时,对十八大以前发生的问题,处理方式是不一样的,而且还特别强调了十八大以后继续违纪的要严肃处理。另外,你看能不能通过正常渠道,或以组织的名义出面,去一趟黄庆县,找找专案组的领导同志,把相关的情况详详细细了解一下,特别是牵扯到的相关人员的具体情况,我们好有针对性地开展工作。"

秦文强说:"我尽量吧,因为案件牵扯的资金数额巨大,既然已经立案侦查,有些事情如果我们处理不好,会违反组织纪律的。"

杨明轩笑着说:"反正你是专家,你自己看着办吧,我们自己可绝不能知法犯法啊。"

秦文强笑着说:"那是肯定的,我们既要爱护我们的职工,更要遵守国家法律。"

秦文强按照杨明轩的安排,不仅去省纪委找了纪委书记李彪,而且通过其他渠道,对黄庆县专案组在侦查阶段查出的问题,进行了了解。牵扯到大漠油田公司的干部职工除了两任项目长关明伟、宁永瑞之外,还牵扯到原党委书记刘春华和现任处级领导干部三人,延东油田采油八厂的科级干部和职工五人。但由于关明伟正在接受调查,会不会牵扯出更多的人,还需要进一步了解。

在对宁永瑞的审讯中,他除了承认胡先明和丁玉华、楚江南、向阳光、夏收等人交代材料中涉及的问题,又主动举报了他给原党委书记刘春华的朋友鲁玉平多结算了一百多万,并且在他被提拔为正处级之前,一次性给刘春华送了五十万；还主动交代了延东油田采油八厂所处范围内的地方政府有关领导，让他安排施工队伍，并明确要求他照顾的有关施工单位，几年中也多结算了六七百万元。

在对关明伟的调查中，刚开始他不配合，只是问什么回答什么，而且对有些问题还不承认。后来，在大量的举证材料面前，尤其是宁永瑞、丁玉华的举证，让他的心理防线彻底崩溃，不仅承认了别人举证的问题，而且也主动交代了自己为了当上总经理助理，多次给刘春华送钱送物，在近十年的时间里，送给刘春华现金近二百万，字画、珠宝等物品价值近百万。

由于宁永瑞、关明伟的举报，刘春华很快就被黄庆县公安局带走。至此，延东油田采油八厂项目组成本超支牵扯的腐败案，基本告破。在黄庆县专案组侦查阶段，对相关问题进行了简要的通报。

通报说，大漠油田公司延东油田采油八厂项目组在2010年至2014年期间，由于关明伟、宁永瑞等人贪赃枉法，失职渎职，造成国有资产流失近十六个亿，在此期间，多人参与诈骗、套取项目建设资金，多人行贿受贿，主要犯罪情况如下：

刘春华，收受贿赂675万元，归案后，主动交代办案机关尚未掌握的全部受贿事实，有自首和立功表现。

关明伟，收受贿赂820万元，伙同他人诈骗、套取建设资金2320万元，并揭发他人犯罪，经查证属实，有自首和立功表现。

宁永瑞，收受贿赂550万元，伙同他人诈骗、套取建设资金1850万元，并揭发他人犯罪，经查证属实，有自首和立功表现。

胡先明，收受贿赂80万元，并揭发他人犯罪，经查证属实，有自首和立功表现。

……

除了对大漠油田公司的犯罪嫌疑人进行通报外，还通报了地方政府和个体经营者犯罪嫌疑人，总共有四十二人。

一日之计在于晨，一年之计在于春。

一年前，延吉省委对大漠油田公司领导班子进行了调整，在不到一年的时间里，已经见到了明显效果。

人常说，春播秋收啊！大漠油田公司在总经理兼党委书记杨明轩的带领下，在年初，做出了较好的工作部署和安排，特别是他紧紧抓住了大漠油田公司存在的主要矛盾，通过有效的措施，使过去存在的问题，特别是职工士气低落的问题，得到了有效解决。广大干部职工都认为，大漠油田公司已经走出了因政治生态被破坏，干部职工士气低落的阴影，呈现出干部队伍团结进取、谋事干事的局面。职工队伍士气高涨、积极进取，为各项工作任务的完成及大漠油田公司的进一步发展，奠定了坚实的基础。

秋天，是个收获的季节。田野里、山坡上，呈现出黄的、绿的、紫的、粉的颜色，将田野装扮得五彩缤纷！在诗人的眼里，秋天是用语言无法表达的诗；在画家的眼里，秋天是用色彩难以调和的画；在我们普通百姓的眼里，秋天就是收获、就是希望……

延东油田采油八厂项目组成本超支牵出的腐败案的查处，在大漠油田公司乃至延吉省引起强烈反响，但随着主要犯罪嫌疑人的落网，这件事情在大漠油田公司已经慢慢淡化，人们虽然对相关人员的审判比较关注，但关注程度远不及以前。

国庆长假，很多人会选择旅游，尤其是平时工作比较忙，想趁假期放松的人，但也有利用放假时间在家休息、照顾老人、陪伴孩子的人。常春梅经常在生产前指，是平时工作比较忙的人，她想利用放假的时间陪陪老人，因为像她这样年龄的人，大多是独生子女。小时候父母亲对待他们就像小皇帝、小公主一样，让他们养成了不会洗衣服、不会做饭、睡觉起来不叠被子等一些不良的习惯，但长大以后，尤其是工作以后，他们才慢慢体会到社会可不是家里，许多事情都得自己去经营，尽管努力拼搏，有许多事情还是不尽如人意。随着自己年龄的增加，他们发现昔日精神抖擞的父母亲头发白了，眼睛花了，背也驼了，身体的病也多了。作为父母唯一的子女，即使父母有个感冒发烧，他们也会时时刻刻牵挂在心。

常春梅工作已经有五个年头了，只要回家，父母亲唯一想知道的就是她找上对象没有，她也知道父母为自己着急，但找对象的事情也不是说找就能找到的，尤其是她跟自己的直接领导、作业区经理曲文清好上以后，不知道是别人不敢找她，还是她自己不愿意找，这两年就这么糊里糊涂地生活着。发小杨博雅跟自己一样，现在也是单身，两个人虽然工作不同，所处的环境不同，但念及小时候的情谊，只要有机会她俩就会一起去逛街、看电影、喝咖啡、吃麦当劳，有时也去常春梅家，吃常春梅母亲做的饭，回味一下小时候的味道。虽然那个无忧无虑、吃着什么都香的感觉已经没有了，可从小结下的那份友谊永远也不会忘记。国庆节七天的假对于过得快乐的人来说，在不知不觉中就要结束了。杨博雅问常春梅说："你明天有没有事，能不能晚上陪我一起去吃饭？"

常春梅说："可以啊，在哪吃？"

杨博雅说："我也不知道，有我爸、我妈，还有我爸的同学一家。"

常春梅说："你们是家庭聚会，我去不合适吧？"

杨博雅说："我已经给我爸说了，他同意我带你去。"

自从苗文哲被调整到机关总部工作以后，尽管大家工作都比较忙，但杨明轩和苗文哲见面的机会多了。见了之后，只要时间允许，还会聊上几句。尤其是苗文哲搞的那个井下作业改革方案，无论从实用性还是前瞻性，杨明轩都比较满意。平时一直说一起吃顿饭，但总是这事那事的，也没个机会，国庆放假，作为领导的杨明轩并没有那么轻松，但总比上班时要自由、清闲许多。

放假前，杨明轩就给他说，如果假期不出去，有时间的话两家人一起聚聚。

苗文哲接到杨明轩的电话，他想了半天不知道怎么安排，要是前几年，哪个地方高档就去哪个地方。现在不同了，杨明轩是正厅级领导，而且在重要岗位上，如果因为吃饭挨个批评、受个处分就得不偿失了。苗文哲想了半天，他觉得这样的事情还得问问外协处或接待办的朋友，他们经常处理这些事情，一定可以推荐比较可靠的地方。

苗文哲原来管过外协，与外协处的领导比较熟悉。他给外协处刘处长打电话后，刘处长根据苗文哲的要求，说："凤城一路长安六中对面有个志豪家园，十五号别墅二楼，有一个南方人开的海鲜私房菜，只有三张桌子，不知道现在能不能订上，你同意我就打电话。"

苗文哲问："环境怎么样，菜做得精致不精致？"

刘处长说："你去了就知道了。"

苗文哲说："那好吧，你先打电话订吧。"

过了几分钟，刘处长把电话打过来了，说："还好，刚好有一张桌子，等会儿我给你发个具体的地址，你们过去就行。"

苗文哲说："再麻烦你一下，你把菜给我点上，按八个人准备，一定要点最好的菜。"

刘处长笑着问："你说什么标准？"

苗文哲想了想说："标准无所谓，你给我们点上八个凉菜，六个热菜，我们去了从中选择。"

刘处长说："好的。"

下午三点多钟，苗文哲就开始准备聚餐的事宜。尽管是家庭聚会，他也十分认真，一方面杨明轩是大领导，不能让领导感到自己不够热情；另一方面作为同学，工作已经三十多年了，这还是第一次聚会，而且是家庭聚会。他考虑到在外面吃饭，尽管是自己掏钱，但现在上级有规定、有要求，还是小心一点的比较好。苗文哲跑到离自己家不远的超市，买了一桶三斤装的高粱酒，回来以后，把高粱酒倒出来，用温水把装过酒的塑料桶反复进行了清洗，然后把自己珍藏了十几年的两瓶茅台酒拿出来，装在高粱酒的桶里，带着老婆夏春雪、儿子苗义，提前半个小时来到了"客家私房菜"的别墅里。

苗文哲把刘处长点的菜单看了一遍，觉得刘处长点的菜挺好，就让厨房开始准备凉菜，热菜要等杨明轩过目以后再准备。

杨明轩虽然没去过这种地方，但他知道，八项规定实施后，很多高级厨师从大酒店离职，到住宅区租一套大房子，开一个特色饭馆，专门为一些高档消费者服务。原准备下午五点半从家走，但由于杨博雅的同学常春梅路上堵车没能按时到，快六点了他们才从家里出发，到了吃饭的地点已经六点半了。

这里是典型的会所装饰，从门面看，别墅过于陈旧，看不出有什么与众不同，但一踏进别墅二楼的私房菜馆，呈现在你眼前的是温馨、舒适、典雅、整洁的环境。那个叫"水仙阁"的包间，无论装修、还是摆设给人的印象是不仅华丽，而且高档，唯一让人感到遗憾的是房间没有窗户，那股淡淡的烟酒味，对于不吸烟的人来说，感觉有点呛人。

杨明轩看到苗文哲一家三口已经到了，高兴地说："早就应该一起坐坐了，老没有时间啊。"

苗文哲笑着说："你是大忙人，我能理解。"

杨明轩看着苗文哲的儿子苗义说："小伙子长得精神啊，你不是在部队嘛，你们部队也放假吗？"

苗义笑着说："没有放假，我是请假回来的。"

杨明轩说："那快坐吧，坐下了再聊。"

杨明轩坐下以后，从左到右依次坐着杨明轩的老婆于慧月、苗文哲的老婆夏春雪、杨明轩的女儿杨博雅、杨博雅的同学常春梅、苗文哲的儿子苗义和苗文哲。

坐好以后，杨明轩也介绍了家人和常春梅。在介绍中，杨明轩突发奇想，要是杨博雅和苗义处对象不是更好！于是，他笑着说："以后有机会了，咱两家多聚聚。"

苗文哲笑着说："关键是你没时间。"

杨明轩说笑着:"如果当领导当得连吃饭、会朋友的时间都没有,说明工作干得不好,能力不够。"

苗文哲赞同说:"是啊,工作是需要大家来干的,只有把大家的积极性调动起来,才能真正把工作干好。"

杨明轩笑着说:"去年一年主要是了解情况,今年主要是理顺各种关系,我想明年就好了。"

苗文哲笑着说:"现在已经好了,所有的职工都对你赞赏有加啊,尤其是给一线职工增加收入,解决一线职工子女入学等问题,调动了广大职工的积极性,再加上对延东油田采油八厂问题的处理,大家都在为你点赞。"

杨明轩笑着说:"工作的事情不说了,今天我们喝喝酒、叙叙旧最好。首先,为了我们今天的相聚,大家共同举杯。"

在杨明轩的提议下,家庭晚宴开始了。

对于有着几千年酒文化的中国人来说,酒桌上的规矩非常多,也非常讲究。第二杯酒是苗文哲提议,对于管过生产、外协的他来说,当然也不能直接给总经理杨明轩敬酒,而是和杨明轩一样,给大家共同敬了一杯,只不过他在说辞上比杨明轩认真了一些。他说:"本来我早就应该请你们一家一起吃饭,但我看到杨总一直比较忙,以后只要杨总有时间,我们就一起多坐坐。今天,一方面庆贺我们两家能够在一起共进晚餐,另一方面祝我们大漠油田公司在杨总的带领下,与我们伟大的祖国一样,日新月异,繁荣昌盛!"

杨明轩笑着说:"老苗干什么都比较认真,好,大家喝酒。"

这杯酒喝完,杨明轩笑着说:"我们都是自己人,没必要太客套,从现在开始,敬酒也不用站起来了,大家都坐着。"

尽管是老同学家庭聚会,但毕竟都是工作了几十年的人了,尤其是苗义和杨博雅、常春梅,必须站着给长辈们挨个敬酒。通过你来我往的相互敬酒,两家人也不再像刚来的时候那么生疏了,尤其是于慧月和夏春雪,两个本应当奶奶的人了,见面以后由于彼此喜欢,好像有说不完的话,给人的感觉像老相识一样，很是投缘。杨明轩和苗文哲说是不谈工作的事，不由自主地就说到工作上了，倒是三个孩子苗义、杨博雅、常春梅，虽然他们有着不同的经历，而且在不同的地方、不同的环境、从事着不同的工作，但他们毕竟年龄相仿，有着一样的学历，共同语言倒也不少，而且相互留下了电话号码，以便日后联系。

作为父母看着孩子们开心，他们当然高兴了。不知不觉中，本来一次普通的家庭聚会，倒让两家人增进了不少感情。虽然常春梅在这次聚会中显得有点多余，但她毕竟出身于普通工人家庭，言行举止特别谨慎，也赢得了杨明轩和苗文哲夫妇的好感。特别是由于常春梅的参加，才让杨博雅能够跟正常的同学、同事、朋友聚餐一样，不会显得拘谨或不自然，这一点只有杨博雅自己知道。

吃完饭，两家人分别打车离开，常春梅在杨博雅的再三邀请下，没有单独打车回家，而是跟着杨博雅一起，来到杨明轩家里。

常春梅是一个工作了好几年的老工人了，但到了杨明轩家里，因为杨明轩是自己工作单位的最大领导，她多少还是有些拘谨。倒是杨明轩和于慧月夫妇，看到自己女儿的闺蜜来了，又是沏茶、又是拿水果，显得很是热情。在聊天的过程中，常春梅发现这个被一线职工们亲切地称为"杨大大"的大漠油田公司的总经理兼党委书记，是那么可亲可敬。

是啊，一个人只要是真心实意地为人民服务，人民就会把他当亲人一样爱戴。很多人不一定明白"习大大"称谓的时代内涵，但中国的老百姓都知道"习大大"曾强调，要"努力使全体人民学有所教、劳有所得、病有所医、老有所养、住有所居上取得进展"。"习大大"这种亲切的称谓，显然是对这种心声的回应，也是中国人民认同、支持和感谢习近平主席带领中国全面深化改革、追求中国梦，期待更伟大成果的一种象征，是这个时代人们情感的由衷表达。

大漠油田公司的职工，尤其是占职工总数百分之七十以上的一线职工，从来没有想到会遇到像杨明轩这样一位能够把普通一线岗位上的工人装在心里的领导。因此，那些岗位上的工人们觉得用这个"大大"来称呼这位把他们当亲人、当兄弟姐妹的好领导，也是一种感情的自然流露。

杨明轩作为一个从基层技术员逐步成长起来的领导，他当然知道怎样才能让职工爱岗敬业，爱厂如家！只有你当领导的真正把职工当作自己的亲人，当作兄弟姐妹，他们才能真正做到爱厂如家，在自己的岗位上无私奉献，尤其是在这个人与人之间感情淡薄、以自己为中心的特殊时代。

杨明轩听常春梅说，他们一线职工私下亲切地称他为"杨大大"，他心里感慨万千。一方面他认为自己的职工，尤其是一线职工是那么的淳朴和可爱，另一方面觉得自己做得还很不够。他笑着对常春梅说："你知道'大大'这个词赋予的时代内涵嘛，我怎么能配得上这个称呼，你们千万不能乱说！"

杨明轩想，我们的职工群众是多么容易满足啊！自己做的那些工作，只是一个领导应该尽的责任和义务，职工就会对他有如此高的评价，这在一定程度上鞭策自己尽力去做好工作，时时刻刻把广大职工群众关心的事放在心上，虽不能尽善尽美，但一定要全力以赴。

他从和常春梅的闲聊中得知，常春梅在延西油田采油一厂作业区机关工作，去年以前，一个月拿到手的钱不到三千元，让他感到很纳闷。常春梅说："我是干部岗位，身份是工人，工资一个月只有八百六十块，把养老、失业、住房、医疗、年金等基金扣完以后，只剩下几十块了。每月生产奖九百块，月兑现奖按照原油产量完成情况，一个月在一千六百块左右，拿到手里的钱还不到三千。"

杨明轩心想，这是我这个当总经理的失职啊，现在城镇非私营单位就业人员年平均工资已经突破七万元了，我们堂堂的国企职工，而且还是石油工人，有的职工一个月拿到手里的钱还不到三千元，真不可思议。

杨明轩笑了笑说："看来我还有些官僚，对这些情况真的不是太清楚，我以为咱们油田上早就实行一岗一薪了，这个事情我一定会想办法尽快解决。"

杨博雅笑着说："就是啊，你要好好向习大大学习，习大大说全面小康的道路上，不能让一个人掉队。三千元别说小康了，要我说，可能是刚刚脱贫。"

杨明轩笑着说："对，你说得对，一定要按照习大大的要求，在全面小康路上，不能让一个人掉队。"

杨博雅说："春梅虽然是个工人，但她的能力一点不比你们单位那些所谓的干部差，我不知道你们那些单位的具体情况，但我知道春梅不仅工作能力强，而且很敬业，尤其在文字方面，他们单位主要靠她。"

杨明轩知道杨博雅的意思，但他作为总经理兼党委书记，总不能为一个一般岗位职工的工作调整，亲自给人事部门打招呼吧。他笑着说："好好干，只要我还在大漠油田公司当领导，绝不会亏待你们这些有能力、有抱负的人。"

杨博雅笑着说："那就好，春梅加油！"

杨博雅把常春梅邀请到家里，本来是想通过聊天，给自己当总经理的父亲，直接说说常春梅工作调动的事情，但她突然觉得这件事情不能给自己的父亲说，要通过其他渠道来解决。因为父亲现在是党政一肩挑，一个职工岗位的调整，让他出面，有点小题大做了。她突然觉得，今天在饭桌上认识的苗文哲叔叔，让他来解决这个事情，可能会更好一点。

不知不觉，已经是晚上十点多了，常春梅说她要回去了，明天还要去延西油田采油一厂前指作业区上班。

常春梅走后，杨明轩高兴地对杨博雅说："今天我们和你苗叔叔一家吃饭，你觉得你苗叔叔那个人怎么样？"

杨博雅说："我觉得他挺好啊。"

杨明轩说："你苗叔叔这个人确实挺好，也挺能干，但就是性格太直。"

杨博雅说："性格直的人好打交道。"

杨明轩笑着说："你觉得苗义怎么样？"

作为大龄青年，在谈到异性方面是很敏感的，她心里想，原来是醉翁之意不在酒啊！杨博雅笑着说："我觉得还不错。"

杨明轩笑着说："既然你觉得不错，你们今后多交往，你苗叔叔这个人也挺好，你也年龄不小了，该找对象了。"

杨博雅笑着说："你们是不是商量好了，让我和苗义今天见面？"

杨明轩笑着说："那倒不是，晚上吃饭的时候，我看见你俩有说有笑，我突然觉得你俩还挺般配的。"

杨博雅笑着说："那也要看有没有缘分，再说了，他是个当兵的，他能不能回来还不一定呢。"

于慧月插话说："你先跟苗义接触接触，要是有缘分，肯定没问题。我也觉得苗义挺好，要个子有个子，要长相有长相，虽然在当兵，但他是大学生入伍，跟一般当兵的是有区别的。你可不要放过这个机会！"

杨博雅笑着说："好了，看来你们早就商量好了，去跟别人吃饭，是冲着人家儿子去的。"

杨明轩笑着说："这你可就冤枉我了，今天真的是同学之间的家庭聚会，在桌子上我才有这种想法，能不能行关键还是要看你们自己。"

杨博雅见到苗义的第一眼，就觉得苗义长得很帅，尤其是知道他是现役军官时，她心里就喜欢上了。由于有常春梅在跟前，她和苗义的交谈更显自然，她觉得军人就是军人，说话谦虚谨慎，不夸夸其谈，但从谈吐中发现，苗义是一个善于学习的人，无论哪方面的事情，他都能够侃侃而谈。她在饭桌上，已经决定跟这个军官加强联系，即使做不成夫妻，也可以做朋友。杨博雅笑着说："这件事不说了，以后有没有可能，我们自己都不知道。我要休息了，明天还要上班。"

杨博雅去她的卧室后，于慧月对杨明轩说："你觉得苗义这孩子怎么样？"

杨明轩说："第一次见面，又没怎么跟他聊天，我觉得还可以，好不好让博雅自己去了解吧，博雅也是大人了，她应该有分辨能力。"

于慧月说："要是他们能成就好了，你说现在这孩子，对个人的事情一点都不关心，咱做父母的就是再操心也没办法呀。"

杨明轩笑着说："你也不要瞎操心了，我觉得博雅真正长大了，说话办事也像个大人了。"

于慧月说："管她呢，只是想起来了，总想说上几句。你也早点睡吧，明天又要正常上班了。"

　　杨明轩说："知道了，让我在沙发上躺一会儿。"

　　杨明轩躺在沙发上，想起常春梅说一线的职工称他为"杨大大"，他就觉得有意思。一方面自己确实做了些让职工满意的事情，另一方面感觉一线的职工非常单纯。说明前几任领导这么多年只知道让职工干活，不知道真正关心他们。今天常春梅说她一个月拿到手里的钱不到三千块，这还是他第一次听说，尤其是常春梅说她一个月只有八天休息时间，忙时连八天也休息不了，这让他心里感到很愧疚。现在，像常春梅这么漂亮的女孩子，在长安城里随便找个工作，哪怕是给酒店当服务员，一个月收入少说也在五千元以上，而且享受的是城市生活。延西油田采油一厂的前指他去过，在一个小镇的边上，离县城有三四十公里。他觉得石油工人真是有一种"我为祖国献石油"的光荣传统，真正体现了"献了青春献子孙"的誓言。

　　关于职工收入的问题他也听到这样那样的说法，很多职工、包括一些领导干部也有意见，认为原油产量是越来越高，职工的收入不但没增反而下降。他心里想，一定要把各个环节存在的腐败问题揪出来，为什么这么多年在成本管理上不仅不降，还有继续攀升的趋势？有些可花可不花的钱，都在想办法花，而且还巧立名目地花，这是为什么？一定是有些人为了从中牟利。但在给职工增加收入方面，没几个人去认真想过，这与中央的精神是相悖的。党的十八大明确提出，到2020年人均收入在2010年的基础上翻一番，现在马上就到2020年了，石油工人的收入如果确实没有增加，一定要想办法增加才行，即使翻不了一番，也要有所增加才对啊。现在，自己是大漠油田公司党政领导一把手，一定要把这件事情弄好。杨明轩从小就懂得为官一任、造福一方的道理。常言道，"当官不为民做主，不如回家卖红薯"，说的就是这个道理。因此，他觉得一定要以提高职工的收入为突破口，通过进一步深化改革，进一步加强廉政建设，来调动广大干部职工的积极性，进一步促进油田的稳健发展……

第十二章

　　国庆节后的长安城，树木仍然苍翠葱茏，花儿仍然竞相开放。夏季的酷热已经消退，秋高气爽，温度宜人，是春季后一年中最好的季节。

　　正常情况，长假以后，都要召开收心会。

　　杨明轩想，机关人员的工作作风问题，严重影响着基层职工的积极性。所以，他给主管机关工作的党委副书记赵佳明安排，先查查机关干部的上下班情况，然后再召开机关干部大会，进一步严明纪律，切实做到为基层职工服务，为各项生产建设任务服务。同时，还安排了三个方面的工作，一是要求赵佳明书记负责并安排相关部门，对2010年以来职工的收入情况进行统计分析，要分系统、分单位、分级别、分工种进行统计分析，看看这些年职工的收入到底有没有增加，如果没有，一定要想办法提高职工收入；二是要求调查一下正式职工的月平均工资是多少，最低不能低于全国平均水平，并要制定相关的政策，以便下步改进；三是职工的工资分配问题，一定要体现劳动法规定的"同工同酬"的要求。同工同酬是指用人单位对于技术和劳动熟练程度相同的劳动者在从事同种工作时，不分性别、年龄、民族、区域等差别，只要提供相同的劳动量，就能获得相同的劳动报酬。

　　杨明轩讲这个问题时，心里有一种说不出的滋味。他说，我们这么大的企业，连国家的基本法律都不执行，不知道我们当领导的整天都在忙些什么！

但这些事情一旦实施，都需要强大的资金支持。

杨明轩虽然不是学经济管理的，但他的学习能力很强，他对经济管理的一些基本原理、政策法规一看就懂，并能够在实际工作中予以应用。开源节流，大家都知道它是我国理财的基本原则之一。但在实际工作中，如果不按照要求去做，大多是因为个人私利，不愿去做。在大漠油田公司工作了一年，杨明轩知道在开源方面，大漠油田公司做得很好，原油产量每年都能上一个台阶。但在节流方面就做得不尽如人意了，没有做到尽可能减少不必要的支出，或少花钱多办事；在资金的使用上，更没有做到讲求资金使用效益，很多钱是白花了，没有产生效益。

这些年，由于大漠油田公司的政治生态不是太好，基层单位有些领导干部，尤其是有些单位的主要领导，管理能力、经营能力水平很低，遇到问题不思考、不学习，拍脑袋、乱决策，自己在单位捞好处，出了问题由公司来承担。尤其是刘春华被抓以后，暴露出那些可能是靠送钱当上官的人，对此他深恶痛绝。要靠这些人把企业搞好，简直是天方夜谭！

他想，现在已经是第四季度了，必须召开一个有领导班子和相关部门负责人参加的工作会议，制定出实实在在的经济工作制度。对那些由于管理不善、造成成本居高不下的单位的主要领导，必须予以严肃处理。采取这一措施，真正做到开源节流，为提高大漠油田公司广大干部职工的收入，做好资金上的保障。

为此，他把主管经营的财务老总毛庆喜叫来，一方面对这几年各单位的成本情况进行了解，另一方面讲了自己的一些思路，要求在今后的工作中，必须贯彻落实。

杨明轩问毛庆喜："你能不能把去年的经营情况给我简单地汇报一下？"

毛庆喜说："去年挺好的呀。"

杨明轩说："怎么好，好在哪里，你说一说？"

毛庆喜看着杨明轩认真的样子，不知道杨明轩为什么会这样问他，他不知道该怎么回答。杨明轩看着毛庆喜为难的样子，他接着说："我主要问你存在哪些问题。"

毛庆喜想了想说："存在的问题确实不少，各单位在成本管控方面，执行制度的尺度不一样，导致部分单位成本严重超支，部分单位基本持平。"

杨明轩问："最后你们怎么处理的，按照制度进行奖惩了吗？"

毛庆喜说："没有，他们总能给你找出这样那样的理由，如果严格按照制度实行奖惩，有的单位领导的收入可能还不如职工。"

杨明轩笑着说："所以你们就心软了，制度就成了聋子的耳朵，起不到任何作用了。制度制定了不执行，那我们还制定制度有什么用！"

杨明轩接着说："我不是批评你，你也知道，今年从下半年起，我们给一线职工增加了一些收入，每个月增加了几千万的成本，你没想想这些钱怎么办。从明年起，还想给职工办一些事情，也需要钱，你应该想想这些钱从哪里来，这是你一个当财务老总应该考虑的事情。我们一定要知道，我们油田职工的收入已经沦落到低收入人群，这是我们当领导的耻辱。"

其实，作为财务老总的毛庆喜并不是不知道这些事情，关键是过去的领导从来不去考虑这些事情，现在既然主要领导考虑了，他也有他的想法，就是要想办法降低生产成本。他笑着对总经理杨明轩说："你的良苦用心我知道，包括你给佳明书记安排的调查职工收入的工作，尽管还没有开始实施，但职工们知道以后，都非常高兴。这么多年，只有你真正把职工的事情放在心上，这是大家有目共睹的。我们作为主管领导，只要你有想法，我们一定会全力以赴，完成你交给的任务。对于今年提高一线职工收入的那些钱，我们一定能够解决。明年，如果我们还要增加人工成本，会提前考虑，力争在保证生产建设资金的同时，首先考虑的就是人工费用，这一点请领导放心。现在是十月份，最近我准备下基层，调研基层的成本情况，要把成本管理作为我们经营系统的一项重要工作抓实抓好。"

杨明轩听了毛庆喜这些话，觉得干部都是好干部，关键是当主要领导的要做出正确的抉择，要做出得民心的抉择。

杨明轩笑着说："你讲得很好，你应该好好地去调研一下。很多人反映，生产单位的成本比较紧张，辅助生产单位和后勤服务单位的成本比较宽余。有的同志反映，有些单位由于成本宽余，巧立名目干一些工程，这样最容易产生腐败。因此，从明年开始，对成本的核算要严谨，对于可干可不干的工程一定不能干，要把大部分资金用在油田的发展和提高职工福利待遇上，这才是符合中央政策的。"

毛庆喜说："是啊，三十年前，我们当个石油工人感到很自豪，现在我们不仅没有了优越感，而且很多地方上的大学生，分配到石油上，有的一看这自然环境，直接跑了。有的干上几个月，觉得收入不高，也辞职走人了。想想这些问题，我们作为领导，确实有责任改变这种现状，让我们新一代石油工人，也能够体会到当石油工人的荣耀。只有想办法为职工解决后顾之忧，提高职工待遇，只有把职工的积极性调动起来，我们大漠油田公司才有可能得到更好的发展，不然，发展只不过是一句口号而已。"

杨明轩发现毛庆喜跟自己的想法一样，真是英雄所见略同！他笑着说："我想，只要大家共同努力，在工作上心往一处想，劲往一处使，我们的很多目标就能实现。当然，要实现这些好的、理想的目标，我们领导班子成员一定要有一个好的共识。"

毛庆喜说："大家跟着你干心里痛快，你的想法与企业的发展、职工的利益有关，大家都会支持你的。"

杨明轩笑着说："想法再好，也要符合政策、符合企业实际情况，也要赢得大多数人的支持才行啊。"

毛庆喜说："随着你的一些想法的实施，支持你的人会越来越多。"

杨明轩笑着说："不求有功但求无过，我们常说'雁过留声人过留名'。哪天我不干了，只要大家不骂我，我就心满意足了。"

通过和毛庆喜的谈话，杨明轩心里踏实多了。他一心想着提高职工的收入和福利待遇，这都需要资金。他感觉对于一个年产三千多万吨石油、销售收入达一千多个亿的企业来说，几十个亿也不是什么大的问题，但具体可操作性他并不清楚，真正清楚的应该是财务老总毛庆喜。从谈话可以看出，毛庆喜对他的工作十分支持，也愿意和自己共同为提高职工的收入和福利待遇而努力，这让他信心更足。他觉得与这项重点工程有关的另一个人，就是主管安全生产的副总经理张志强，因为他把产量搞上去了就能增加收入，如果他能真正落实降本增效措施，那效果可能是最好的。因此，他得找张志强好好谈谈，争取他的积极配合和大力支持。

过了几天，杨明轩把张志强叫到办公室。张志强接到杨明轩的电话以后，并不知道杨明轩找他的目的是为了生产建设和降本增效的事情。他最近心情很郁闷，当生产运行处处长的时候，他曾经给刘春华送过五万块钱。刘春华在交代受贿事实时不仅将自己送钱的时间、地点讲得清清楚楚，而且说他送钱的目的就是为了提拔。这件事，黄庆县的调查人员已经找他核实过了，他也承认了。他为此事心怀忐忑，不知道公司会不会处理他，会不会把自己这个副总经理的帽子给摘了。

张志强怀着忐忑不安的心情，来到杨明轩的办公室。

杨明轩见了张志强很热情，笑着对他说："最近把你忙坏了吧？"

张志强说："工作都很正常，有件事我还没给您汇报。我首先给您做个检查吧，我在当生产运行处处长的时候，给刘书记送过五万块钱，专案组已经找我核实过了，我也承认了。"

杨明轩并没有立即回答张志强的话，心想这个刘春华真是小人，别人不给他送钱不行，给他送了钱的人更倒霉，幸亏他走得早，要是让他再干上几年，不知道还会出什么事情！

杨明轩看了看张志强，笑着说："你承认了？"

张志强说："专案组的人说得清清楚楚，我还能不承认嘛。"

杨明轩对张志强说:"你也不要过于自责,更不要有太大的思想负担,那些年,逢年过节给领导拜个年很正常。再说了,那是十八大以前的事情,在处理上,只要没有其他问题,对你现在的职务不会有太大的影响。我倒希望你好好工作,尤其是第四季度,各项工作都处于收尾阶段,容易发生安全事故,你作为主管领导,千万不能分心。关于你刚才说的这件事情,真正到了处理的时候,我和秦文强书记再给你想办法。随后你把这件事情给文强书记汇报一下,他对这方面的事情比我有经验,对政策理解更透。"

张志强听了杨明轩的话后,感觉杨总这个人真是宽宏大量,不但没有批评自己,而且还答应在处理的时候,为自己想办法。他感激地说:"谢谢杨总,工作上的事情,我一定会全力以赴,请杨总放心。"

杨明轩笑着说:"我还想跟你谈谈明年工作上的事情,希望你也尽早开始考虑,确保我们在新的一年,工作上再上一个新台阶。"

张志强说:"工作上的事情我们都听您的,您怎么安排,我们就怎么干。"

杨明轩听了这几句话,心里有点不舒服。一个副厅级干部,遇到这么一点事情,仿佛天塌下来似的,如果对待工作真是这样心不在焉,那他这个副总经理能不能继续干下去,还真要考虑考虑了。他很严肃地对张志强说:"我已经给你说了,让你思想上不要有负担、有包袱,什么叫我怎么安排就怎么干,我们这一届的领导干部,要创造性地开展工作,不是传话筒,更不是搬运工。"

张志强想了想,发现自己确实说错了话,不好意思地对杨明轩说:"对不起杨总,我这两天心里确实有点乱。"

杨明轩说:"一个男人,就要敢做敢当,即使明天杀头,今天该干什么就干什么,想那么多有用嘛,除非你还有其他事情。"

张志强说:"其他事情倒没有,只是我觉得有点丢人。"

杨明轩说:"丢什么人!我还是那句话,该干什么就干什么。我今天叫你来,主要是和你探讨明年开源节流、降本增效的事。你也知道,我这个人是不爱揽权的,各项工作都是完全交给你们主管领导来实施的,你们如果操心不到，某些方面的工作可能就会出问题，就会影响到我们的整体工作。你在咱们大漠油田公司，可以说除我之外权力最大，责任也最大。油田能不能发展，企业有没有效益，在一定程度上是由你分管的工作所决定的。你想没想过，如果你放松了工作，你没管到位，我们的生产任务是不是就会完不成？完不成任务，不仅仅是个政治问题，更是效益问题，少完成一万吨原油产量，就少几千万的收入。从成本管理来看，现在我们很多生产单位觉得成本紧张，但据我们一些曾经管过生产，现在到巡视组的同志反映，成本并不像我们想象的那么紧张，巧立名目乱花钱的问题比比皆是。如果我们管到位了，还有压缩的空间。我们不说油维、防洪防汛、设备维修这些小事，就井下作业措施大修等费用、运费、电费、各项目组的费用，有没有可挖掘的空间？只要我们在措施增油、钻井等方面，全力以赴，少一些无效和低效作业，我们就能够节省大量资金，用于民生工程、用于提高我们职工的收入和福利待遇。这是件多么好的事情！只有这样，我们这些所谓的领导，才能对得起广大干部群众，才能对得起上级领导对我们的信任。关于产量的问题，我希望你们认真调研，一定要把产量下准确，在这个问题上，要坚决做到公平。有时即使我们心里想公平，都会因这样那样的问题，出现偏差，如果我们心里就想着谁跟我们关系好，就给谁少下点任务，这不仅不公平，而且会造成我们生产管理体系的混乱。你看看前两年，我不能全盘否定你们的工作，但一个单位和一个单位的差距为什么会那么大，难道没有人为的因素嘛！有的单位完成产量很轻松，有的单位苦战了一年，到年底能差十几万吨，这样怎么考核？不考核不行，要考核又没办法考核，这和我们领导决策层、机关相关部门有没有关系！另外，我还要强调，关于基层单位的领导干部问题，如果你认为有人确实能力不够，你可以立即建议，该换的换，该免的免，决不能姑息。我记得我给你说过，现在干部管理跟过去是不一样的，谁主管的工作，与之相关的干部调整，谁说了算。当然，一定是在以工作为重的前提下，一定是在没有私心的前提下。今年一年，为什么没有动干部，就是要看表现，对于表现不好、工作能力差的领导干部，决不能用在重点岗位。这些事情，你下去认真思考，我给你一个月，你不要让办公室或相关处室长给你准备一个正规的材料给我汇报，我要听你口头汇报，你听清楚了没有？"

张志强说："听清楚了，我下去积极准备，有做得不好的地方，请领导及时给予批评指正。"

张志强从杨明轩的办公室出来以后，既感到轻松也感到压力。轻松的是领导对于那几万块钱的事情，并没有放在心上，而且还主动准备帮助自己；压力大的是怎样把生产搞上去，把成本降下来，怎样把产量配好，不会出现过大的偏差；压力大的另一个原因是杨明轩的要求，不仅仅传递出对基层干部的严格要求，也暗含着对自己的警告。如果自己在工作中不作为，杨明轩不仅不会帮自己，也许会乘机让自己从这个重要的岗位上消失。因此，自己必须放下包袱，放手一搏，真正从工作的角度出发，认真思考自己分管的工作，努力做出成绩，赢得领导对自己的谅解和认可。

俗话说，男大当婚，女大当嫁。对于同样都是二十八岁的杨博雅和苗义来说，早就是谈婚论嫁的年龄了，可惜的是工作好几年了，谁也没有碰到心仪的人。那天虽然是家庭聚会，对于杨博雅和苗义来说，却是一次不同寻常的相遇。苗义在大学时也谈过女朋友，但在毕业的时候，由于没能分配到同一个单位，没过半年就分手了。到了部队，部队上管理比较严，再加上部队上也没几个女同志，他到现在仍然是单身一人。他眼中的杨博雅，身材高挑，五官端正，皮肤白皙，穿着时尚，那副纯白色镜框的眼镜透出知识分子特有的内秀。他想这个女孩看上去不一般，有大家闺秀的气质，如果能娶她做老婆，也是个不错的选择。想归想，但别人有没有对象、愿不愿意嫁给自己却是个未知数，尤其是她家境优越，门不当、户不对在一定程度上也是障碍。他心里对自己说，别再胡思乱想，只不过是一次应酬而已，也许过了就过了。可是在饭桌上，通过相互敬酒、交流，他感到杨博雅一定也喜欢自己，无论是眼神、表情还是说话的态度，这些对于一个有过恋爱史的大龄青年来说，是能够感觉到的，于是在饭桌上他们很高兴地相互留下电话号码，其目的就是准备下来进一步联系和交流。当天苗义回到家里以后，他对父母说，他准备和杨博雅谈对象。苗文哲看了一眼儿子说："不要乱来，我和你杨叔叔是同学，杨叔叔现在又是我的直接领导，你们谈成了还好，谈不成你让我们以后怎么相处！"

夏春雪可不管那么多，高兴地问儿子："你有感觉吗？你们聊天聊得投机吗？你觉得她会不会同意？"

苗义笑着说："我觉得差不多。"

苗文哲说："你就给老子吹牛，吃了一顿饭就觉得差不多了。"

苗义说："你老了，你不懂。"

苗文哲瞪了儿子一眼，没有跟他说话。

夏春雪说："你爸说得也对，你如果觉得可以，就好好地跟人家交往，千万不能弄得两家人以后连坐也坐不到一起了。"

苗义说："我知道，我也是大人了，不要老把我当小孩看。我倒有个想法，后天我就要去部队了，我明天准备约她单独见个面。如果她愿意，说明我的判断是对的，如果不愿意出来，说明我的判断有误。"

苗文哲听了苗义的话，心里想，现在的年轻人，确实跟自己那个时候不一样，想什么就做什么，从来不考虑后果。他说："你以为你是谁，人家一个总经理的女儿，你想让人家出来人家就出来了？"

苗义说："你不要用你们那代人的思维去想问题。我们是80后，70年代末就搞改革开放，我们80后的年轻人，哪有你们那么多条条框框！她父亲是总经理，她又不是总经理。"

在苗文哲看来，儿子苗义总是有些歪理邪说，说多了还把自己气得不行，干脆就不说了，他又瞪了一眼苗义，什么话也没再说。

苗义却笑着说："老爸，你别怕，也许你以后还能沾你儿媳妇的光呢！

到时候杨博雅把你也叫爸，把杨叔叔也叫爸，那时候我们就成一家人了。一家人不说两家话，杨爸爸一高兴把你也提拔个处长。"

夏春雪听了以后，笑得合不拢嘴，可把苗文哲气得够呛。苗文哲说："你给老子想得美，你知道什么叫癞蛤蟆想吃天鹅肉？我看你就是只癞蛤蟆！"

苗义故意气老爸，笑着说："你还不相信，你慢慢就知道我这只癞蛤蟆是怎么吃天鹅肉的了。"

坐在一旁的夏春雪笑着说："你再别逗你爸了。说正经的，不能胡来，做事一定要想好了再做，一定要有分寸。"

苗义笑着说："妈，我知道，我跟我爸开个玩笑嘛，不然他老绷着个脸，好像别人欠他钱似的。"

夏春雪说："好了，不早了，赶快去洗，洗完早点去睡觉。"

苗义说："好吧。"

苗义洗漱完后，躺在床上，他今天特别开心。他想，那个叫常春梅的女孩，人长得也漂亮，但可能是因为她身份的缘故，说话没有底气，总是在看别人的脸色，显得不够大方，甚至有些害羞。杨博雅虽然是总经理的女儿，但并没有觉得自己高人一等，不管是对自己还是对常春梅，总是关怀备至，热情大方，平易近人，不愧为大家闺秀。他细细在想，杨博雅肤色特别白，人常说一白遮百丑，但杨博雅并不丑，俊俏的瓜子脸蛋上，眉毛、鼻子、嘴巴、都特别的合适，眼睛虽然有点近视，但仍然不失水灵。特别是她的身材，胖瘦适中，属于那种该瘦的地方瘦，该丰腴的地方丰腴的那种。他想到这儿，就想给她打个电话，但他看了看表，已经十一点多了，他试着发了条短信说："美女好！休息没？今天见到你特别开心。"

杨博雅听到短信的声音以后，以为是垃圾短信，并没有理会。过了一会，她拿起手机，准备定闹钟，却看见是苗义的信息，她立刻回信说："不好意思，我刚才没看手机，你明天不走吗？"

苗义发短信说："我大后天走，我以为你睡着了。"

杨博雅回信说:"没有,我一般十一点半休息,正准备休息,看到了你的信息。"

苗义发短信说:"那你休息吧,你明天不是要上班吗?"

杨博雅回信说:"没事,你瞌睡吗?"

苗义回信说:"还好,今天比较开心,没什么睡意。"

杨博雅心里想,你又不是没见过美女,有什么激动的,分明是骗人的。但她心里很高兴,即使是哄她的,她也愿意相信。善意的谎言是美丽的,这个时候她真正感觉到了。她开心地说:"看来开心能给你精神,只要开心就好。"

苗义问:"你不开心吗?"

杨博雅心里想,开心不开心你没有感觉嘛!她没有回答他,只给他发了个笑脸。

苗义接着问:"如果你肯赏光,我想明天下午请你喝咖啡。"

杨博雅心想,这是不是太快啦,今天晚上才在一起吃过饭,明天就要再见面,这哪是我们这样的大龄青年的心理嘛!她过了两分钟才回答,因为她想起了他是现役军人,他的时间并不像她自己这么宽裕。她说:"那要等下班以后才行。"

苗义说:"刚好我们还可以共进晚餐呢。"

杨博雅说:"那好吧,明天晚上见。"

苗义心想,自己的判断是正确的,杨博雅没有拒绝自己的邀请,就说明杨博雅是喜欢自己的,他一定要好好珍惜,争取自己和杨博雅能够正常恋爱,直到结婚成家。

苗义说:"那好吧,你明天还要上班,你早点休息,明天晚上见。"

每天按时休息的杨博雅已经瞌睡了,她给苗义发了个笑脸和晚安的表情。

苗义也给她发了个晚安的表情,同时发了玫瑰花。

第二天晚上,苗义按照事先约定,开着车去接杨博雅。

杨博雅见到苗义很高兴,她说:"谢谢你专门来接我,我打个车过去就可以了。"

　　苗义笑着说："那怎么行呢？再说我待在家里也没事。"

　　杨博雅笑着说："你可以多陪陪叔叔阿姨呀。"

　　苗义笑着说："陪父母亲是应该的，但也不能时时刻刻陪着呀，我们都是大人了，我们也有我们自己的事情，对吧？"

　　杨博雅笑着说："那肯定了，但我们都是独生子女，现在还好，等我们将来结婚了，你说家里那么大个房子，就两个老人，老人们肯定会觉得孤独呀。"

　　苗义说："是啊，我们这一代还好，现在放开二胎了，家里有两个孩子对家庭、对社会都好。父母那一代人，什么困难都赶上了，刚生下来的时候，处于吃不饱饿肚子的年代；长大了该上学的时候，又赶上读书无用论的年代；到了结婚生育的时候，计划生育成为国策了。"

　　杨博雅笑着说："看来你对现代中国的历史还比较了解啊。"

　　苗义说："这都是听我爸说的，他爱总结，总结起过去的事情总是一套一套的。"

　　杨博雅笑着说："正因为他们那一代人经历了这样那样的困难，他们那一辈人才能成为我们国家的栋梁。我们的父母还好，虽然也吃过苦，但和上山下乡的知青相比，他们还能好一些。"

　　苗义说："有时候我在想，孟子为什么说'天将降大任于斯人也，必先苦其心志，劳其筋骨，饿其体肤，空乏其身，行拂乱其所为，所以动心忍性，曾益其所不能'。其实啊，吃苦是拥有幸福美好人生的前奏，只有经历'苦其心志、劳其筋骨、饿其体肤、空乏其身'的人，才能成就一番大事业。你看看，我们现在的领袖人物，许多都是下乡知青，他们之所以能够成为领袖，这和他们的阅历，特别是吃的苦有关，过去我们常说吃亏是福，现在有人说吃苦也成福了。"

　　杨博雅心想，这苗义确实不一般，她笑着说："看来你不仅对历史感兴趣，而且还是个很善于思考的人啊。"

苗义说:"喜欢看一些历史书籍,但现在没有时间,等以后有时间了应该好好学习学习中国的历史、中国的传统文化。这几年,习总书记给我们树立了榜样,全国兴起传统文化热,我们部队上的首长们,都在学习传统文化。"

杨博雅笑着说:"现在是国学热啊。"

苗义问:"你喜欢不喜欢国学?"

杨博雅说:"过去不怎么喜欢,但现在有时也看看,因为在一起聊天的时候,别人会说老子怎么说的、孔子怎么说的、孟子又说什么了等,如果要是一点都不知道,就会显得自己很没品位、很没文化。后来,觉得看看这些书挺好的,能学很多知识。习总书记讲的构建人类命运共同体,其实就是古代儒家宣扬的'人人为公'的理想社会,想想我们的老祖宗真是伟大啊,在两千五百多年前就提出这样高深的理论,而所谓的世界上最文明的美国,总统特朗普嘴上总是挂着美国优先的论调。这样一比较,世界所有的国家当然会站在我们一边,美国迟早是要完蛋的。"

苗义笑着说:"看来你学得更深,能够把一些观点和中国传统思想进行结合,这样很好,便于理解和记忆。"

杨博雅笑着说:"我是个投机取巧的人,每次学习习近平总书记重要讲话的时候,看到引经据典非常多,我就会好奇地去查阅那些经典的出处。"

苗义笑着说:"那不是好奇,是一种态度,是一种学习的态度,这样挺好,久而久之,你的知识就会越来越丰富。"

杨博雅笑着说:"现在记性也不好了,当时记住了,过一段时间又忘了。"

苗义笑着说:"正常,因为你现在搞业务,你要是公务员,整天想着怎么样把话讲好、讲深刻、讲得有内涵,你一定能够把这些典故、名言记住。"

巴尔扎克说:"开诚布公与否和友情的深浅,不应该用时间的长短来衡量。"苗义与杨博雅虽然认识时间较短,但作为两个互相欣赏的年轻人,而且是年轻的、互相有好感的男女,越聊越有兴致。不知不觉中,他俩来到塞纳风情咖啡店。苗义将自己的车停好,与杨博雅一起来到店里,找了一个相对僻静的小包间。坐下以后，苗义笑着问杨博雅说："不知道你喜欢不喜欢喝咖啡，喜欢不喜欢吃这里的饭。"

杨博雅笑着说："看来你常来啊？"

苗义笑着说："不瞒你说，其实我没来过，能够找到这里，还是找同学打听的。你看看酒水单，你喜欢吃什么，想喝点什么？"

杨博雅看了几分钟，也不知道应该点些什么，她说："你让服务生来呀，他们会给我们推荐的。"

苗义叫来服务生，服务生推荐说："你们俩可以点个套餐，原价二百六十八元，优惠价是一百二十八元，包括法式菲力牛排、黑椒牛排、三丝炒意面、水果沙拉、塞纳风情爆米花、塞纳经典奶茶、水蜜桃冻饮、南瓜饼各一份，如果你们喜欢喝咖啡，可以把奶茶换成咖啡。"

苗义问："这行不行啊？"

杨博雅笑着说："我觉得挺好，你觉得不行，还可以换呀。"

苗义笑着说："我也不懂，就这些吧，如果觉得不好吃，我们另外再点。"

杨博雅笑着说："那好吧，我以为你懂，跟着你来开洋荤呢。"

苗义不好意思地说："其实我真的不是太懂，平时喜欢吃中餐，对于这些从国外引进的美食，尝一尝是可以的，但总觉得吃不饱。"

杨博雅笑着说："吃什么都不重要，重要的是我们开心就好。"

苗义笑着说："是啊，开心就好。"

两个人一边吃饭，一边聊天，聊到工作的时候，杨博雅问他："你准备在部队干一辈子吗？"

苗义摇摇头说："没想过，主要是想有这么个经历，部队上挺锻炼人的。"

杨博雅笑着说："你们男同志跟我们女同志就是不一样，即使再大几岁也不觉得大，但是我们女同志就不一样，大学一毕业就得考虑工作，工作不了几天，就得考虑成家，不然好像就成了嫁不出去的老姑娘了。"

苗义笑着说："这也是我们的国情，不过现在人的思想观念也在转变，三十岁左右成家也不晚。但老人们还是过去的观念,尤其是像我们这种独生子女,父母总想让自己的子女早点成家,早点有个孙子孙女,这样家里热闹。"

杨博雅笑着说:"看来你妈也是这样想的吧?"

苗义笑着说:"那肯定了嘛,难道阿姨不这样想吗?"

杨博雅说:"估计我们这个年龄的父辈们都是一个样。"

苗义笑着说:"今天来就是跟你说这件事情,我觉得你这个人挺好,用一见钟情来形容有点假,但相见恨晚的那种感觉确实有,如果早几年认识就好了。"

杨博雅笑着说:"现在也不晚呀,我不也是单身一人嘛!"

苗义笑着说:"我从来没听我爸说过,他还有你爸这样一个伟大的同学。"

杨博雅笑着说:"你觉得他伟大嘛,我怎么一点也没看出来他伟大在什么地方。"

苗义说:"你爸同意不同意我俩交往?"

杨博雅笑着说:"这一点你别担心,男女交往很正常,我们又不是谈对象!"

苗义不好意思地笑着说:"假如谈对象呢?"

杨博雅笑着说:"只要我同意,我爸就同意。"

苗义高兴地说:"好,那我要敬你一杯,请你考察我。"

杨博雅笑着说:"当然得考察考察,入党需要考察一至两年,我只考察你一年,如果你表现好,就算你通过。"

苗义笑着说:"愿意接受组织严格的考察,并定期向组织进行思想汇报。"

杨博雅笑着说:"别贫嘴了,好好吃饭,一会儿菜都凉了。"

吃完饭,时间还比较早,苗义就叫杨博雅去自己家坐坐。但杨博雅觉得这样不好,因为自己和苗义一家人认识才只有一天的时间。她说:"我们俩交往的事情,什么时候可以告诉双方父母,这要看我们俩交往的感觉,如果感觉好了,再告诉父母,不然会让父母们在日后的交往中出现尴尬。"

本来想在父母跟前炫耀的苗义觉得杨博雅说得对，考虑得比自己周到。他不好意思地说："是我考虑不周，希望你谅解。"

杨博雅笑着说："没事，即使去了也正常，因为父辈之间是老同学，看样子关系也不错。但如果我俩准备谈对象，最好还是慎重一点。"

苗义说："你说得对，我会注意的。关于我的工作问题，我准备回长安来上班，我也是独生子女，离父母近点好。"

杨博雅笑着说："看来你还挺孝敬的呀。"

苗义说："那当然，虽说好男儿志在四方，但我觉得父母也挺重要的，他们把我们养这么大多么不容易呀。我们既要注重事业，但同时也要考虑父母，毕竟父母就一个孩子，应该让他们晚年过快乐的生活。"

杨博雅心里想，苗义就是自己应该找的那种男人。父亲经常教育她，交朋友一定要交那种有爱心、有孝心、有担当的人，一个连自己的父母都不爱的人，绝对不会去爱别人。经过长期的观察，父亲的一些话，在生活中大部分都得到了印证。杨博雅笑着说："时间也不早了，我们回吧。"

苗义把杨博雅送到家门口，杨博雅笑着对苗义说："我就不客气了，只能说谢谢，但不能邀请你去家里。"

苗义笑着说："理解，注意身体，祝你快快乐乐过好每一天！"

杨博雅笑着说："到了部队要注意安全，也祝你快乐！"

杨博雅回到家里，父母并没有感到什么意外。但作为母亲，于慧月关切地说："今天刚上班，就有人请你吃饭吗？"

杨博雅说："没有，在单位吃的饭，吃完饭同事们聊了聊天，回来就晚了一些。"

杨博雅把背包放下，洗漱完以后，回到自己的卧室，躺在床上，翻看最近从书店买的《习近平用典》。书分敬民篇、为政篇、立德篇、修身篇、笃行篇、劝学篇、任贤篇、天下篇、廉政篇、信念篇、创新篇、法治篇、辩证篇等十三个篇章。杨博雅喜欢看修身篇、笃行篇、劝学篇等篇章。但今天她已经心不在焉，没看几分钟，就不想看了，苗义的音容笑貌仍然浮现在自己的眼前。她发现自己对苗义有些动心，但又觉得今天的见面多少有点滑稽。特别是下午见面之前，心里还比较矛盾，不见吧她心里又想见，见了以后又没有那种激动的感觉，这大概就是有些人所说的"爱无能"吧。她打开手机搜索什么叫"爱无能"，看看自己符不符合"爱无能"。她又在想，或许是因为自己年龄大了，或许是对苗义并不了解，总之，她也想不明白。就在这个时候，苗义给她发来一张穿军装的照片，并附言说，我愿为你放哨站岗，保护你一辈子。杨博雅仔细端详着苗义的照片，觉得苗义穿军装更帅，就说："下次请你穿军装见我。"

苗义说："好的，但下次见面可能要到春节了。"

杨博雅说："没事，我等你。"

苗义说："好的。谢谢你同意和我交往，你将是我无形的力量，我用军功章让你看到希望。"

杨博雅给他发了个笑脸表情，然后发信息说："早点休息吧。"

苗义知道杨博雅不想再聊天了，就发信息说："好吧，你也早点休息，我会想念你的。"然后发了个拥抱的表情。

杨博雅躺在床上，想着天下这么大，怎么就没有一个人像小说中描写的那样，让她一见就想投入他的怀抱呢？她自己也觉得搞笑，她知道那些描写只是一种理想状态，这种理想状态，在她上初中的时候有过，但随着年龄的增长，对社会、人生的进一步理解，她觉得大多数人结婚其实就是一种义务，一种人生必须经历的旅途。只要两个人能够相互理解，相互尊重，有共同语言，能够想着对方，能够用心去爱对方、爱对方的亲人，也许这就是婚姻的基础。至于和苗义能不能走到一起，还要看以后的情况，也许经过进一步了解，会从内心深处真正产生对他的爱……

对于苗义来说，今天的接触，让他感到杨博雅这个女子确实与众不同。她不仅长相出众、聪明，而且善于捕捉对方的一言一行，并从中判断出对方想什么、想干什么。当他邀请杨博雅去自己家里的时候，他明显地感觉到这种邀请对于杨博雅来说，确实是不妥当的，但他知道，杨博雅也能够理解自己，尤其是对他们这些大龄青年来说，找个自己心仪的朋友并不容易，想让父母高兴一下，也是正常的事情。自己以后和杨博雅交往，一定要多动脑子，不能直来直去，要看看别人什么心情，尽量让杨博雅觉得自己稳重、沉着、可靠、有爱心、有孝心、有担当，让她和自己在一起有一种安全感。

经过一段时间的信息、电话交流，不管是杨博雅还是苗义，互相对彼此产生了好感，并相约在春节期间将两个人恋爱的情况，告诉双方父母。

时间对于忙碌的人、无忧无虑生活的人来说，总是很快。在春节前，延东油田采油八厂成本超支引发的贪腐案件，已告一段落。

大漠油田公司原党委书记刘春华因收受他人贿赂、巨额财产来源不明罪，被判处有期徒刑十年；

大漠油田公司原总经理助理关明伟因收受他人贿赂、诈骗国有资产、巨额财产来历不明罪等，被判处有期徒刑十五年；

大漠油田公司延东油田采油八厂原副厂长（正处级）宁永瑞因收受他人贿赂、诈骗国有资产、巨额财产来历不明罪等，被判处有期徒刑十三年；

大漠油田公司延东油田采油八厂原工程项目管理室主任胡先明因收受他人贿赂、参与诈骗国有资产罪，被判处有期徒刑三年，缓期三年执行。

其他人员因犯罪事实较轻，而且在公安机关侦查阶段，积极主动配合侦查，并有立功表现，由所在单位大漠油田公司纪委据违纪情节轻重予以处理。

至此，大漠油田公司延东油田采油八厂项目组成本超支一案基本了结。延东油田采油八厂的领导们从此可以放下包袱，轻装上阵，全力以赴组织油田生产经营、队伍建设等方面的工作，为大漠油田公司的发展作出应有的贡献。

这一年，对于大漠油田公司总经理兼党委书记杨明轩来说，是比较忙碌的一年。他不仅肩负着对大漠油田重整旗鼓、重塑形象,甚至是拨乱反正的任务和使命,还要全面完成上级下达的艰巨的生产经营任务,尤其是在政治生态破坏比较严重、油田广大干部职工怨声载道的情况下,要完成这些任务确实比较困难。但杨明轩知道,只要有信心,困难再多,也一定有解决的办法,关键看你能不能担当,敢不敢作为。

当下,有些领导干部,总是瞻前顾后,总是多一事不如少一事,总想着平安过渡,把上级安排的工作干了就行了,不愿意得罪人,更不愿意承担风险,可杨明轩却不这样想。自己是一名党员领导干部,既然组织把自己放在这个岗位上,就必须想办法创造性地开展工作,只要没有私心,不图私利,只要是为了油田的发展,为更多的职工群众谋福利,就是承担再大的风险也是应该的。尤其是在延东油田采油八厂项目组成本超支的问题上,他知道这是得罪人的事情,但并没有因此而犹豫不决,他这样做的目的并非像有些人传说的那样,是为了搞倒刘春华,是为了杀鸡给猴看,这些传言对于他来说,只能一笑了之。但不管怎么说,他做的这些事情,对得起党组织,对得起人民群众,也对得起自己的良心。这一年,有许许多多值得回忆的事情,但过去的事情只能让它过去,只有在总结经验教训的基础上,从实际出发,具体问题具体对待,才能进一步做好自己的工作,为大漠油田公司的发展,为广大职工的利益,尽职尽责。

春节对于中华民族来说,意义非常重大。春节是亲人团聚的节日、家庭幸福的节日。老话说得好,大年三十吃饺子没有外人,意思是说一年忙到头的人们,过春节时一般都要回家,父子两代,祖孙三代,甚至四世同堂,敬杯酒、鞠个躬,父慈子孝,母良妻贤,人们在鞭炮声中,锣鼓声中,欢笑声中,享受着人间温暖。这种温暖同金钱无关,同势利无关,是骨肉情,是阖家乐。同时,春节还是加深人与人之间感情、沟通人与人之间关系的节日。一句"春节愉快",谁听了谁高兴。随着物质文化生活日益丰富多彩,春节的氛围有所淡化,但老祖宗留下来的这种传统文化,深深地烙在每一个中国人的心中。

杨明轩心想，在人们包括农民都进城追求生活质量和幸福指数的今天，大漠油田公司还有近五万名职工，为了完成原油生产任务，即使在春节，仍然要坚守在黄土高坡、戈壁沙漠中的生产岗位上，自己作为总经理兼党委书记，哪还有心情坐在家里与家人团聚！于是，他决定去生产一线，与坚守岗位的职工一起度过他真正成为大漠油田公司掌门人的第一个春节。这不仅仅是个态度问题，更重要的是让那些春节期间坚守岗位的人们感到温暖。但他知道，只要他下基层，必然会给其他同志带来很多麻烦，到哪个单位，哪个单位的领导知道了就会去陪他。他决定把自己的司机叫上，一个人悄悄地去生产一线，去基层井站，给职工拜年，与井站的职工共吃年夜饭。

在春节期间，不管他到哪个岗位，职工们感受到的不仅仅是关怀，更是幸福。尤其是这一年里，职工们从收入到福利，都有了大幅提高，而这些都是总经理兼党委书记杨明轩带给他们的。尽管杨明轩没有带记者、秘书，但在自媒体发达的今天，杨明轩深入生产一线，与各个岗位职工一起欢度春节的图像资料，很快在油田内部传开。有些基层单位的领导看了以后，由于自己没能到单位陪同杨明轩，心里多少有点不自在；有的基层干部认为，总经理和自己单位的职工一起过年，自己与家人团聚，自感惭愧；可有的人不但不感到惭愧，还认为杨明轩是在作秀，让别人心里不好受，但这种人毕竟是少数。当杨明轩与职工共度春节的信息在油田广泛传播的时候已是正月初三，杨明轩回到家里，真正开始自己的春节休假。

杨明轩本来也想回老家看看亲人，但春节假期即将结束，还没有来得及跟自己的老同学、未来的亲家苗文哲一家一起坐坐，他觉得有点对不起自己的女儿杨博雅，因为也许今年或明年，杨博雅就要结婚成家了。

正月初四在老皇历中占羊，所以人们常说"三羊（阳）开泰"是吉祥的象征。杨明轩约好苗文哲，既然两个孩子已经确立了恋爱关系，两家人就成一家人了，要么在自己家吃饭，要么在苗文哲家吃饭。苗文哲高兴地说："当然应该在我们家吃饭了。"

杨明轩高兴地说:"你可把好酒准备好。"

春节期间,真还有点春和景明的景象。由于惧怕雾霾,在政府的管制下,长安城里几乎听不到爆竹的声响。但为了欢庆春节,尤其是近些年,我们中国人已经进入不再缺钱的年代,为了表达普天同庆的主题,大街小巷装饰一新。街道两旁高高的路灯立柱上,挂满了喜庆的红灯笼;树上、花丛中装饰着色彩各异的小彩灯;店铺、商家的门上贴着吉祥的春联;大街上,人们三三两两谈笑风生,脸上洋溢着幸福,到处充满新年的气氛。

杨明轩一家也是满面春风,有说有笑地来到苗文哲家里。

苗文哲一家为了迎接在他们看来最尊贵的客人,不仅在饭菜质量、品种、花样上下足了功夫,还对家里的每个房间也进行了认真的整理和布置,家里同样呈现出喜庆、欢乐的气氛。

苗义得知杨明轩一家出发后,他和父母早早地来到楼下,接杨明轩一家。

苗文哲平时总爱穿一身运动服,今天换了一身行头,西装革履的,显得年轻、精神,尽管两鬓斑白,但人逢喜事精神爽,脸上充满着喜庆的笑容。性格开朗的夏春雪本来就显年轻,今天家里要来领导和未来的儿媳妇,经过精心打扮的她不仅漂亮,而且给人以自信的感觉。儿子苗义按照杨博雅的要求,身着军装,显得精神抖擞、挺拔英俊,他抱着提前准备好的一百零八朵玫瑰,站在苗文哲和夏春雪旁边,激动地、面带笑容地、有点羞涩地眺望着渐渐走近的杨明轩一家。

杨明轩看到苗文哲一家站在远处的楼下,笑着对于慧月说:"人常说人逢喜事精神爽啊,你看苗文哲一家,多么幸福啊!"

于慧月笑着说:"是啊,谁不盼自己的孩子有一个好的归宿,我也挺高兴的。"

杨明轩一家来到楼下,苗文哲一家直接迎了过来。

杨明轩一家人,还是第一次来苗文哲家。苗文哲家房子不大,布置虽简单但不俗套,客厅除了沙发、电视,没有其他摆设。电视墙的两边,摆放着两盆盛开的兰花；茶几上是一瓶插花，里边有康乃馨、非洲菊、玫瑰、芍药、郁金香等，芳香诱人，色彩艳丽；茶几上花瓶的两边摆放着山竹、香蕉、苹果、橙子等水果和花生、瓜子、糖果、点心等休闲食品。杨明轩看到这简单、整洁的装饰，笑着对苗文哲说："老同学还是保持过去那种简洁、文雅的风范，让人敬佩啊。"

苗文哲笑着说："房子本来就小，我喜欢空间大一点，所以家里就很简单，让老同学见笑了。"

杨明轩说："挺好、挺好，越简单越好。"

是啊，在苗文哲看来，家里什么东西都没有最好。他认为，富人在一定程度上讲，是垃圾的主要制造者。由于他们有钱，看到什么东西都买，尤其是那些女人，东西买回来以后，有的东西几年，甚至一辈子也用不着一回，最后只能扔进垃圾箱。尤其是吃的东西，富人们经常是吃得少、倒得多。像苗文哲这样并不富裕的家庭，也经常把一些食品放过期或放变质，每当把过期食品倒进垃圾箱的时候，苗文哲心里就会自责，因为只有他这种从小受过苦难的人，才真正懂得什么叫"谁知盘中餐，粒粒皆辛苦"的含义。因此，只要他在家，一般情况下不会出现食品过期的问题，更不会随意将一些东西买回家里。

杨明轩和苗文哲两家虽然是第二次相聚，但彼此之间的关系已经远远超越了一般同学之间的关系，两家人除了杨明轩和苗文哲还保持着那种看似同学和上下级的关系，其他的人已经非常亲密了。苗义和杨博雅已经在苗义的卧室里卿卿我我，好像有说不完的话；夏春雪和于慧月更是亲密无间，有说有笑，仿佛多年未见的亲姐妹。

两家人这一次相聚，不仅仅是家庭聚会，更主要的是要确定孩子们的婚姻大事。杨明轩嘴上没说，心里却想，真是"有心栽花花不开，无心插柳柳成荫"啊。他笑着说："今天咱哥俩好好喝上几杯，一方面恭贺新年，更重要的是庆祝孩子们喜结良缘，将来有一个幸福的家庭。"

苗文哲笑着说:"没问题,今天我们高兴,一定要多喝几杯。"

过了半个多小时,餐厅的饭桌上已经上齐了六个凉菜,分别是五香炝花生、杂蔬拌木耳、糖醋白藕片、蟹粉西蓝花、五香盐焗鸡、苔条小黄鱼,这些菜做工精细,摆放有致,色香味美,与星级酒店的水平不相上下。苗文哲笑着说:"今天你们能来我家里吃饭是我老苗家的荣幸,我专门从大酒店请了个厨师给咱们做饭,凉菜主要以素菜为主,而且只准备了六个,不知道你们喜不喜欢?"

杨明轩笑着说:"喜欢呀,我们六个人,六六大顺,六个菜好啊,我看到这些菜,还真有胃口,咱们就开始吧。"

苗文哲看着杨明轩笑着说:"你讲话还是我讲话?"

杨明轩笑着说:"当然是你讲了。"

苗文哲高兴地说:"那我就说几句吧,今天是个好日子,按照老先人的说法今天是灶神检查户口的日子,也是恭迎神仙回民间的日子,乃大吉大利之日。咱两家能在这样一个喜庆的日子相聚,让我感到三生有幸,我先祝老同学一家春节愉快,吉祥如意!祝贺我们能够共度美好未来!"

杨明轩笑着说:"好,祝我们共度美好未来!"

说完,大家共同饮了第一杯酒。

苗文哲笑着对杨明轩说:"这第二杯酒我就不能再说话了,该你讲了。"

杨明轩知道,这既是家庭聚会,更是实实在在的亲人聚会,让苗文哲这么一讲,本来和谐幸福的家庭氛围,让人感到跟应酬似的,会让人感到拘束、有压力,他有意调节气氛笑着说:"我们都是自己人,搞得跟外人似的,我们不要搞那么多规矩,简简单单,两家人在一起恭贺新春佳节,就挺好的了,来,我也敬大家一杯酒,祝大家新春愉快!"

本来苗文哲还准备提议喝第三杯呢,杨明轩直接说:"我这几天也没有好好喝几杯,来,老同学,我先敬你一杯。"

苗文哲也不好再说什么,只能端着酒,笑着和杨明轩碰杯,然后自己先一饮而尽。

这之后，虽然该有的礼数并没有少，但已经不再中规中矩，而是随意地、友好地、快乐地相互敬酒，吃菜聊天。

厨师有厨师的规矩，在凉菜上齐以后，接着做了一道萝卜骨头浓汤，用料主要以白萝卜、猪骨头、鸡爪为主，苗文哲笑着说："这道汤不仅美容、补钙，还能暖和身体，一会儿你们可要多喝点啊。"

杨明轩笑着说："你还懂厨艺啊？"

夏春雪笑着说："他还不是跟着人家厨师学的，厨师给他推荐的。"

苗文哲笑着说："以后退休了，我准备学厨艺，不仅可以吃到美食，也可以从中找到乐趣。"

杨明轩笑着说："这个主意好，我支持，你学好了，我还可以到你家改善一下伙食。"

苗文哲笑着说："好，欢迎你经常来。"

杨明轩说："来，咱们共同喝一杯，恭祝新春快乐，也祝愿我们苗义和博雅早日成家立业。"

苗文哲笑着说："关键看博雅，我的意思他俩也不小了，最好今年就能够结婚。"

杨明轩笑着说："只要他们俩同意，我们做父母的肯定没意见。"

苗义看了看杨博雅，笑着说："博雅，你看大家都同意了，你是不是也应该少数服从多数？"

杨博雅笑着说："我还没想好呢，今天不谈这事儿，今天我们只是恭祝新年，等过完年再说。"

苗义笑着说："再过两天不就过完了嘛！"

杨博雅说："正月十五过了才算过完了。"

苗义笑着说："那好，你的意思是正月十五过了你就同意了。"

杨博雅笑着说："我可没说啊，好了，我俩也应该给长辈们敬敬酒啊。"

苗文哲笑着对苗义说:"还是人家博雅懂礼数,你快给你杨叔叔和于阿姨敬酒。"

杨明轩笑着说:"这个酒应该先给你敬才对。苗义,先给你爸和你妈敬吧。"

苗义笑着说:"这酒一定要先给您敬才行,按理说,我们家应该拿着彩礼去您家才对,今天你们能来我家,我爸、我妈非常高兴,我很感动,所以这杯酒一定要先敬给您和于阿姨。来,杨叔叔,我和博雅先敬您。"

杨明轩觉得苗义这小子还真懂规矩,开玩笑说:"老苗,这酒我先喝,完了别忘了拿着彩礼上我家啊。"

在座的几个人都笑了。苗文哲笑着说:"一定去,一定去。"

不到半个小时,饭桌上的几个凉菜就所剩无几了。苗文哲赶紧跑到厨房对正在做菜的厨师说,可以上热菜了。一开始王师傅心里就想,六个人六个凉菜,肯定用不了多长时间就会被吃完,于是就早早将热菜备好了。苗文哲刚坐下,王师傅就把准备好的汤端了上来,他笑着说:"热菜马上就上,不知道凉菜合不合你们口味,你们可以给我提出来,我尽量按照你们的口味去做。"

大家几乎是异口同声地说:"挺好,谢谢王师傅。"

这时苗文哲才想起,应该给人家王师傅敬两杯酒才对。他立刻站起来,端着酒壶,拿着酒杯,走进厨房,对厨师王师傅说:"谢谢王师傅给我们做这么好的饭菜,我代表家里人,敬您两杯。"

王师傅笑着说:"没事,你们先喝吧。"

苗文哲已经将酒倒好了,王师傅也没再推辞,喝完苗文哲敬的酒后,开始做热菜。

热菜也是苗文哲和厨师王师傅商量好的。第一道热菜叫朱红火火,实际是蒜蓉龙虾,由于前面的工序早已完成,不到五分钟这道叫朱红火火的热菜就上桌了。紧接着团团圆圆(实际上是四喜丸子)、蒜香奶酪焗虾、糖醋藕丁、清蔬蜜瓜小炒、清蒸鲈鱼等热菜陆续上桌，本来不大的饭桌看上去满满当当，让人觉得丰盛、喜庆。杨明轩笑着说："老苗同志干什么都干得好，我觉得你今天这个安排出乎预料，在家里设宴找个厨师是不错的选择，以后我也得向你学习。来，老苗，我再敬你一杯。"

苗文哲笑着端起酒杯，说："以后这种事你就交给我来办，包你满意。"

由于夏春雪、于慧月、苗义、杨博雅不太喝酒，一瓶酒几乎让杨明轩和苗文哲两个人喝了。这个时候，杨明轩说："酒我俩也少喝一点，待会儿吃点主食。"

苗文哲笑着说："你不是说我俩要多喝几杯嘛，我想我俩一人喝一瓶，应该不成问题。"

杨明轩笑着说："我俩拼酒量嘛，这已经差不多了。我们已经不年轻了，不能喝多了，留着我们下次喝。"

苗文哲笑着说："好，听你的，你说喝多少就喝多少。"

随后，苗文哲就对王师傅喊："王师傅，不是还有一道汤嘛，做好了就端上来。"

王师傅说："好的，马上就好。"

这道汤是黄骨鱼汤，主要食材有黄骨鱼、香干、酸笋、生姜、大葱等。这道汤上桌后，苗文哲笑着说："这道汤是我专门给大家挑选的，黄骨鱼营养丰富，肉质鲜嫩，富含蛋白质、铁、锌等人体所需物质，这道汤不仅营养价值高，而且有解酒的功能。"

杨明轩一边听一边笑着说："看来老苗还真有当厨师的潜能，以后有时间了多看看，多实践实践，有可能成为一个好的厨师。"

苗文哲笑着说："你还别说，我觉得也是这样，别人看名著注重故事情节，注重人物形象，我注重的是知识。比如《红楼梦》，里边有很多知识，尤其是美食方面的知识。大家都知道王熙凤是有名的大管家，虽然一天休息四五个小时，但她仍然面如桃花，精力过人，主要与她的饮食有关。她每天早晨喝的一道粥叫奶子糖粳米粥，做工精细，讲究火候，食材虽然只有粳米和鲜牛奶，但做法比较独特，只有做法得当，才不至于破坏其营养成分，才能将其营养价值充分发挥。由于王熙凤每天早晨必喝，才使得她永远年轻貌美，精力旺盛。"

杨明轩心里想，这个苗文哲果然不俗啊，对方方面面的知识都很精通，竟然能对《红楼梦》中的食谱侃侃而谈，津津乐道，让人不得不对他刮目相看。杨明轩笑着说："改天有时间了好好向你讨教，看来你确实是博学啊。"

杨博雅笑着说："苗叔叔，你讲讲那道奶子糖粳米粥是怎么做的？"

大家都笑了。

苗义笑着说："爸，以后你就天天给我妈、于阿姨、博雅他们熬奶子糖粳米粥吧，既美容，还能让她们保持旺盛的精力。"

苗义这么一说，大家更开心了，尤其是夏春雪、于慧月。杨明轩也开玩笑说："苗义这个主意不错，以后你老苗不愁没事干了吧。"

厨师王师傅把最后一道汤菜上完之后，就要离开了。苗文哲将早已准备好的一千块钱拿给王师傅，王师傅说什么也不要那么多，只收了五百块钱就匆匆离开了。出门时还对苗文哲和杨明轩说："领导们以后想在家里请客，提前给我说一声，我一定给你们服务好。"

厨师王师傅走后，夏春雪对杨明轩和苗文哲说："你们如果想吃饭，我现在就给你们准备。"

苗文哲说："你去弄吧，吃完饭，我们坐在沙发上聊天舒服一些。"

杨明轩笑着说："我都吃饱了，还做饭啊？"

苗文哲说："早就准备好了，饺子是我们上午包好的，馅是萝卜大葱和羊肉的，不知道你们爱不爱吃？"

杨明轩笑着说："确实辛苦你们了，为了今天的相聚，你们费心不少啊。"

苗文哲笑着说："过年嘛，闲着也是闲着，做做饭还挺有意思的，平时人少，做饭没劲，人多了做饭反而有劲了。"

杨明轩笑着说:"好,以后有时间了,我们一起学学做饭,我也从中找找乐趣啊。"

吃完饭,苗义和杨博雅在苗义的卧室聊天,夏春雪和于慧月在大卧室聊天,苗文哲和杨明轩在客厅聊天。

时间还早,苗文哲让夏春雪把做好的五香炝花生和五香盐焗鸡各装了一盘,端到茶几上,想陪杨明轩一边聊天一边喝酒。杨明轩笑着说:"你这也太客气了,刚刚喝完,还准备喝吗?"

苗文哲笑着说:"今天高兴,我俩想喝多少就喝多少。"

杨明轩说:"白酒我不想喝了,如果有啤酒,我想喝几杯啤酒。"

苗文哲笑着说:"现在日子过好了,过年嘛,该有的东西都有,红酒、白酒、啤酒、洋酒,什么酒都有,虽然不是很高档,但绝对不是假货,都是我托朋友在专卖店买的。"

杨明轩笑着说:"只要是真的就好,现在吃的东西,也存在安全问题。我觉得你细心,在吃喝方面细心是必要的。"

杨明轩在苗文哲的陪同下,一边喝酒,一边聊天。

杨明轩笑着说:"现在我们已经成亲家了,有句话我得告诉你,希望你能理解。"

苗文哲笑着说:"有什么不理解的,你慢慢就知道我老苗的为人了。你不用说我也知道,不就是个正处和副处嘛,其实我看得很淡。我觉得一个人不在于职务高低,关键是看你干成了什么,美国心理学家马斯洛把人的需要分为五个层次,后来有人还将其细化为七个层次,我进行过认真的思考。人真正的需要不在于是什么级别,关键在于你能不能干上你想干的工作,因为只有想干,才能干出成绩,干出成绩才能被人们尊重,被人们认可,这在一定程度上体现了自我实现的需要,而自我实现是人最高层次的需要。一个高尚的人,脱离了低级趣味的人,是不在乎自己级别的高低的,真正在乎的是能够给自己发展的平台,能为单位、集体或者是国家,乃至人类作出什么样的贡献。有的人当官是为了光宗耀祖，有的人当官是为了更好地展示自己的才华，关键是看你当官所追求的目标是什么，这个很重要。"

杨明轩一边听苗文哲说话，一边在想，苗文哲这样一个博学而且有能力的人，为什么却在仕途上坎坎坷坷，一个原因可能是直率，不会阿谀奉承，另一个原因是没有遇到伯乐。他想，其实"是金子总能发光"这句话是伪命题，如果把一块金子埋在土里，它永远也发不出光来，苗文哲就是那块埋在土里的金子。他笑着对苗文哲说："你怎么知道我要说你当官的事情？"

苗文哲笑着说："过去就有人说对我不公平，现在很多人都知道了你我的关系，我相信有人为了讨好你，在你面前力荐我，我猜得不错吧。"

杨明轩笑着说："看来你确实是个明白人，也许就是因为你明白的事情太多，而且总是说出来，让有些人不喜欢你，才让你这样一个有知识、有能力、善思考的人，没有得到应有的平台，进一步发挥你的聪明才智。"

苗文哲笑着说："要不是你来，也许我已经离岗了，去做别的什么事情了。你来了，让我专门去管井下作业，我觉得我一定能够把这项工作搞好。如果能够通过对队伍的整合，使得队伍整体能力得到提高，也许在井下作业费用不增加的情况下，还就那些油井，产量却能得到大幅度的提高，这也是对自己能力的一种展示，我同样感到幸福和自豪。"

杨明轩发现和苗文哲谈话，总能让人感到满满的正能量。他笑着说："我们的党员领导干部，如果都能像你这样，工作就好开展多了。"

苗文哲笑着说："你不要觉得我的境界有多高，只要是吃五谷杂粮的人，都会有这样那样的缺点。我这个人，缺点也不少，有时认死理儿，爱发牢骚，所以喜欢我的人不多，尤其是直接领导，总觉得我这个人毛病多。"

杨明轩笑着说："看来你还挺有自知之明啊！"

苗文哲笑着说："我这一辈子虽然没有像有些人，三年一个台阶五年一个大步，甚至是平步青云，但我觉得我也没有愧对人生，有时候想起自己走过的路，也觉得挺幸福的。20世纪90年代，鄂尔多斯盆地发现石油以后，正处于人们都想发家致富的年代，可以用群雄逐鹿、狼烟四起来形容当时乱开乱采油田的情况。我那个时候在外协科工作，写了一篇长达八千多字的调查报告，把党政军、工商学等一百多家单位开采石油的现状、原因、可能造成的危害以及应对措施，进行了综合分析。《中国资源矿业内参》对于这篇稿子发了一期内参，据说送到了国务院，为后来制止石油乱开乱采起到了积极的作用。当时的厂长见了我高兴得跟我聊了半个多小时，我心里别提有多高兴，这件事是我工作中的一大亮点，只要想起，心里就有一种幸福感。"

杨明轩笑着说："这件事我听说过，原来这篇文章竟然是出自你的手，来，我敬你一杯啤酒，向你致敬。"

苗文哲笑着说："我再给你讲个故事，你听了肯定高兴。"

杨明轩把啤酒喝了一口，笑着说："你说吧，让我好好见识见识。"

苗文哲笑着说："人都说好汉不提当年勇，今天话多，是不是有点喝多了的感觉？"

杨明轩笑着说："没有啊，你说话思路清晰，没有一点喝多的样子。"

苗文哲笑着说："我刚到延西油田采油一厂那年，厂长让我主管安全环保。我发现，我们延西油田采油一厂的井场围墙很有意思，靠路的一边，也就是人在公路上能看到的这一边，都是一米六的砖墙，看不到的另外三个边就成土墙了。我当时觉得很好玩，我还笑着跟环保科的人开玩笑说，这一个井场的围墙，有的是欧洲的，有的是非洲的。后来我才知道，这是当时的厂长为了节约生产成本，采取的一种措施。我想，井场的围墙为什么要搞一米六，这是哪儿的标准。后来听环保局的同志说，某采油厂有一些油井在饮用水保护区内，他们为了防止井场污水污泥流出井场，就将井场用一米六的砖墙围了起来，自此，井场标准化的围墙就按照这个标准固定下来了。我虽然不是这方面的专家，但我对企业的理解还是比较准确的。企业，就是一个营利性的组织或团体。如果不以营利为目的，就没必要办企业了。有一次，省环保局的副局长带领相关人员到延西油田采油一厂检查工作，我跟他们交涉，我是从企业的性质、围墙的作用、安全环保理念、油田的现实情况等方面与他们进行交流沟通，我的意思是将围墙的高度降至六十公分，既不影响防控井场污水污泥的流失，也能给企业节约大量资金，还能保证井场工作人员在遇到紧急情况时安全逃生。相关人员认为我讲得有道理，就让我在延西油田采油一厂搞两个标准井场给他们看。我搞出来以后，他们觉得完全可以满足环保要求。年底，在全省油区环保会上，以文件的形式，将标准化井场的围墙降至六十公分，这个看起来不起眼的沟通，给大漠油田公司节约了数亿元的资金。这件事情，在多数人看来不足为奇，但我觉得这是我做的一件很有意义的事情，同样让我感到幸福和自豪。"

杨明轩跟听故事一样，认真听着苗文哲讲自己做过的一些有意义的事情，他发现苗文哲确实是一个善于动脑子的人。他笑着说："你应该当年在油田申报创新成果奖，要是我最少给你奖励十万块。"

苗文哲笑着说："那些都是无所谓的，我们现在不是经常说，关键看我们做了什么，留下了什么，我觉得自己只是做了自己应该做的事情，回忆起来觉得有意义就足够了。"

杨明轩一本正经地说："听了你讲的这些事情，我这个当总经理的感到惭愧啊，细细想起来，真正值得我回忆的东西真还没有多少，以后要好好向你学习。"

苗文哲笑着说："向我学什么，我觉得你已经很不错了，去年你为职工办的实事，做出的那些抉择，件件事关职工切身利益和油田的发展。你想尽一切办法为一线职工提高待遇，表面上看是关爱员工，但实质上也为企业的发展增添了强大的后劲。现在一线职工的气顺了、心热了、劲足了，只要你一声令下，大家都会团结一心，全力以赴工作，企业发展必然会突飞猛进。尤其是我们石油企业，仍然是劳动力密集型企业，只要把职工的积极性调动起来，没有完不成的任务。"

杨明轩笑着说："你对延东油田采油八厂那件事情怎么看？"

苗文哲说:"我认为当领导就要承担风险,就要不怕别人说三道四,就要实实在在为企业、为大多数人着想,至于别人怎么说,可以置之度外。"

杨明轩笑了笑说:"你说得对,我们当领导的,没有担当,就不要当了。"

对于两个心意相通、志趣相同、志同道合的人来说,真是"酒逢知己千杯少"!不知不觉已经是晚上十点多了,两个人并没有因为饮酒、畅谈感到困乏,还想再聊一会儿。就在这个时候,于慧月、夏春雪、杨博雅、苗义已经来到客厅,于慧月笑着说:"你们俩还喝啊,外面下雪了。"

杨明轩看了看表,问:"真的下雪了?"

杨博雅说:"是啊,我们回去吧。"

杨明轩对苗文哲说:"这么多年,还是第一次跟你畅谈,让我受益匪浅啊。来,我们把杯子里的酒喝了,以后有时间了,我俩再聊。"

苗文哲笑着说:"都是酒话,让你见笑了。"

杨明轩笑着说:"你跟没喝似的,说话思路清晰,分析问题有理有据。今天我们就不聊了,你们也早点休息吧。"

第十三章

杨明轩一家和苗文哲一家一起来到楼下,看到地上已经被白茫茫的雪覆盖,雪花还在洋洋洒洒地飘落。

杨明轩说:"老苗,你们回吧,外面冷,小心着凉了。"

苗文哲对苗义说:"苗义,你去送送叔叔阿姨。"

于慧月说:"不用送了,你们赶快回去吧。"

对于苗义来说,别说下雪,就是下刀子,也要送送自己未来的媳妇、岳父和岳母。他说:"叔叔,你们等一下,我把车开来。"

杨明轩说:"不用了,下雪天开车不安全,再说,走一走也挺好,我喜欢在雪地里走一走。"

还没等苗义去开车,杨明轩和于慧月、杨博雅已经走了,苗义也只好说:"叔叔、阿姨,你们走慢点,下雪了有点滑。"

杨明轩说:"没事,你们赶快回去吧。"

杨明轩和苗文哲两家相距不到两公里,走路用时最多也就半个小时,由于下雪,走起路来势必要小心。杨博雅挽着于慧月的胳膊,两个人一起走。杨明轩边走边抬头看看天空,天空白茫茫一片,什么也看不清楚,只有被路灯照亮的地方,才能看到飞舞的雪花。杨明轩看到这种情景,想起的不再是农村下雪时那一幅幅漂亮的写意画了。由于在油田工作,特别是这一年多,他多次深入基层,钻井、试油,井站的场景已经深深地印在他的脑海里,尤其是那些采油工,除了有限的倒休时间,大部分时间都住在荒山野岭、戈壁沙漠上修建的职工宿舍里,他们是那样的可亲可敬。在这茫茫雪野中,他们为了开采石油,也许还在值班室做报表、填资料;也许因为某口井或某条管线出了问题,他们正冒着刺骨的寒风,在漫天飞雪中应急抢险。想到这些场景,他感到石油工人真是了不起啊,就像那些文人们总结的那样,他们不仅有军人敢打硬仗的战斗精神,而且还秉承了艰苦奋斗的创业精神。他作为总经理兼党委书记,不能仅仅让石油人去奉献,更不能让石油人在生活中,继续艰苦下去,这既不符合时代要求,更不符合中央提出的在小康路上不能让一个人掉队的精神!他相信自己有这个能力,让石油人重新找回"我当个石油工人多荣耀"的自信……

杨明轩回到家,虽然有点困,但没有立即睡觉。他躺在沙发上看了会儿电视,但并没有看懂电视上说了什么,因为他的心思完全没有在电视上。他今天去的是苗文哲家,与其说是老同学聚会,还不如说为女儿去探探路。他与苗文哲两人虽然认识很早,但毕业后真正来往的机会并不多。他今天才发现,女儿嫁给苗义也算是个好的归宿,不管是未来的公公婆婆还是苗义,方方面面都不错,只要女儿同意,到时候把婚事给办了,家里也就没有让他操心的事了。现在,唯一让他操心的就是大漠油田,油田有职工家属十几万人,如果这十几万人的日子过好了,就是他对组织、对上级领导最好的回报。他想,这一年来,他确实也干了不少事情,尤其是对延东油田采油八厂项目组超成本问题的处置,大多数人拍手称快,但也有少数人对此不理解,对他说三道四,说他心狠,让自己的职工去坐牢。

是啊,什么叫干事业难!当下干任何事情,都会触及某些人的利益,关键要看是多数人还是少数人,或者是个别人。延东油田采油八厂的事情是少数人侵占了国家的利益,这些少数人受到法律的制裁本是罪有应得,却还有人说三道四，这就是当下部分人的想法，可以说混淆黑白，是非不分。但要干成事情，就要有担当，就不能在乎别人说什么，更不能对自己的意志产生丝毫的动摇。这件事情已经过去，功过是非由人去说吧！现在重要的是在新的一年，要有新的思路，要有新的想法。毛泽东说过，政治路线确定以后，干部就是决定的因素。杨明轩知道，大漠油田公司当前最大的问题仍然是干部问题，大漠油田因发展掩盖了存在的主要矛盾和问题，尤其是原党委书记刘春华，在干部的任用上，任人唯亲，买官卖官，破坏了大漠油田公司的政治生态，把少数素质差、能力弱、水平低的干部提拔到重要的领导岗位上，对大漠油田公司生产经营任务的完成、队伍建设和整体发展，已经带来严重影响。如果让这些人继续在重要岗位上工作，对大漠油田的发展不利；如果把这些人从岗位上换下来，势必会得罪一部分人，而且会引起一些干部的不满。所以，他必须慎而又慎，既要把那些混日子的领导干部从重要岗位上换下来，还要保持干部队伍的平稳运转。

春节收假后，已经进入三月份，这一年，他没有调整任何干部，就是为了让干部队伍有一个缓冲期，给那些混上重要岗位的干部一个机会，只要他们一心一意，能够在领导岗位上努力学习、尽职尽责，能够完成本岗位的工作任务，他会不计前嫌，让他们在现有的工作岗位上继续工作。

所谓的重点岗位，首先是各采油厂厂长、主管安全生产的副厂长、总部机关主管人、财、物的处室长，这些人如果能力不够，自私自利，不思进取，必将严重影响大漠油田公司的发展。至于其他一般岗位上的领导，如果群众反映强烈，他们在其位不谋其政，也要分期分批地将这些人员从岗位上换下来，尽最大的努力使大漠油田的干部队伍逐渐达到德才兼备、注重实效、开拓创新的要求。像苗文哲这样有知识、有思想、有能力、有业绩、能创新、敢担当的干部，本应提拔到重点岗位担任主要领导，但他现在不能重用苗文哲。苗文哲年龄大是一个方面，更重要的是他即将成为自己的亲家，提拔他会给那些别有用心的人留下口实。他今天晚上本来准备给苗文哲做做工作，但他还没说，苗文哲已经说了，这让他非常感动。他真不知道苗文哲竟然有如此高的境界，让他打心眼里对自己这位老同学、未来的亲家公感到佩服。如果他真正能够通过对现有社会化修井队伍的整合，使那些不正常的油水井恢复产能，就还有机会让他在退休之前，得到组织的认可，但这必须是公开的、透明的，并且要向上级组织及相关领导进行专门汇报，不能落个任人唯亲的嫌疑。

大漠油田公司有处级领导干部六百多名。这些年，由于大漠油田公司一直处于舆论的风口浪尖，尤其是前两任总经理出事以后，先是连续几年没有提拔处级领导干部，后来原党委书记刘春华又无原则地提拔任用领导干部，导致大漠油田公司的领导干部不仅老化，而且能力也需要进一步提高。为此，杨明轩的想法是首先对现有处级领导干部进行一次清理，超过五十八岁的领导干部，采取岗位退出机制，力争多腾出一些处级领导岗位，为干部的调整创造条件；其次对重点岗位上的领导，根据近两年的业绩进行调整，尤其是在成本管控方面能力差、生产任务方面欠产幅度大、安全环保工作出现重大失误、群众反映比较强烈的领导干部，必须进行调整；再次是在干部的提拔任用上，坚持赛马不相马，要宁缺毋滥，对于那些德才兼备、业绩突出、有创新能力、群众基础好的干部，要以主管领导的意见为主进行岗位调整，这样才有利于主管领导完成自己分管的各项工作任务。

杨明轩经过深思熟虑，在春节后的第一次领导班子会上，就将这个干部管理思路通报给班子全体成员，并得到了大部分班子成员的认可和赞同。

人常说，怕就怕在认真二字上。杨明轩主政大漠油田公司以来，对任何工作都要经过反复思考，在征求领导班子意见的基础上开始实施。对领导班子的调整，更是如此。因为他知道，在当前情况下，尤其是国有企业，调动领导干部的积极性仍然是企业发展至关重要的问题。干部的提拔任用，提拔调整得好，就会调动大家的积极性，反之，还会挫伤大家的积极性。

在经过岗位清理、岗位竞聘、民主测评、反复调研、征求意见、上会研究等一系列程序后，三月份，大漠油田公司全面调整了处级领导岗位，提拔了三十名年龄在四十岁左右的年轻处级领导干部，他们年富力强，有文化、有朝气、有经验、品行高、能创新，为大漠油田公司领导干部输入新鲜血液；对五十六名正副处级领导干部进行了岗位调整，通过岗位退出机制空出的部分岗位并没有进行全额补充，其目的就是让那些想干事、能干事、会干事的基层干部看到希望。他们知道，这届领导班子在干部的任用上认真践行任人唯贤、注重业绩、择优选拔、宁缺毋滥的原则；他们知道，只要努力工作，做出业绩，就可能得到提拔重用。

这次干部的提拔调整，得到了大部分领导干部和职工群众的拥护。在公示期间，没有人反映问题，也没有人对此说三道四，让很多基层干部懂得只有全身心地投入工作，才能真正得到领导、组织、群众的认可，过去那种凭关系、走后门、花钱买官的时代已经过去。

杨明轩再次回到大漠油田公司已经整整两年了，第一年由于对大漠油田公司的情况不熟悉，加之受到原党委书记刘春华的干扰，基本上没有做出什么成绩。第二年，也就是他被任命为总经理兼党委书记的这一年，他呕心沥血、勤勤恳恳、尽心尽力，通过整整一年的辛勤工作，让大漠油田公司干部职工的精神面貌焕然一新。不管是普通群众还是领导干部，都对杨明轩的工作能力、业绩给予肯定，更重要的是干部职工认识到只要杨明轩当一把手，他们就有信心、有希望。

工作真正步入正轨以后，主要领导的作用最多是引领方向。因此，杨明轩也不再像刚刚被任命为总经理兼党委书记那个时候那样忙了，他除了下基层调研，更多的时间是谋划大漠油田公司的进一步发展。他认为大漠油田公司不能总停留在吃资源饭的基础上，应该向打造综合性企业的方向迈进，现在要趁着大漠油田公司不缺钱，进一步拓展业务，绝不能在一棵树上吊死，更不能一条道走到黑……

苗义和杨博雅的婚期已经确定，婚礼在国庆期间举行，不管是杨明轩、苗文哲还是于慧月、夏春雪都非常重视。除苗义不能经常回家之外，两家人一起吃饭、相聚的时间渐渐多了起来。

有一天，杨博雅突然求未来的公公苗文哲帮她办件事。她对苗文哲说："叔叔，我有件事情想请您帮忙，但您绝对不能给我爸说。"

苗文哲笑着说："什么事还那么神秘？"

杨博雅认真地说："您原来不就是延西油田采油一厂的领导嘛，你们厂有个女工叫常春梅你认识不？"

苗文哲笑着说："认识呀，我们两家第一次吃饭的时候，你不是领她来了嘛！"

杨博雅笑着说："您记性真好。她是我发小，也是我最好的朋友，她跟我年龄一样大，现在我就要结婚了，她却因为感情出了问题，不能自拔，我们得想办法帮帮她呀。"

苗文哲笑着说："我们怎么帮呀？"

杨博雅把常春梅的情况给苗文哲说了。苗文哲说："那是她自己意志不够坚强呀，她应该立即与曲文清断绝关系，过一个正常人的生活才对啊。"

杨博雅笑着说："苗叔叔，您不一定懂女人，特别是我们这一代，他俩在一起时间长了，就必然有了感情。只有分开，或许才能慢慢走出当前的困局。这一点，常春梅已经意识到了，只不过是没办法而已。"

苗文哲问："你的意思是把她从张家湾作业区调出来？"

杨博雅心里想，苗叔叔就是聪明。

杨博雅说："就内部调整一下，最好能调整到厂部企业文化科或其他什么部门，她的能力你不用怀疑，如果您不信，您可以了解了解。"

苗文哲想了想，延西油田采油一厂的现任厂长是岳和正，给他打个招呼应该不为难吧。他对杨博雅说："好吧，完了我就想办法，你把她的电话号码、基本情况发到我的手机上。"

杨博雅高兴地说:"我先替春梅谢谢叔叔。"

苗文哲说:"有什么可谢的,这又不是什么违背原则的事,也不是什么难事。职工有困难,作为领导干部,就应该替职工着想。我想,把常春梅的情况给他们厂长说了,他们厂长也会同情她的,只要她能力够,调整一下岗位也不是什么大不了的事情。"

杨博雅心里想,话是这么说的,但作为普通老百姓,干任何事情还是比较困难的,如果所有的领导都能像您这样,老百姓的日子就好过多了。她笑着对苗文哲说:"我和春梅等您的好消息。"

苗文哲是个说话绝对算数的人,尤其是答应别人的事情,即使当时忙忘了,想起来了也一定要想办法给人家补上。苗文哲在管安全生产的那几年,之所以能够赢得方方面面的支持,也与他的为人有关。他是一名处级领导干部,有一次答应给地方环保部门的领导送两条烟,由于当时事情比较多给忘了,后来想起来就给人家送了过去,这让环保部门的领导非常感动。一个处级领导,能把这么小的事当重要事情来办,让人非常感动。从此以后,环保局的领导对他的工作特别支持,并给很多人说老苗这个人人品好,够朋友。

苗文哲怕把杨博雅交代的事情给忘了,他就给延西油田采油一厂的厂长岳和正打了个电话,意思是让他回长安了见个面,有个事情想跟他沟通。

岳和正接到电话以后,对苗文哲说:"你老哥有什么事就直接说,还非要见个面再说。"

苗文哲笑着说:"电话上一时半会儿也给你说不清楚,还是见了面再说吧。"

岳和正笑着说:"有那么麻烦?"

苗文哲笑着说:"也不麻烦,你在不在办公室,我给你拿座机打吧。"

苗文哲把常春梅的情况给岳和正说了。岳和正心想,这曲文清看上去老老实实、本本分分,竟然还有这样的事情。他笑着说:"常春梅我知道,这个姑娘能力没问题,完了我和书记商量一下,应该没有问题。"

过了半个多月，常春梅就被借调到延西油田采油一厂企业文化科工作了，她高兴地给杨博雅打电话说："博雅，我被借调了，是不是你给帮的忙？"

杨博雅笑着说："你猜？"

杨博雅接着说："是你们原来的老领导，苗厂长给你们现在的厂长打的招呼。"

常春梅笑着说："那还不是等于你帮我的嘛！完了以后，我给他送两瓶好酒，表示感谢。"

杨博雅笑着说："感谢就不用了，你好自为之，不要让别人再对你说三道四就好了，好好工作，争取能够正式调到企业文化科工作。"

常春梅说："谢谢博雅，我会珍惜，绝不会再犯类似的错误。"

常春梅被借调到延西油田采油一厂企业文化科以后，几乎所有的人都认为，常春梅是能力好，才被借调的，但只有常春梅以及延西油田采油一厂的厂长和书记知道真相。

常春梅到了企业文化科以后，对工作可以说轻车熟路，没有什么让她为难的事。但她跟曲文清的关系，有很多人都在怀疑，怀疑归怀疑，但这种事情，尤其是你情我愿的事情，时间久了，也就没人对此有什么议论了。倒是她自己，并没有因为不在一个单位，就能够立即中断那种藕断丝连的情感，这仍然让常春梅比较纠结。尤其是曲文清的通情达理，有时还让常春梅感动。

过了一个多月，常春梅回长安休息，曲文清专门从前指回来，要见常春梅。刚开始，常春梅不想见他，但不知道是什么原因，曲文清回来以后，常春梅跟往常一样，鬼使神差地又去见曲文清了。

她和曲文清到宾馆开房，和以往一样，仍然那样亲密，仍然那样迫不及待，仍然那样……

完了之后，曲文清对常春梅说："现在你去厂里上班，认识的人多了，如果你遇到有你喜欢的，你就去找吧，我理解你，我不会记恨你。今天也许是我俩最后一次见面，为了你的未来我不能再和你这样了，不能为了自己的快乐，断送了你一生的幸福。"

常春梅说："我知道，我知道你也并不是那种坏人。如果有来生，我俩一定做夫妻。"

说完以后，常春梅紧紧地依偎在曲文清的怀里，眼泪从她的眼角流出。曲文清用手帮她轻轻地擦拭，并说："高兴一点，我不想看见你这样。"

常春梅说："我知道，但我还是不想离开你。"

曲文清说："我也不想让你离开我，但总不能一辈子这样吧。"

常春梅说："我也知道，所以有时候我恨你。"

曲文清笑着说："爱得深了必然会恨，我能理解。"

常春梅说："今天晚上是不是我们最后一次见面？"

曲文清说："也许吧，我知道你离开作业区就是为了离开我，再说了我也不想耽误你找对象、成家。"

常春梅心想，第一次和曲文清上床尽管让她伤心不已，但后来她慢慢发现曲文清这个人并不坏，而且对她也是一往情深，无论是工作上还是生活上，总是关怀备至。尤其是她看到山上的女工，由于长期不能跟老公团聚，为了打发无聊的漫漫长夜，有时会无偿的、也无任何目的地就和男人上床。个别和她一样的未婚女孩，在山上待得时间长了，与已婚男女一样，在生活态度上，也比较放纵。她认为她算是幸运的，因为有了曲文清，她才从山上下来，进了作业区机关工作，才让她得到了较好的锻炼，也为她顺利进入厂机关在能力上打下了基础。她知道她找人帮忙离开作业区的目的就是要慢慢离开曲文清，但真正要离开的时候，自己却陷入两难的境地。她想，在自己遇到喜欢的人之前，与曲文清在一起，至少不会让自己的身体再一次出轨。

她笑着对曲文清说："我走了，你再找一个吧。"

曲文清苦笑了一下说："有那么容易嘛！再说了，现在可不是过去，作为党员领导干部，在男女作风方面一旦被别人告发，也很难收场。"

常春梅说："不说这些让人不愉快的事情了，你抱抱我吧。"

曲文清把常春梅紧紧搂在怀里说："其实我也真舍不得你。"

常春梅说："那你就离婚。"

曲文清没有回答，过了几分钟，曲文清说："离婚简单，但给孩子造成的伤害太大，不仅会影响他的健康成长，还会给孩子的一生带来不可想象的后果。"

常春梅不止一次跟曲文清说过离婚，但都是不了了之，她今天也是说说而已。她笑着对曲文清说："我知道，我没为难过你吧。"

曲文清说："谢谢你，所以我才喜欢你呀。"

常春梅说："你今天晚上回不回去？"

曲文清说："不回去了，我走的时候就给他们说了。"

常春梅说："好，那我们就安心地睡吧。"

曲文清搂着常春梅，用手抚摸着常春梅丰腴而富有弹性的乳房，用嘴轻轻地吻她的脸颊，他俩又一次进入男欢女爱。一番覆雨翻云之后，常春梅在曲文清的怀抱中进入梦乡。

打这以后，常春梅和曲文清之间见面的机会越来越少，相互间的那种情感开始慢慢降温，先是打打电话，后来打电话的次数也在减少。再后来常春梅遇到了郭天瑞，她就对曲文清说，她已经有对象了，让他不要再随便给她打电话了。

九月底十月初，是个美丽的季节。长江以北大部分地区都是天高云淡，果实累累，即使是雾霾天气较多的长安城，也是碧空万里，蓝天白云。在这美丽的季节，人们会感到心情愉快，精神焕发。

苗义和杨博雅的婚期越来越近，但结婚方式让苗文哲和杨明轩举棋不定。不管是苗文哲还是杨明轩，他们想法是一致的，他俩都觉得自己就这么一个孩子，应该排排场场、热热闹闹地给孩子办个婚礼，但由于他们所处的位置特殊，都怕因为孩子的婚礼，给他们带来一些不必要的麻烦。

杨明轩知道，孩子结婚的时候，即使是一份请帖不发，也会有很多人来祝贺，一些目的不纯的人会乘机给他送钱送物，这一定会给他今后的工作带来严重影响。因此，他和老婆于慧月商量，建议让苗义和博雅领结婚证之后，两家人在一起简单地庆贺一下，然后就出去旅游。

杨明轩把这个想法给苗文哲说了以后，苗文哲笑着说："我也是这个想法，旅游结婚其实挺好。"

在没有亲朋好友参加，没有结婚仪式，没有欢庆的音乐，没有鞭炮声的情况下，苗义和杨博雅就结婚了。不管是苗文哲和夏春雪，还是杨明轩和于慧月，都觉得有些对不起孩子。在他们自己的家宴上，苗文哲和杨明轩都感到内疚，特别是杨明轩，他对新婚的苗义和杨博雅说："我为有你们这样通情达理的孩子感到骄傲，但从内心来讲，爸爸对不起你们，别人家的孩子结婚都是欢天喜地，热热闹闹的，可你们由于爸爸的缘故，只能这样悄无声息地结婚。但我相信婚姻能不能美满，与结婚的形式没什么关系，关键要看你们能不能相互理解、相互尊重，就从你俩能够理解不办婚宴这件事，就可以看出你们是优秀的、懂事的，我相信你们将来一定能够幸福美满，白头偕老！爸爸今天敬你俩一杯酒，在表示歉意的同时，祝你们新婚愉快！人常说，十年修得同船渡，百年修得共枕眠。在茫茫人海中，你们能够走到一起，就是美好姻缘，爸爸再次祝贺你们，希望互相珍惜，永结同心！"

苗义和杨博雅听到杨明轩动情的祝福，心里非常感动，尤其是杨博雅，眼中饱含着幸福的泪水。他俩给杨明轩深深地鞠了一躬，苗义高兴地对杨明轩和于慧月说："谢谢爸爸和妈妈，我们会互敬互爱，永远同心。"

随后，苗文哲也代表夏春雪为儿子和儿媳致新婚祝词。苗文哲笑着说："今天虽然不能与亲朋好友一起恭祝你们的新婚，但我相信不管是你俩，还是我们四个，内心都是高兴的，因为我们的小宝贝们长大了，成人了。结婚意味着责任、结婚意味着成熟、结婚意味着要走向新的未来。在未来的路上，我相信你们能够相敬如宾，相互牵手，走出精彩的人生。尤其是苗义，一定要好好呵护博雅，因为你是男人，男人就要有担当，就要顶天立地，遮风避雨，要让博雅过上美好无忧的生活。这既是要求，也是祝福，爸爸代表妈妈，共祝你俩幸福美满，白头偕老！"

苗义和杨博雅同样给苗文哲深深地鞠了一躬，苗义高兴地对苗文哲和夏春雪说："谢谢爸爸和妈妈，我会照顾好博雅，让她过上幸福快乐的生活。"

杨明轩和苗文哲在祝贺自己的儿女新婚的同时，还给他俩赠送了新婚礼物。之后，他们共进午餐。他们一边吃饭，一边聊天，气氛相当热闹。由于高兴，不知不觉中，杨明轩和苗文哲已经喝多了，杨明轩笑着对苗文哲说："有一段时间中央电视台在采访群众，见了每一个采访对象，都会问幸福是什么，我觉得挺新颖的，反复看了好几次，我觉得他们的回答特别朴实。有的说幸福是有钱花，有的说幸福是想干什么就干什么，有的说幸福是有个好老婆等等，尽管回答千奇百怪，但他们的回答都挺好挺真实的，因为每一个人站的角度不同，答案也就不同。"

苗文哲笑着说："站在你的角度，你认为幸福是什么？"

杨明轩说："我现在是新郎新娘的父亲，我的幸福是看到他俩幸福。"

苗文哲笑着说："是啊，只要孩子们幸福，我们做父母的当然就幸福了。我也看那个节目了，关于幸福是什么，我觉得每个时期人都会对幸福有着不同的期待。如果把自己想做的事情做成功了，同样会获得幸福感。"

杨明轩觉得苗文哲说得有道理，他从科级干部到现在的正厅级领导干部，不知道有多少事情让他一次又一次地感到幸福。现在，他是一个管理着产值近千亿，职工近十万的企业家，企业的发展让他感到幸福，尤其是看到公司职工见了他高兴的样子，他感到更幸福！

十月份以后，各项工作逐渐进入收尾阶段。这一年，让杨明轩感到幸福的事情特别多。

由苗文哲牵头组织的井下作业改革取得了明显成效，将原来两百零五个小老板的六百三十六支修井队，通过做工作，整合成仅有三十六个老板经营的队伍。队伍数量在原来的基础上下降到五百五十支，每个老板经营十五至三十支队伍，整合后仍然能够满足油田修井工作的需要。这不仅为实现修井队伍专业化、提升修井队伍专业技能、提高修井质量、保障安全生产奠定了基础，也达到了互利双赢的目标。

据主管生产的副总经理张志强和采油厂的领导反映，这种整合实实在在见到了效果。由于修井单位的固定资产在两千万左右，老板们在管理方面的投资逐渐增加了，在修井进度和质量方面有人管了，在修井过程中的安全环保有人管了，修井设备和辅助生产的设备有人管了，修井工的日常生活也有人管了。总之，修井队伍不再是散兵游勇了，这为修井队逐渐成为油田生产建设过程中的一支有生力量，奠定了较好的基础。可以说这种改变，对采油厂加强井下作业管理、降低井下作业生产成本、提高油水井的时率和利用率起到了重要作用。

杨明轩听到这些汇报后，认为企业就得有苗文哲这样肯动脑子的人，企业才有希望，企业才能得到更大的发展。

更让杨明轩感到幸福的是，在一年一度的工作总结中，听到油田职工的收入在上年基础上提高了百分之八，一线生产单位的职工收入提高的幅度更大，有的甚至提高了百分之二十。

为了增强大漠油田公司职工的自豪感，杨明轩将原来三六九等的职工身份进行了彻底改革，严格按照劳动法的要求，落实同工同酬制度，让一线生产岗位职工的收入每月达到六千元以上。

俗话说，民以食为天。在大多数人收入增加后，生活的目标就会有新的变化，人们开始追求生活质量和幸福指数。就连大多数祖祖辈辈生活在黄土地上的农民，也纷纷离开祖祖辈辈生活的农村，告别大山草原，远离沟壑荒原，到城市或乡镇，享受国家发展带来的红利，而那些自嘲"献了青春献子孙"的石油职工，无论男的女的、老的少的，仍然坚守大山深处、草原荒漠，继续在为祖国石油事业默默奉献，难道他们就没有追求幸福的权力？回答是肯定的，按照习近平总书记的要求，到2020年全面建成小康社会。全面建成小康社会的道路上，一个人都不能少；在共同富裕的道路上，一个人也不能掉队。作为大漠油田公司总经理兼党委书记，杨明轩对此有着更深的理解，他必须想办法让大漠油田公司得到更好的发展，只有企业发展了，企业的职工才能真正享受到实实在在的发展红利。但企业的发展始终离不开人，因为人是企业管理中最重要的要素。只有把人的积极性调动起来，让所有的人都能够兢兢业业、爱厂如家、积极工作，企业的发展才有基础。

杨明轩觉得，自己这一年来最幸福的就是看到职工们的笑脸。看到通过他和他的班子成员以及广大干部和职工群众的共同努力，职工们的收入得到大幅度的提高，福利待遇得到进一步改善，职工们真正找回了"我当个石油工人真荣耀"的自豪感和幸福感。

在杨明轩的带领下，大漠油田公司在短短的两年多时间里，不仅在油田勘探、原油生产方面取得了突出成绩，而且在天然气勘探开发上也取得了长足的进步，在多种经营、第三产业方面也初具规模。

延吉省为了表彰杨明轩，又一次把杨明轩从大漠油田公司调离，提拔他为副省长，让他主管全省的自然资源、生态环境、城乡建设、交通运输等方面工作。

公示期间，杨明轩虽然还在上班，但已经没有时间去考虑公司工作的事情了。他的办公室真有些门庭若市，一拨人还没走，另一拨人就已经在门口等候，大多数人是来祝贺的，也有来表示感谢的，班子成员和一些处级干部是来话别的。

杨明轩在办公室看到苗文哲的时候，那种有点亏欠他的感觉油然而生。他笑着对苗文哲说："老苗啊，我在大漠油田公司干了三年多，觉得唯一对不起的人就是你啊。"

苗文哲笑着说："有什么对不起的，我觉得挺好。要不是你来，我现在都不知道在干什么。人常说'老牛自知夕阳短，不用扬鞭自奋蹄'！这一年多，我深有感触。自从我调到总部机关负责修井作业工作以来，我觉得这个工作对大漠油田公司的稳产太重要了，在我退休之前，一定要把这项工作搞好，为油田的稳产和发展作出最后的贡献。"

杨明轩听了苗文哲这番话，心里特别高兴。他这位老同学，现在的亲家公，是一个非常值得钦佩的人，如果我们的党员领导干部都能和他一样，企业的发展就不愁了。他笑着说："你一丝不苟的工作态度以及对我的理解，让我很感动。如果我们不是同学，如果我们不是亲家，按照你的能力，即使你年龄超了，也一定会提拔你的，但我没有这样做，我知道你能理解，可我心里还是过意不去啊。"

苗文哲笑着说："有什么过意不去的，我们这个年龄的人了，不管干什么，只要开心就好。正处和副处都一样，都是在为企业工作，只要能够发挥自己的余热，为企业、为社会作点贡献就好。我们现在不缺吃、不缺穿、不缺房住、不缺钱花，不就挺好嘛，我绝对不会在乎什么正处还是副处，这一点请你放心。"

杨明轩也笑着说："我知道你的为人，但就工作而言，把一个有能力的人提拔不到应有的位置，我心里多少还是有些遗憾的。"

苗文哲说："我们不说这个了，你再过几天就要离开大漠油田公司了，你需不需要我帮什么忙？"

杨明轩说："不需要。我来的时候，两手空空，我走的时候，也会保持两袖清风。"

苗文哲会心地笑了，说："好，难怪省委看上了你，什么叫两袖清风，什么叫天下为公，什么叫不忘初心、牢记使命，我在你的身上看到了。祝愿你在新的岗位上，为大漠百姓作出更大的贡献！"

又是一年花开季，又是一次别离时。

杨明轩离开大漠油田公司奔赴新的工作岗位这天，天空飘着蒙蒙细雨。大漠油田公司总部机关和附属单位的千余名干部职工，在没有任何人通知和组织的情况下,早早地、自发地来到大漠油田公司总部大楼前,给杨明轩送行。杨明轩看到干部职工恋恋不舍的情形,心里非常感动。他坐在车上,摇下车窗,向送他的干部职工注目致敬,此时此刻,他想起了那首歌曲《十送红军》。他想,为什么人民群众会如此深情地对待一穷二白的工农红军,不就是因为红军是共产党领导的人民军队,不就是因为这支军队什么时候都是想着老百姓嘛!他现在已经成为真正的高级领导干部了,一定要按照党中央的要求,以焦裕禄、杨善洲、谷文昌等为榜样,始终做到心中有党、心中有民、心中有责、心中有戒,做政治的明白人、发展的开路人、群众的贴心人……

2019 年 5 月完稿